Lothar Höricke
Das Lofotenbaby

Lothar Höricke
Das Lofotenbaby

Roman

Verlag Neues Leben

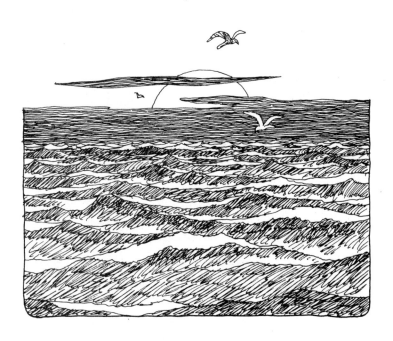

Illustrationen von Eberhard Binder

ISBN 3-355-00126-0

© Verlag Neues Leben, Berlin 1986
Lizenz Nr. 303 (305/305/86)
LSV 7001
Schutzumschlag und Einband: Eberhard Binder
Typografie: Ingrid Engmann
Schrift: 10 p Garamond-Antiqua
Gesamtherstellung: Karl-Marx-Werk Pößneck V 15/30
Bestell-Nr. 643 827 8
00880

Sollte zufällig jemand in den Lüften
zwischen Moskenesøy und Bodø in die Welt
gekommen sein, so kann ich die Verantwortung
für seine Geburt an einem so
unwirtlichen Platz nicht übernehmen.
Alle in diesem Buch beschriebenen
Ereignisse, Personen, Institutionen
und Örtlichkeiten sind erträumt.
Wirklich!

Erstes Buch

*Es berichtet
von Irrtümern*

1. KAPITEL

*Es bewaffnet des Lesers Auge mit
einem phantastischen Fernrohr und warnt ihn vor der Gefahr, in
die er gerät, wenn er die Wirklichkeit mit einem Traum verwechselt*

Eben läutete das Telefon, und ein alter Freund, der sich früher sein Brot als Fischereikapitän verdient hatte, erzählte mir einen Traum. Was er mir in knapp fünf Minuten auftischte, erschien mir rätselhaft genug. Noch seltsamer war der Wunsch, den mein Freund nachher äußerte. Er bat mich, seinen Fünfminutentraum als Roman oder Reportage zu Papier zu bringen und zu veröffentlichen. Mein Freund war mir oft gefällig gewesen, und ich konnte seine Bitte schwerlich abschlagen, zumal sie so nachdrücklich erhoben wurde, als hinge von ihrer Erfüllung wer weiß was ab. Mir fehlt der rechte Glaube, es würde sich heutzutage noch ein Leser finden, der sich für einen Traum interessiert, die unverhoffte Geburt eines Kindes im Himmel über den Lofoten betreffend. Wenn ich mich jetzt dennoch ans Werk mache, so deshalb, weil ein Fünkchen Hoffnung mich treibt. Es könnte sein, mein Freund gehört zu der Sorte Menschen, die Traum und Wirklichkeit nicht recht auseinanderzuhalten vermag, und sein Traum ist gar keiner. Falls der Leser geneigt ist, meine Hoffnung zu teilen, wird er sich das Lofotenbaby vielleicht gefallen lassen. Ich vergaß zu erwähnen, daß mein Freund mich zu äußerster Eile antrieb. In wenigen Tagen, so prophezeite er, würden sich kompetente Vertreter des Verkehrs- und Gesundheitswesens sowie des Fischereiministeriums bei mir erkundigen, ob ich meine Niederschrift beendet hätte. Dem Leser wird es nicht an Verständnis mangeln, wenn ich der gebotenen

Eile wegen jetzt den Ereignissen freien Lauf lasse. Nur gelegentlich, wenn etwa der Leser diese oder jene Episode gar zu bedenklich und haarsträubend finden könnte, will ich das Wort direkt an ihn richten, um ihn um Nachsicht zu bitten.

Falls jemand aus Berlin oder Leipzig nicht weiß, wo die Lofoteninseln liegen, soll er sich mit dem Gesicht nach Norden stellen. Die Richtung stimmt. Jetzt sind Weitblick und Phantasie erforderlich. Der Lofotensucher muß sich vorstellen, sein Blick könne der Erdkrümmung folgen und den Dunst der Atmosphäre durchdringen. Dem mit solcher Sehhilfe bewaffneten Auge bietet sich ein tiefenscharfes Bild Nordeuropas. Im Vordergrund liegt Mecklenburg, dahinter blinkt die Ostsee, bei Trelleborg erreicht der nordwärts schweifende Blick Schwedens Küste, streift den Vännersee, muß sich dann himmelwärts richten, denn die skandinavischen Gebirge verstellen die Sicht. Dann sieht man, den Blick wieder senkend, das Europäische Nordmeer, das am Morgen des siebzehnten März neunzehnhunderteinundachtzig so blank und blau daliegt, als wäre es ein südliches Meer. Die Lofoten sind nun nicht mehr fern. Selbst ein unbewaffnetes Auge erkennt an klaren Tagen von der Küste der norwegischen Provinz Nordland her einen fernen Felsberg im Wasser. Er krönt Moskenesøy, eine der Hauptinseln der Lofoten. Seit Menschengedenken dient der Berg den Seefahrern, die von Bodø die Inseln ansteuern, als natürliches Seezeichen. Wenn wir unseren Blick noch einmal schärfen, sehen wir einige Meilen westlich von Moskenesøy die „Seeschwalbe", Mariettas Schiff.

Der rostige Fischtrawler, den das Fernfischereikombinat Stralsund bereedert, war am zwanzigsten Dezember neunzehnhundertachtzig aus seinem Heimathafen Stralsund-Neuholm in Richtung Europäisches Nordmeer ausgelaufen. Die siebenundsiebzig Männer und die drei Frauen der Besatzung wären lieber eine Woche später zu dieser Fangreise aufgebrochen, weil Weihnachten vor der Tür stand. Sie stellten den Tannenbaum, den ihnen die Schiffsversorgung mitgegeben hatte, in die Mannschaftsmesse und

schmückten ihn mit Girlanden aus aufgeräufeltem Netzgarn. Als sie die Lichter anzündeten, befanden sie sich jenseits des Polarkreises. Das Kerzenlicht tat ihnen wohl, denn es wärmte sie keine Sonne mehr. Nur während der Mittagsstunden erhellte ein kümmerlicher Schein den Südhorizont. Die Leute taten die Arbeit, die man von ihnen erwartete. Sie fischten Dorsch, köpften und filetierten ihn, sie bedienten die Maschinen und Kühlaggregate, und jeden Donnerstag sahen sie in der Messe einen Film.
Im Februar stieg die Sonne endlich ein paar Augenblicke über den Horizont. Das entnadelte Gerippe des Tannenbaumes saß nun auf der Spitze des Vormastes. Der tote

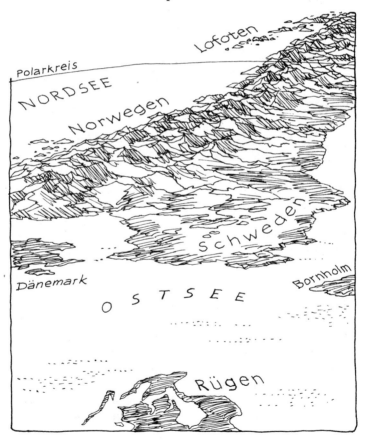

Baum sollte den vorbeifahrenden Schiffen zeigen, daß die Leute von der „Seeschwalbe" seit Weihnachten kein Land betreten hatten. Die norwegischen Küstenfischer, die sonst fremde Schiffe in ihrem Revier nicht gern willkommen heißen, grüßten den Stralsunder Trawler mit einem aufmunternden Typhonsignal. Jeden Mittag zeigte sich die Sonne einige Minuten länger am Südhimmel. Die Laderäume, die fünfhundert Tonnen Gefrierfisch fassen konnten, waren bis auf einen Rest von fünfzig Tonnen vollgestaut. In den Herzen der Leute keimte Hoffnung. Die ersten Wetten wurden abgeschlossen, wann die Heimreise beginnen würde, in drei Tagen, in vier oder in zehn. Aber es zog schlechtes Wetter auf. Der Steward mußte nasse Tücher über die Tische breiten, damit Tassen und Teller nicht zu Boden stürzten. In der schweren See war an Fischerei nicht zu denken. Dem Sturm folgte Nebel. Dann kam der siebzehnte März, Mariettas Tag.

Kapitän Johannes Meier schläft an diesem Tag bis zehn Uhr vormittags. Für seine lange Schlafzeit gibt es mehrere Entschuldigungen. Erstens hatte er bis Mitternacht Brückenwache. Zweitens war er gestern besonders intensiv der Melancholie erlegen, wie immer, wenn Nebel die See zudeckt, und er hatte nach dem Wachwechsel einen tiefen Zug aus der Flasche nehmen müssen, um Schlaf zu finden. Drittens weckte ihn heute niemand vor der Zeit wegen irgendeines Defektes in der Maschinenanlage oder wegen eines anderen Zwischenfalls.
Ehe der Kapitän in die Messe hinuntersteigt, um seinen Morgenkaffee zu trinken und ausgiebig zu frühstücken, wirft er gewohnheitsgemäß einen Blick auf die Brücke. Die übliche Reihenfolge seiner morgendlichen Tätigkeiten wird sich heute als falsch erweisen und ihn das Frühstück kosten, denn an diesem Tag ist alles anders als sonst. Als er die Tür öffnet, die vom fensterlosen Kabinengang zur Kommandobrücke führt, muß er geblendet die Augen schließen. Der Trawler schleppt auf Südostkurs der gerade aufgehenden Sonne entgegen. Die Brücke ist in gleißendes Licht getaucht, als wäre hier ein Filmemacherteam mit hun-

dert Scheinwerfern zugange. Soviel Licht hat Johannes Meier seit Monaten nicht mehr gesehen. Als sich seine Augen an die Helligkeit gewöhnt haben, kann er durch die Brückenfenster den Berg auf Moskenesøy ausmachen, obwohl er mindestens sechzig Meilen entfernt liegt. Am Himmel entdeckt der Kapitän kein Wölkchen. Die See ist spiegelglatt. Johannes Meier könnte sich freuen.

„Was habt ihr gefangen?" fragt er Mathießen, den Brückenoffizier.

„Vier Hols, seitdem der Nebel fort ist, jedesmal hundert Zentner. Wenn wir so weitermachen, geht's übermorgen nach Hause. Schönes Wetter, nicht?" sagt Mathießen.

„Man soll den Tag nicht vor dem Abend loben!" warnt Johannes Meier.

Die Besatzung nennt ihren melancholischen Kapitän hinter der vorgehaltenen Hand „Kuhmeier". Den unschönen Namen verdankt er einer New-Jersey-Kuh, die sein Schiff vor etlichen Jahren im Nordostseekanal gerammt hatte, eine peinliche Sache, die vor der stralsundischen Seekammer verhandelt wurde und als erste Schiff-Kuh-Kollision einging in die Geschichte des Seerechtes. Der Unfall war nicht billig für die Reederei, weil der holsteinische Rinderzüchter durch zwei Zeugen beeiden ließ, jene Kuh, welche vom Vordersteven der „Seeschwalbe" während eines Ausweichmanövers von der Kanalböschung ins Wasser gestoßen und dabei ertränkt wurde, habe zu Lebzeiten vierzig tägliche Milchliter gegeben, die mit der mittleren Lebenserwartung für New-Jersey-Kühe und dem Literpreis multipliziert wurden, was eine Summe ergab an die Zwanzigtausend, zahlbar in konvertierbarer Währung. Kann sein, Johannes Meier mißtraut deshalb der Morgensonne, denn die hatte ihn auch im Nordostseekanal geblendet.

„Unfälle, Kranke?" fragt der Kapitän seinen Ersten.
„Alles an Deck", sagt Mathießen.
Doch Johannes Meier forscht weiter nach schlimmen Ereignissen. Er vertut Zeit, die er besser für sein Frühstück nutzen sollte, und hört im Kurzwellenempfänger die Stunden-

nachrichten von Radio DDR ab. Der ferne Rundfunksprecher berichtet über eine Plenartagung der Akademie der Künste in Rostock-Warnemünde, über die bevorstehende Frühjahrsbestellung in der Gemeinde Klein Vielen und über einen Offiziersputsch in Mauretanien. Da die „Seeschwalbe" von den Weltereignissen hinreichend entfernt ist und ihr weder aus Mauretanien noch aus Rostock-Warnemünde Gefahr zu drohen scheint, wechselt der Kapitän auf die Frequenz von Radio Bodø. Der lokale Seewetterbericht meldet für die Lofoten ein ortsstabiles Hochdruckgebiet und leichten Ostwind. Endlich spürt der Kapitän ein wenig Vorfreude auf den Tag. Er geht frühstücken. Treppab von der Brücke zur Messe begegnet ihm Schwester Gertrud. Ihr Gesicht ist gerötet.

Normalerweise wird die „Seeschwalbe" von einem Schiffsarzt begleitet. Diesmal hat der Medizinische Dienst nur Schwester Gertrud mitgeschickt. Der Hafenarzt hatte seine Einsparungsmaßnahme mit dem Hinweis gerechtfertigt, das Fanggebiet der „Seeschwalbe" liege unmittelbar vor der norwegischen Küste, von dort könne man Hilfe erwarten, falls jemand schwer erkranken oder verunglücken sollte. Zudem halte sich in demselben Seegebiet, so hatte der Hafenarzt argumentiert, das Schwesterschiff „Albatros" auf, das einen erfahrenen Arzt an Bord habe.
Schwester Gertrud ist nicht unerprobt als Bordsamariterin. Sie fährt seit vielen Jahren zur See. Auf das Vernähen und Verbinden von Schnittwunden, die sich die Leute beim Filetieren gelegentlich zufügen, versteht sie sich nicht minder gut als auf das Kurieren von Magenverstimmungen. Sie kennt viele bewährte Mittel gegen die Seekrankheit. Der Kapitän ist der Schwester auch deshalb zugetan, weil sie nie mit den Männern der Besatzung anbändelt. Zu Beginn ihrer Fahrenszeit hatte sich mancher Verehrer in ihrer Kammer eingefunden, der ihre Liebe begehrte. Die Schwester aber zügelte die Heißsporne stets mit einer Tasse Tee und einigen Keksen aus einer grünen Blechschachtel. War der Tee getrunken, komplimentierte sie ihre Freier höflich zur Tür hinaus. Es dauerte nicht lange, da war in der Flotte

bekannt, die Festung Gertrud ließ sich nicht erobern. Seither kommen die Lords nur noch der Kekse wegen, die Schwester Gertrud eigenhändig in der Kombüse backt. Auch Johannes Meier stattet ihr gern Besuche ab. Als einziger Mann an Bord genießt er das Privileg, in ihrer Kammer rauchen zu dürfen.
Er hatte die Schwester einmal gefragt, warum sie die Seefahrt dem Landleben vorziehe. Aber sie war der Antwort ausgewichen. Die Lords behaupten, eine unglückliche Liebe habe der Schwester das Land und die Männer verleidet. Johannes Meier findet ihre Zurückhaltung in diesem Punkt zwar etwas ungewöhnlich, aber das Gegenteil würde ihn mehr verdrießen. Einmal befand sich eine junge Ärztin an Bord, man nannte sie „die feurige Isabell". Ihretwegen kam es zu einer Schlägerei zwischen dem Bestmann und einem Maschinisten. Johannes Meier mußte die Ärztin vorzeitig nach Stralsund-Neuholm zurückschicken. Wegen Schwester Gertrud keilt sich niemand. Der Kapitän hat nie erlebt, daß Gertrud unkontrolliertes Temperament zeigt. Doch heute ist alles anders.

Johannes Meier sieht die roten Flecke im Gesicht der Schwester. Er sieht ferner, daß die Karteikarte, die sie in den Händen hält, beträchtlich flattert. Der Kapitän ahnt, über die „Seeschwalbe" ist ein Unglück hereingebrochen.
„Ich habe die Kollegin Marietta Müller soeben aus der Produktion genommen. Sie liegt im Krankenrevier."
„Unfall?" fragt der Kapitän.
„Nein", sagt Gertrud, und die Röte in ihrem Gesicht nimmt zu, „ein Windbauch!"
„Ein was?" fragt der Kapitän ratlos.
„Eine eingebildete Schwangerschaft, ein gar nicht so seltenes psychosomatisches Phänomen", erklärt ihm die Schwester.

Johannes Meier hat an der Seefahrtsschule nur Erste Hilfe und einiges medizinisches Elementarwissen erlernt. Er weiß, wie man gebrochene Knochen stillegt, und zur Not auch, wie man einen entzündeten Blinddarm diagnostiziert. Gynäkologische Themen wurden an der Seefahrtsschule nicht behandelt. Auch seine Frau Hedwig war ihm entsprechende Unterrichtung schuldig geblieben. Die drei Kinder der Meiers waren allesamt geboren worden, als ihr Vater fernab im Atlantik oder in der Barentssee weilte. Zur Ausreise hatte ihn Hedwig mit dickem Bauch an die Pier gebracht, und wenn er Monate später wieder in Stralsund-Neuholm einlief, begrüßte ihn Hedwig mit einem Kissenbündel im Arm und zeigte ihm ein neues Baby. Die Freizeiten ihres Mannes waren kurz bemessen, es gab Wichtigeres zu bereden als die normal verlaufenen Schwangerschaften und Geburten. Von einem Windbauch hatte der Kapitän nie gehört.

„Warum eingebildet?" fragt er die Schiffsschwester.
„Die Patientin behauptet, sie sei schwanger im neunten Monat und die Wehen hätten eingesetzt. Aber das ist total unmöglich. Unmittelbar vor unserer Ausreise wurde sie vom Hafenarzt Dr. Schmidt persönlich untersucht. Damals müßte sie im sechsten Monat gewesen sein. Aber die Untersuchung erbrachte nicht den geringsten Anhaltspunkt."
Um ihre Worte zu beweisen, reicht sie dem Kapitän Mariettas Patientenkarte. Ärgerlich registriert er, wie die Karte nun auch in seinen Händen zu flattern beginnt. Schwarz auf weiß liest er, daß die Produktionsarbeiterin Marietta Müller erst seit einigen Monaten im Fernfischereikombinat tätig ist. Zuvor hat sie in Görlitz als Verkäuferin gearbeitet. Um das Seefahrtsbuch zu erhalten, mußte sie sich im zurückliegenden August der üblichen Tauglichkeitsuntersuchung unterziehen. Ehe sie an Bord der „Seeschwalbe" kam, das geschah im Dezember, wurde ihr Gesundheitszustand noch einmal geprüft, vom Neuholmer Hafenarzt.

Johannes Meier kennt den Hafenarzt Dr. Schmidt. Die Seeleute nennen ihn „Messer-Schmidt". Er steht im Ruf, jedem Seemann gnadenlos die Tauglichkeit zu kassieren, hegt er auch nur den geringsten Verdacht einer Unpäßlichkeit. In grauer Vorzeit arbeitete der Doktor in der Gerichtsmedizin. Es heißt, dort hätte er nicht nur seinen gefürchteten diagnostischen Scharfblick erworben, sondern auch seine enorme Paragraphenkenntnis. Johannes Meier kennt einige Beispiele des Spürsinns von Dr. Schmidt. Den ehemals erfolgreichsten Stralsunder Fischereikapitän Adam Million, mehrfachen Aktivisten und Träger der Verdienstmedaille der Seeverkehrswirtschaft in Gold, hat Messer-Schmidt wegen eines amputierten Daumens lebenslänglich an Land verbannt, weil es irgendeine seemedizinische Bestimmung gibt, die nur der Doktor kannte. „Infolge Fehlens des Daumens ist die Griffähigkeit der Hand so stark beeinträchtigt, daß die Ausübung eines seemännischen Berufes unmöglich ist!" hieß es dort. Der daumenlose Kapitänskollege hatte jahrelang wie ein Löwe um die Rückgewinnung seines Seefahrtsbuches gekämpft. Er schickte Gnadengesuche an den Hafenarzt und Eingaben an das Verkehrs- und Gesundheitsministerium, ja, er baute eigenhändig sein Haus in der Stralsunder Gartenstadt, direkt neben der Dienstvilla des Doktors, um zu beweisen, wie geringfügig seine daumenlose rechte Hand beeinträchtigt war. Alles half nichts. Der rechts daumenlose Kollege erhielt einen Schonplatz in einem Reedereikontor.

Johannes Meier, Fischereikapitän, zur Zeit in der Lofotensee, kann sich demnach nicht vorstellen, dieser Dr. Schmidt hätte eine Schwangerschaft im sechsten Monat übersehen. Nun ist auch er überzeugt, daß sich die Kollegin Marietta Müller nicht in gesegneten Umständen befindet, sondern sich dieselben lediglich einbildet, also an einem Phänomen leidet, wie es Schwester Gertrud nannte. Aber das vereinfacht die Angelegenheit nicht, sondern kompliziert sie. Im Falle einer bewiesenen Schwangerschaft wüßte der Kapitän ungefähr, was zu tun wäre. Er würde die Patientin unverzüglich nach Bodø bringen und sie dort gründlich untersuchen lassen. Sollten die Ärzte keine Einwände erheben, würde er sie auf dem Luftwege schnellstens nach Hause schicken. Insgeheim würde er die angehende Mutter zwar verfluchen wegen der Umstände und der gewiß nicht geringen Devisenausgaben, aber dieser Marietta Müller wäre geholfen, und er selbst hätte das leidige Problem vom Halse.

Doch wie soll er sich einem Phänomen gegenüber verhalten?
Phänomene zählt Johannes Meier zur Kategorie der unvorhersehbaren Ereignisse. Auf der Seefahrtsschule hatte man ihn gelehrt, als Kapitän habe er sich angesichts unvorhersehbarer Ereignisse unverzüglich Klarheit darüber zu verschaffen, ob dem Schiff, der Ladung, der Besatzung oder einem einzelnen Besatzungsmitglied davon irgendwelche Gefahren entstehen könnten, und, sollte das so sein, umgehend wirksame Gegenmaßnahmen einzuleiten.
„Ist ein solches Phänomen gefährlich?" fragt er also die Schiffsschwester.
„Da bin ich überfragt", gesteht Gertrud.
Jetzt rächt es sich, daß ihm der Medizinische Dienst keinen Schiffsarzt mitgegeben hat. Die Schwester ist in Anbetracht des rätselhaften Krankheitsbildes einwandfrei überfordert.
„Sie gehen jetzt in die Funkkabine und führen ein Medico-Gespräch mit dem Schiffsarzt der ‚Albatros'. Schildern Sie ihm die Symptome! Ich sehe mir indessen die Patientin an", entscheidet Johannes.

Während er nach achtern zum Krankenrevier stapft, überlegt er, wie er sich der Patientin gegenüber verhalten soll, trösten oder mit der Faust auf den Tisch hauen, von wegen eingebildeter Mutterschaft und so. Er könnte ihr sagen, für diesen Luxus sei kein Platz auf einem Kabeljaufänger, solches Theater solle sie besser an Land aufführen. Er erinnert sich des Frühstücks, auf das er verzichten muß, und er wird tatsächlich wütend. Dann öffnet er die Tür zum Krankenrevier.
In der Schlingerkoje liegt Marietta. Ihre Augen sind geschlossen. Johannes sieht die Schweißperlen in dem schmalen sommersprossigen Gesicht und die wirren Haarsträhnen. Jetzt erst weiß er, wer gemeint ist.

Am ersten Reisetag, als sie durch den Öresund dampften und Kopenhagen gerade an Backbord vorbeizog, war er auf die Brückennock hinausgegangen für einen Atemzug Frischluft. Es dunkelte, und am Ufer flimmerten unzählige Lichter, bunt dazwischen die Geschäftsreklamen, unleserlich in der Ferne. Eine junge Frau, die ihm zuvor noch nie aufgefallen war, stand an der Reling und schaute zur Stadt hinüber. In ihrer Versunkenheit bemerkte sie nicht, wie er neben sie trat. „Na, versuchen Sie die kleine Seejungfrau zu erspähen?" neckte er sie. Sie wandte sich nach ihm um, und der Schein einer Deckslaterne traf ihr Gesicht. Ihre auffällige Blässe verriet ihm, daß sie an Seekrankheit litt. „Es ist schön hier draußen!" sagte sie tapfer. Hoffentlich hält sie bis zum Reiseende durch, sie ist ja noch ein halbes Kind! dachte er und verfluchte im stillen die Reedereiverwaltung, die ihm solche Leute schickte. „Gehen Sie lieber unter Deck, sonst erkälten Sie sich noch!" riet er. Sie nickte hastig und verschwand in der Dunkelheit. Seine Befürchtungen erfüllten sich nicht. Die schwere Arbeit, die man ihr im Produktionsdeck abverlangte, verrichtete sie pünktlich und gewissenhaft. Daß sie an einem „Phänomen" litt, hatte sie sich nie anmerken lassen.

Marietta schlägt die Augen auf. Von neuem spürt sie den anschwellenden Schmerz im Leib. Sie ahnt, diese Wehe würde stärker sein als die vorigen. Obwohl sie den dicken, rotgesichtigen Kapitän am Fußende der Krankenkoje sieht, dem sie gern den Schreck ersparen würde, kann sie nicht an sich halten, und sie stößt einen langen Schrei aus.
Der Kapitän, der, wie wir wissen, bis zu diesem Augenblick weder bei einer echten noch bei einer unechten Geburt zugegen war, der demzufolge auch nie den Wehlaut einer zu Recht oder zu Unrecht kreißenden Frau vernommen hat, fühlt seinerseits einen krampfartigen Leibschmerz, der dem Weh Mariettas kaum nachsteht. Am liebsten möchte er einstimmen in den Schrei der jungen Frau. Was ihn plagt, ist kein Phänomen, sondern ein Magengeschwür, von dem er gehofft hatte, es wäre längst verheilt. So verzichtet er denn auf einen langgezogenen Wehlaut, tut nur einen kurzen Seufzer und sagt: „Ohgottohgott!"
Einen Augenblick später läßt Mariettas Wehenschmerz nach. Sie erinnert sich eines Ratschlages, den ihr die Mutter vorsorglich mit auf den weiteren Lebensweg gegeben

hat. Eine Gebärende müsse sorgfältig auf die Atmung achten, hecheln während der Wehe, ruhig durchatmen in den Pausen. Also beschließt Marietta, die nächste Wehe mit Hecheln zu bewillkommnen und zuvor ruhig zu atmen.
Da Johannes Meier meint, der Patientin gehe es besser, versucht er sie zu trösten, denn seine Absicht, mit der Faust auf den Tisch zu schlagen, hat er längst aufgegeben. Er ergreift freundschaftlich Mariettas rechte Hand, drückt sie zuversichtlich.
„Nur keine Angst, Mädchen, das bekommen wir in den Griff. Schwester Gertrud telefoniert mit dem Arzt auf der ‚Albatros'. Gegen Koliken und so 'n Zeugs haben wir garantiert was in der Bordapotheke!"
„Wenn ich dabei draufgehe und es wird ein Junge, dann nennen Sie ihn Mario, unbedingt Mario. Das ist mein Letzter Wille. Versprechen Sie es mir?" sagt Marietta.
„Wieso Mario?" fragt Johannes verwirrt.
„Gefällt Ihnen ‚Mario' nicht?"
„Wissen Sie, in der Medizin, da gibt es Phänomene, nicht wahr, man bildet sich zum Beispiel Krankheiten ein, die hat man gar nicht. Die Ärzte nennen das, glaube ich, psychosomatische Fälle. Haben Sie irgendwelche ungelösten Probleme, Liebeskummer oder so?" fragt der Kapitän vorsichtig. Natürlich Liebeskummer, denkt er. Bestimmt ist sie in einen Kerl vernarrt, der nichts von ihr wissen will, von dem sie sich aber ein Kind erhofft. Klar, diesen Gedanken hat sie tausendmal in ihrem Köpfchen hin- und herbewegt, zuletzt verwechselt sie Wunsch und Wirklichkeit. Ähnliches war seiner jüngsten Tochter widerfahren. Die fünfzehnjährige Christiane hatte in der Straßenbahn den Blick eines jungen Mannes aus der Nachbarschaft aufgefangen. Sie schrieb ihm jeden Tag einen Liebesbrief. Das hörte erst auf, als der Adressat der Briefe höflich an der Wohnungstür vorsprach und erklärte, es müsse eine postalische Verwechslung vorliegen, er kenne die Absenderin überhaupt nicht, überdies sei er verheiratet. Christiane wollte die Wahrheit nicht glauben. Sie meinte, dunkle Mächte hätten die zarten Bande gekappt. Sie deutete auch an, wen sie damit meinte, nämlich Hedwig, die eigene Mutter, weil die

gelegentlich ihre Töchter vor allzu frühen und unüberlegten Bindungen gewarnt hatte. Ihm, dem Vater, hatte der Vorfall allerhand Kummer bereitet. Der Arzt, der Christiane behandelte, sprach von einer schweren Nervenkrise. In diesen Mädchenköpfen gehen merkwürdige Dinge vor sich. Johannes Meier ist sich seiner Sache jetzt ziemlich sicher.

„Wir hier draußen", erzählt er Marietta, „stehen gewissermaßen unter höherem Schutz. Es betreuen uns gleich drei Ministerien, nämlich die Ministerien für Fischerei, für Verkehr und für Gesundheit. Die haben sich eine Menge Vorschriften ausgedacht, wer zur See fahren darf und wer nicht. Alles ist doppelt und dreifach genäht. Glauben Sie denn im Ernst, die Verkehrsmediziner schicken eine hochschwangere Frau in die Nähe des Nordpols, noch dazu auf einem Fischtrawler? Überdies müßte auch die Besatzung mit Blindheit geschlagen gewesen sein. Als junge und gutaussehende Frau unter siebenundsiebzig Männern stehen Sie im Mittelpunkt des allgemeinen Interesses. Aber niemand hat Ihren Zustand bemerkt!"

„Ich fürchtete, es würde Ärger geben deswegen", erklärt Marietta unter Tränen.

„Wieso denn Ärger? Jede werdende Mutter steht unter dem besonderen Schutz der Gesetze unseres Staates. Nichts täte ich lieber, als ins Schiffstagebuch einzutragen, am siebzehnten März um soundso viel Uhr wurde in der Lofotensee, westlich Moskenesøy, ein gesunder Knabe namens Mario geboren. Der Eintrag ins Schiffstagebuch würde mich unter meinen Kapitänskollegen berühmt machen, denn das wäre eine einmalige Angelegenheit!" antwortet Johannes Meier warmherzig, wenngleich nicht ganz ehrlich.

„Wäre Ihnen meine Schwangerschaft bekannt geworden, so hätten Sie die Fischerei unterbrechen müssen, um mich in den nächsten Hafen zu bringen. Wegen der Scherereien und der Valutakosten hätten Sie mich tausendmal verflucht, zumal Ihnen die Geschichte mit der New-Jersey-Kuh anhängt!"

„Davon kein Wort, bitte!" sagt Johannes lauter als beabsichtigt.

„Ich hoffte", fährt Marietta fort, „wir würden längst wieder in Stralsund-Neuholm sein, ehe es mit mir losgeht. Aber der Sturm kam dazwischen und der Nebel."

Daß sensible Naturen, die unter Trugbildern leiden, die Erzeugnisse ihrer Phantasie um jeden Preis verteidigen, das kann sich Johannes Meier gerade noch zusammenreimen. Aber daß diese bedauernswerten Kranken ihre Trugbilder mit so überraschend realistischen Details vermischen wie Valutakosten, das verwirrt ihn. Mit Vernunftgründen kann er der Patientin die Einbildung schwerlich ausreden, bedient sie sich doch ihrerseits vernünftiger Gründe, um aus ihrem Phänomen ein Baby mit Namen Mario zu machen. Er überlegt, ob er es mit einem philosophischen Exkurs zum Thema Wirklichkeit und Einbildung versuchen soll. Als er die Seefahrtsschule besuchte, erzählte der Dozent einmal von einem exzentrischen Philosophen aus Schottland, der sich zu der Behauptung verstiegen hatte, die Welt existiere nicht wirklich, sondern bloß in seiner Einbildung. Johannes mußte laut auflachen darüber. Der Dozent bat ihn, mit stichhaltigen Gründen das Gegenteil zu beweisen. „Der Schnaps, den ich mir einbilde, macht mich nicht betrunken!" sagte Johannes. Das Argument erschien dem Dozenten wenig stichhaltig, denn er gab ihm eine Drei minus.
„Wenn das alles wahr wäre", antwortet Johannes Meier entschlossen, „wenn Sie tatsächlich bis zum Einsetzen echter Geburtswehen unten im Produktionsdeck gearbeitet hätten, wenn Sie demnach den Medizinischen Dienst und die Paragraphen dreier Ministerien ausgetrickst und eine ganze Schiffsbesatzung genasführt hätten, dann würde ich Sie als Heilige anbeten!"
Vor seinen Augen geschieht Bestürzendes. Ein Erstickungsanfall attackiert die junge Frau. In kurzen und heftigen Atemzügen ringt sie nach Luft. Es hört sich an wie das Japsen eines Jagdhundes, der längere Zeit hinter einem Hasen her war. Das Gesicht der Patientin verfärbt sich dunkelrot. Johannes Meier rennt los, um Schwester Gertrud zu benachrichtigen.

Im Kabinengang wird er von zwei Männern aufgehalten. Der eine ist „Kältewilli", so genannt wegen seiner Tätigkeit als Kühlmaschinist, der andere, der aussieht wie ein Schwergewichtsboxer, arbeitet in der Fischmehlstation und hört auf den Spitznamen „Mondo".
Johannes Meier hatte sie in der zurückliegenden Zeit häufig an der Seite der jungen Frau gesehen, derentwegen er sich momentan die größten Sorgen macht. Die beiden konkurrierenden Liebhaber, sonst sprühend vor Witz und keine Gelegenheit auslassend, dem Gegenstand ihrer offenkundigen Verehrung zu imponieren, lassen die Köpfe hängen.
„Rufen Sie einen Rettungshubschrauber, die Kleine muß sofort ins Krankenhaus!" verlangt der stämmige Fischmehler von seinem Kapitän.
„Sie bekommt ein Kind!" ergänzt der spindeldürre Kältemaschinist, dessen Gesicht leichenblaß ist.
„Versucht einem altgedienten Familienvater nicht zu erklären, wie Kinder gemacht und in die Welt gesetzt werden!" sagt Johannes Meier unwirsch. Er schiebt die beiden Bittsteller zur Seite und eilt weiter.

Die Schiffsschwester sitzt indessen in der Funkkabine am UKW-Gerät und konferiert mit dem Arzt der „Albatros" über Mariettas Phänomen. Der Schiffsmediziner tappt im dunkeln, denn ihm ist in dreißigjähriger Fahrenszeit auf den Meeren dieser Welt kein vergleichbarer Fall untergekommen. Er beteuert, um Klarheit zu erlangen, müsse er die Patientin untersuchen, es könne mancherlei sein, woran sie leide, ein entzündeter Blinddarm etwa. Eine echte Schwangerschaft hält auch er für höchst unwahrscheinlich, wenn ja, dann müßte manches nicht mit rechten Dingen zugegangen sein. Der Arzt empfiehlt, die Kapitäne der „Seeschwalbe" und der „Albatros" sollten die Fischerei unterbrechen und die Schiffe zu einem Treffpunkt führen, wo er dann auf die „Seeschwalbe" herüberkommen würde, um sich die Patientin anzusehen.
In diesem Moment betritt Johannes Meier die Funkkabine. Der Sprint durch zwei Schiffsdecks hat den Zweizentner-

mann in Atemnot gebracht. Er hechelt, wenn auch aus anderen Gründen als Marietta.
„Es droht eine Erstickung, Schwester, helfen Sie um Himmels willen!" stößt er hervor.
Schwester Gertrud springt aus ihrem Stuhl, um dem nach Luft ringenden Kapitän eine Sitzgelegenheit anzubieten.
„Der Arzt der ‚Albatros' will herüberkommen, wenn Sie einverstanden sind", sagt Gertrud, ehe sie losrennt, um nach Marietta zu sehen.

Johannes bedankt sich beim Schiffsarzt der „Albatros" für die angebotene Hilfe, er habe sich durch persönlichen Augenschein davon überzeugt, der Patientin drohe unmittelbare Gefahr. Darum wolle er sie unverzüglich per Hubschrauber ins Hospital nach Bodø bringen lassen.
„Das ist bestimmt die beste Lösung, wenngleich nicht billig", sagt die Stimme im UKW-Gerät.
Dann befiehlt der Kapitän seinem Funker, die Seefunkstelle Bodø anzurufen. Wenige Augenblicke später meldet sich das Rescue Center, eine norwegische Nothelferorganisation mit eigenem Hubschrauberpark. Der Funker der „Seeschwalbe" nennt in einigermaßen flüssigem Englisch den Schiffsnamen, die momentane Position und die Art der Hilfe, um die sein Kapitän ersucht. Nun erkundigt sich der Mann in Bodø, wie sich die Erkrankung des Patienten manifestiere.
„Wait a moment, please!" sagt der Schiffsfunker und schaltet das Mikrofon ab.
„Die Norweger wollen wissen, was die Kleine hat, welche Symptome!" wendet er sich an seinen Kapitän.
„Eine eingebildete Schwangerschaft, aber dramatisch!" sagt Johannes Meier.
„Das kann ich unmöglich ins Englische übersetzen", beteuert der Funker.
„Dann sag meinetwegen ‚Leibkrämpfe und Atmungsstörungen'!"

Um die Mittagszeit läßt der Kapitän das Schiff stoppen. Wochenlang hatte die zweitausendpferdige Schiffsma-

schine unten im Raum rumort und alle Gegenstände, die nicht irgendwo angeschraubt oder angenietet waren, erzittern lassen. Nun breitet sich eine Stille aus, die nur gelegentlich durch einen langgezogenen Wehlaut aus dem Krankenrevier unterbrochen wird. Die Lords, im Moment arbeitslos, lehnen an der Reling und blicken zur norwegischen Küste hinüber. Flüsternd tauschen sie ihre Vermutungen über die Erkrankung Mariettas aus. Natürlich wissen sie längst, mit diesem Mädchen stimmt irgendwas nicht, unnahbar, wie sie sich seit Reisebeginn gezeigt hat. Nicht mal Kekse oder Tee waren bei ihr zu ergattern wie bei der eisernen Jungfrau Gertrud. Heute nun hat die Unnahbarkeit der Kleinen die überraschende Erklärung gefunden, ein geheimnisvolles Frauenleiden also, das sie tapfer ertragen und verschwiegen hatte.
Nur Kältewilli und Mondo beteiligen sich nicht an den geflüsterten Vermutungen über Mariettas Krankheit. Sie sind die einzigen Männer an Bord, mit denen Marietta einige Worte mehr gewechselt hat als Guten-Morgen- und Guten-Abend-Grüße. Aber die beiden haben sich abseits gestellt, als ihre Kollegen sie aushorchen wollten, ob sie mehr wüßten über das Mädchen.
Auch Ruth, die Kochsmaatin, die sich mit Marietta die Kammer teilt, weiß einiges. Ruth hat sich in der Kombüse unsichtbar gemacht. Sie fürchtet, der Kapitän oder einer der Steuerleute könnten ihr über den Weg laufen und Fragen stellen.
Als gerade wieder ein Wehlaut aus dem Krankenrevier verklingt, hören die Männer ein leises Zirpen aus der Richtung der tiefstehenden Polarsonne. In den Grillenton mischt sich allmählich ein Geräusch, als würde jemand im Lofotenhimmel schnell und regelmäßig in die Hände klatschen. Das Geräusch schwillt zu dem an, was unsere Zeitungen gelegentlich „stürmischer und nicht enden wollender Beifall" nennen. Der himmlische Claqueur ist zu mehr fähig und setzt sein Crescendo unnachgiebig fort. Als die Gehörschmerzschwelle der Leute auf der „Seeschwalbe" bereits erreicht ist, fügt er fortissimo noch einen beeindruckenden Gewitterton dazu. Die Lords an Deck rufen sich

Worte zu, aber jeder sieht nur, wie der andere die Lippen bewegt.

Der Rettungshubschrauber „Viking 10" hängt über dem Schiff. Ein Mann im orangefarbenen Overall haspelt sich an einem Drahtseil herunter. Er lächelt zuversichtlich, als er das Fangdeck erreicht. Johannes Meier, der zum Zeichen seines Amtes die goldbetreßte Kapitänsmütze aufgesetzt hat, reicht dem Norweger die Hand und sagt: „Meier." Der andere sagt: „Doktor Axel Kjelsberg." Wegen des Lärms versteht keiner den anderen. Kurzerhand zieht Johannes Meier den Gast am Ärmel hinter sich her zum Krankenrevier.

Es hilft wenig, daß Johannes die Tür hinter sich schließt. Hier drinnen ist der Lärm kaum gemildert. Johannes versucht Axel Kjelsberg brüllend über Mariettas Phänomen zu informieren. Aber der Doktor winkt ab. Er scheint sich zu wundern. Man hatte ihm in Bodø gesagt, er solle einen kranken Seemann ins Hospital fliegen. Was da in der Koje liegt, ist aber ganz eindeutig ein Mädchen. Kjelsberg tastet ihren dicken Bauch ab, tut in der ersten Minute das, was Schwester Gertrud wochenlang unterlassen hat, da sie meinte, eine so vorzügliche medizinische Autorität wie der Neuholmer Hafenarzt Dr. Schmidt könne unmöglich eine Schwangerschaft im sechsten Monat übersehen haben. Um ganz sicher zu gehen, setzt Kjelsberg ein Hörrohr neben Mariettas Nabel. Offenbar hört er etwas, und er hört Gutes, denn sein Gesicht nimmt einen ebenso überraschten wie vergnügten Ausdruck an. Kapitän Meier glaubt sogar, ein trockenes Lachen zu hören, trotz des lärmenden Hubschraubers draußen.

Kjelsberg ist nicht zu Auskünften über die Ursache seiner Heiterkeit bereit. Durch eine Geste gibt er der Schwester zu verstehen, ihm zu helfen, die Patientin in eine Wolldecke zu wickeln. Dann läuft er aufs Deck und spricht in ein kleines Funksprechgerät, das in seiner Brusttasche steckt.

Wenige Minuten später schwebt Marietta, in eine Bergungstrage geschnürt, empor in den blauen Lofotenhimmel. Dr. Axel Kjelsberg schwebt hinterher. Als sich der to-

sende Hubschrauber eilig entfernt, ist der Besatzung der „Seeschwalbe" die Fähigkeit zu verbaler Verständigung wiedergegeben.
„Was hat sie denn nun, die Kleine?" will Mathießen von seinem Kapitän wissen, als der die Brücke betritt.
„Das wüßte ich selber gern", sagt Johannes Meier.
Er schaltet das UKW-Gerät auf den Anrufkanal und ruft „Viking 10". Der Hubschrauber meldet sich nicht. Johannes versucht es noch einige Male. Aber aus dem Lautsprecher antwortet ihm stets nur ein gleichmäßiges Rauschen.
„Es scheint, sie haben Schwierigkeiten da oben", sagt Johannes und drückt die heiße Stirn gegen das kalte Brückenfenster.

In ebendiesem Augenblick haben Marietta und Mario, unterstützt von Dr. Axel Kjelsberg und Kopilot Bernt Nielsen, die größten Schwierigkeiten gemeistert. Mario liegt auf Mariettas Bauch und plärrt die helle Sonne an, die durchs Kanzelglas scheint. Kjelsberg schätzt Marios Gewicht auf ungefähr sechs Pfund, was nicht zuviel ist und nicht zuwenig. Auch die Reflexe des Babys sind ordentlich. Der Doktor läßt sich vom Chefpiloten die Mikrofonstrippe reichen und ruft die „Seeschwalbe". Als sich der Trawler meldet, hält Kjelsberg das Mikrofon vor Marios plärrenden Mund.
So verkündet Mario allen Leuten in der Lofotensee, die zufällig einen UKW-Empfänger besitzen, seine Ankunft. Marios Nachricht weckt zunächst nur lokales Interesse. Ein Kutter aus Harstadt beglückwünscht die Mutter, eine britische Fregatte und ein Tanker aus Murmansk schließen sich höflich an. Auch ein Pfarrer von Moskenesøy meldet sich und spricht seinen Segen aus. Als endlich Ruhe herrscht im Äther, kommt Johannes Meier von der „Seeschwalbe" zu Wort. Seine Ansprache an Marietta ist nicht von der lakonischen Prägnanz, wie sonst im Funkverkehr üblich, sondern rätselhaft. Er habe, so teilt er Marietta mit, soeben erfahren müssen, wie leicht man die Wirklichkeit mit einem Traum verwechselt. Bisher habe er nämlich ge-

glaubt, nur das Gegenteil sei möglich, nämlich einen Traum für die Wirklichkeit zu halten. Zuletzt beglückwünscht er Marietta und fügt hinzu, er könne ihr seinen Respekt nicht versagen.

2. KAPITEL

*Es macht mit zwei Männern bekannt,
die sich nicht grün sind, und behandelt die Folgen eines Verstoßes
gegen die Gebote der Prophylaxe*

Auch in Stralsund-Neuholm verspricht der Morgen des siebzehnten März einen guten Tag. Als Adam Million von seiner Frau Elisabeth geweckt wird, spürt er seinen rechten Daumen nicht mehr. Gestern morgen beim Aufstehen, noch ehe er einen Blick nach draußen warf, hatten ihm Juckreiz und ein böses Ziehen verraten, er würde den täglichen Weg zum Fischereihafen im Schneeregen gehen müssen, wie so oft in diesem März. Heute verheißt der schmerzfreie Daumen ein sonniges Hoch, vielleicht den Einzug des überfälligen Frühlings.

Es ist Adams Lebensproblem, daß dieser wetterfühlige Dickfinger fort ist, verschwunden, wenngleich er juckt und zieht bei Regenwetter, als wäre er vorhanden. Adam muß dereinst in die Grube fahren rechts daumenlos, und er hat vorgesorgt für das Ereignis. Alle seine Freunde, die Tochter, der Schwiegersohn und auch Elisabeth sind aufgefordert, die Leichenfeier zu verlassen unter Protest, falls der Redner, wie zu erwarten, nicht bei der Wahrheit bleiben und etwa behaupten sollte, der Dahingeschiedene habe seinen rechten Daumen im Kampf um die Entwicklung der sozialistischen Hochseefischerei *verloren*. Das würde, so meint Adam, die Schuld ihm selbst anlasten, als habe er nicht sorgfältig genug auf seinen rechten Dickfinger geachtet, ihn irgendwo liegengelassen wie einen Regenschirm bei schön Wetter. Nein, so sagt Adam Million, der Daumen wurde ihm *genommen*, und zwar von einem gewissen

Dr. med. Schmidt, „Messer-Schmidt" genannt nachher. Das geschah vor Labradors Küste und vor vielen Jahren. Damals und dort gingen Adams bessere Tage zu Ende, meint er.

In jenem Frühjahr, als die Fischerei noch niemandem verleidet war durch Kabeljaukriege und neues Seerecht, als die Schiffe fangen durften, was sie aufspürten, und Berufserfahrung und Jagdinstinkt der Kapitäne zählten, nicht die juristischen Kniffe von Diplomaten, die in späteren Zeiten die nationalen Wirtschaftszonen weit in den offenen Ozean vorschoben, um den Segen des Meeres zu verkaufen wie Korn auf dem Halm an Meistbietende, entdeckte Adam einen Kabeljaukurs, der verlief auf Cape Saint Charles zu in südwestlicher Richtung, war an die zwanzig Meilen lang und über sauberem Grund gut zu befischen. Adam ließ alle zwei Stunden das Netz hieven und brachte jedesmal zweihundert Zentner an Deck. Das war mehr, als man erwarten durfte. Die Leute schnitten die Gehörsteine aus den Fischköpfen und bestaunten sie. Niemand erinnerte sich, jemals so große gesehen zu haben.
Der Rudergänger vergaß, daß er sich auf der Brücke zu benehmen hatte, zurückhaltend und respektvoll, um den Nautiker nicht zu stören, und sang ein Lied, das war gerade erst von vier eigentümlich frisierten Engländern in Mode gebracht worden und handelte von einem gelben Unterseeboot. Auch Adam genoß das Jagdglück, wenngleich nicht so laut wie der Matrose am Ruder. Wenn Adam das Fernglas zum nördlichen Horizont richtete, bemerkte er eine haarfeine weiße Linie, die schied das Grau des Meeres vom blauen Himmel. Das dünne weiße Ding würde, so wußte er, bald näher rücken, sich ausweiten zu einer grellen zerklüfteten Fläche. Wie immer im Frühjahr rückte das Treibeis unerbittlich südwärts und drängte die Schiffe von den Fischgründen. So war Adams Freude nicht ungetrübt, und er spornte seine Leute zur Eile an, um aus dem Wasser hochzuholen, was hochzuholen ging an Kabeljaus mit den großen Gehörsteinen. Er stieg zum Fangdeck hinunter, griff aufmunternd ein Stahltau und schlingte es um den Spillkopf der Beihieverwinde. Seine Augen indessen blickten achteraus, wo eben der

Fischsack aufschwamm. So blieben Daumen und Finger ohne Aufsicht, brauchten auch normalerweise keine, denn in Adams Matrosenjahren waren sie oft am Spillkopf tätig gewesen, kannten sich bestens aus. Es war aber eine Litze des Stahltaus gebrochen, und Adam, getrieben von Jagdeifer und südwärts driftendem Eis, hatte vergessen, seine Hände mit Handschuhen aus solidem Schweinsleder zu bekleiden, wie es die Vorschrift verlangte.

Als winzige Stahlspitzen in seine unbeaufsichtigte und nackte Daumenkuppe fuhren wie ein Schwarm Stecknadeln, schob er die Hand schnell in die Hosentasche, ehe jemand sein Mißgeschick bemerkte. Er schlenderte noch eine Weile an Deck umher, lobte den reichen Fang und prophezeite die baldige Heimreise. Da er meinte, er habe den Arbeitseifer seiner Leute und ihre gute Laune genügend angestachelt, zog er sich in seine Kammer zurück. Er füllte ein Zahnputzglas mit Wodka, nahm einen kräftigen Schluck zur Schmerzbekämpfung und schüttete den Rest über den Daumen, um die Wunde zu desinfizieren. Der Rudergänger mußte ihm nachher den Daumen verpflastern.

Es wollte aber die Wunde nicht aufhören, zu puckern und zu ziehen. Am Ende einer schlaflosen Nacht erinnerte sich Adam einer Therapie, die er für wirksamer hielt als die äußere und inwendige Anwendung von Spiritus. Sein Vater war Kutscher gewesen in Ostpreußen. Wenn sich die Pferde die Haut zerrissen im Akaziengestrüpp, hatte der Vater ihnen ein Teerpflaster aufgelegt. Leider war Teerpflaster nicht vorrätig an Bord. Darum schickte Adam zum Bordelektriker. Er hoffte, schwarzes Isolierband, ebenfalls teerhaltig, würde das ostpreußische Wundermittel ersetzen. Doch der schwarzisolierte Daumen beruhigte sich nicht. Als Adam schließlich von Fieber geschüttelt wurde, tat er etwas, was er eigentlich hatte vermeiden wollen, er stieg hinunter in das Revier des Schiffsarztes Dr. med. Schmidt.

Der Doktor fuhr zum ersten Male zur See. Zuvor hatte er in der Gerichtsmedizin gearbeitet. Er neigte dazu, überall Gefahrenstellen zu wittern und Verbotsschilder hinzupo-

stieren, zum Beispiel in die Mannschaftsmesse. Ein unbekannter Wismarer Werfttischler hatte Nußbaum- und Eichenholzfurniere kunstvoll in die Wandtäfelung eingelegt. Die Einlegearbeit stellte das Weichbild Stralsunds dar, erinnerte also an die Heimat. Die Freiwachen klönten hier gern nach den Mahlzeiten. Eines Tages benagelte der Schiffsarzt das Meisterstück des Wismarer Werfttischlers mit einem Schild, das verdeckte den Turm der Jakobikirche und trug den Schriftzug „Nikotinfreie Zone". Den blauen Dunst hatte er damit aus der Messe vertrieben, freilich auch die Seeleute, die nun ihre Feierabendzigarette an Deck rauchten, was ziemlich ungemütlich war vor Labrador.
Jeden Sonntag nötigte Schmidt die Freiwachen, teilzunehmen an belehrenden Diavorträgen. Er projizierte blaustichige Raucherbeine auf die Leinwand und riesenhaft vergrößerte Filzläuse. Seinen Zuhörern, von denen kaum einer mehr als fünfundzwanzig Lenze zählte, riet er, nie Bekanntschaft zu schließen mit Mädchen in fremden Häfen. Es gab Anzeichen dafür, daß Schmidt die Übertretung seiner Gebote und Verbote auch zu bestrafen trachtete.

Eine beliebte Fußbekleidung an Bord waren Pantoletten. Wollte jemand, dessen Arbeitskraft gerade nicht benötigt wurde, sich hinlegen zu einem kurzen Schlummer, genügte ein leichter Beinschwung, um sich von den Pantoletten zu trennen. Schmidt entdeckte einen Arbeitsschutzparagraphen, wonach das auf Seeschiffen zu benutzende Schuhwerk den Fuß umschließen soll, fest und sicher. Diesen Paragraphen nagelte er gleichfalls an die Wand in der Mannschaftsmesse. Das Weichbild Stralsunds aus Edelhölzern war um eine weitere Sehenswürdigkeit ärmer. Es fehlte nun auch der Turm der Marienkirche. Trotz des Aufwandes, den der Doktor trieb, verzichtete niemand auf die Pantoletten. Es gab nicht genug Schnürschuhe an Bord, und die Lords wollten während der Freiwache nicht in Seestiefeln herumlaufen. Der Doktor begriff nicht, warum sein humanitärer Schnürschuhparagraph, der nichts anderes bezweckte, als Beinbrüche und Verstauchungen zu verhindern, so unverfroren mißachtet wurde. Er postierte sich mit einer Blitzlichtkamera im Kabinengang und fotografierte jeden vorbeischlurfenden Pantolettenträger. Dem Kapitän, dessen unvorschriftsmäßiges Schuhwerk er ebenfalls auf den Film bannte, eröffnete er, die Fotos würde er dem Medizinischen Dienst des Verkehrswesens zustellen zwecks Einleitung eines Disziplinarverfahrens.

Während der Doktor also danach trachtete, alle unvorhersehbaren Ereignisse des Lebens durch Vorsorgemaßnahmen auszuschließen, hielt Adam Million Überraschungen für unvermeidlich. Er liebte sie zwar nicht, aber er scheute sie auch nicht. Kann sein, seine Risikobereitschaft war berufsbedingt. Einem Hurrikan, wie er gelegentlich von der Karibik her nach Neufundland heraufzog, konnte er nicht den Weg verlegen. Adam richtete den Schiffsbug in den Wind und ging mit langsamer Fahrt gegen das Unwetter an, „den Hurrikan abreiten" nannte er seine Methode. Man versteht, daß sich Adam und der Schiffsarzt nicht ganz grün waren wegen ihrer unterschiedlichen Prinzipien.

Als Adam nun hinunterstieg in das Revier des Schiffsarztes und den kranken Daumen präsentierte, mußte er dem Doktor wohl oder übel Auskunft geben über sein Mißgeschick. Dr. Schmidt entisolierte kopfschüttelnd Adams rechten Daumen, reinigte ihn und stellte bekümmert fest, daß der Daumen auch von innen her schon schwärzte. Schmidt hätte sich begnügen können mit der landläufigen Redensart „Wer nicht hören will, muß fühlen!", aber er nutzte die Gelegenheit, um den Kapitän zu bearbeiten mit dem Ziel, ihn sich zum Verbündeten zu machen im Feldzug für die prophylaktische Weltordnung.

Während Schmidt noch einmal nachdrücklich die Benutzung festen Schuhwerks forderte und ein Landgangsverbot in gewissen grönländischen Häfen, nahm das Ziehen und Puckern zu in Adams Daumen, den der Doktor anscheinend vergessen hatte. Erst als Adams Zähne im Fieber aufeinanderzuklappern begannen, injizierte Schmidt etwas in den Handballen seines Patienten, legte einen sterilen Verband an und verabredete eine neue Konsultation für den nächsten Morgen.

Als Adam zum fünften Male hinunterstieg ins Krankenrevier, verzichtete der Doktor auf den üblichen Vortrag über den Segen der Prophylaxe. „Den Daumen muß ich Ihnen amputieren, sonst besteht Gefahr für die ganze Hand!" sagte Schmidt und schaute auf Adams gestochenen Dickfinger, der in den letzten Tagen noch erheblich an Schwärze gewonnen hatte. Da Adam meinte, der Doktor habe in seiner zurückliegenden gerichtsmedizinischen Schaffensperiode ausreichend Gelegenheit gehabt, mit Skalpell und Knochensäge zu hantieren, willigte er ein in die Operation. Sie verlief ohne Komplikationen. Den Daumen legte Schmidt in Formalin ein für den späteren histologischen Befund.

Schon beim nächsten Mittagessen beschlich Adam eine Ahnung, daß er die Bedeutung des rechten Daumens unterschätzt hatte. Es gelang ihm nicht, die Suppe in der gewohnten Weise zu löffeln. Er mußte sich linkshändig behelfen. Erst später, als die Operationsnarbe verheilt war und Schmidt den lästigen Verband entfernt hatte, lernte

Adam wieder, den Suppenlöffel mit der rechten Hand zu regieren. Dennoch gingen damals seine besseren Tage zu Ende.

In seinem Krankenbericht an die Adresse des Medizinischen Dienstes in Neuholm hatte Dr. Schmidt nicht nur die Krankengeschichte des Daumens und die eingeleiteten therapeutischen Maßnahmen, die leider die Amputation nicht verhindern konnten, in aller Ausführlichkeit beschrieben, er hatte auch die Frage gestellt, ob dem ehemaligen Besitzer des Daumens weiterhin eine aktive seemännische Betätigung zu gestatten wäre. Um der Obrigkeit die Entscheidung zu erleichtern, fügte Schmidt hilfsbereit die Abschrift eines Paragraphen aus einem Vorschriftenregister des Jahres einundfünfzig bei, wonach eine daumenlose Hand wegen beeinträchtigter Griffähigkeit nichts auf den Meeren dieser Welt zu suchen habe. Der Zufall wollte es, daß der ranghöchste Vertreter des Medizinischen Dienstes, der Adam Million vielleicht zu einer Sondergenehmigung hätte verhelfen können, zu den Autoren des Vorschriftenregisters aus dem Jahre einundfünfzig zählte.
So vollzog sich Adams Schicksal. Er erhielt einen Bürostuhl in der Reedereiverwaltung. Es halfen keine Eingaben an das Verkehrs- und Gesundheitsministerium, worin Adam hinwies auf das Beispiel Lord Nelsons, der bekanntlich die Seeschlacht von Trafalgar nicht nur einäugig kommandiert hatte, sondern auch einarmig. Auch die eidesstattliche Erklärung des lang befahrenen Stralsunder Kapitäns Liebeskind, der in früheren Zeiten das Kap Hoorn siebzehnmal auf einem Holzbein umrundet hatte, wobei der wackere Fahrensmann keinerlei Probleme mit seiner Standfestigkeit hatte, da er in die Decksbeplankung seines Seglers ein zweizölliges Loch sägen ließ, in dem sein Holzbein auch bei schwerstem Seegang bequemen Halt fand, selbst dieses Dokument konnte die Verkehrsmediziner nicht umstimmen. Adam mußte einsehen, daß die Prophylaxe seit Lord Nelsons und des alten Kaphoorniers Zeiten einen gewaltigen Aufschwung erlebt hatte.
Die volle Tragweite des Daumenverlustes wurde ihm je-

doch erst während seines Besuches einer Verwaltungsfachschule bewußt. Eine junge Dozentin der Gesellschaftswissenschaften weihte die Kursanten ein in den Prozeß der Menschwerdung. Sie führte aus, der Mensch habe sich erst dann über seine affenartigen Vorfahren erheben können, als er begann, mit Werkzeug zu hantieren, wozu es der anthropologischen Voraussetzung bedurfte, daß er seinen Daumen den übrigen Fingern gegenüberstellen konnte, während der Affenhand diese Technik versagt blieb. Adam schaute bestürzt auf seine rechte Hand. Sie beherrschte nur den Affengriff. Dr. Schmidt hatte ihn zum Affen zurückoperiert.
Mit der Zeit vergaß Adam den eigenen Anteil an seinem Unglück, die unbekleidete Hand beim Umgang mit Drahttauwerk und das zum Teerpflaster zweckentfremdete Isolierband. Dafür spürte er einen zunehmenden Groll gegen Dr. Schmidt und die verkehrsmedizinische Prophylaxe. Besonders bemerkbar machte sich dieser Groll immer dann, wenn einer seiner Kapitänskollegen durch den Strelasund hinausdampfte ins offene Meer und er selbst am Ufer zurückblieb. Es tröstete ihn auch nicht, daß Dr. Schmidt sein Schicksal teilen mußte. Es weigerten sich alle Neuholmer Kapitäne, ihn als Schiffsarzt an Bord zu nehmen. Sie nannten ihn „Messer-Schmidt". Er übernahm das Amt des Hafenarztes.
Vielleicht hätte Adam in späteren Jahren sein Ungemach vergessen, wenn der Daumen, obwohl verschwunden, nicht weiterhin gejuckt und gepuckert hätte bei Regenwetter. Und es gab viele Regentage in Adams daumenlosem Lebensabschnitt.
Heute, am Morgen des siebzehnten März neunzehnhunderteinundachtzig, gibt der verschwundene Kamerad keine Nachricht. Heute ist alles anders. Es ist Mariettas Tag.

Adam rekelt sich noch eine Weile im Bett, obwohl der Rundfunksprecher schon mit den Fünfuhrnachrichten begonnen und Elisabeth das Kaffeewasser aufgesetzt hat.
„Was ist los? Dir läuft die Zeit davon!" ruft Elisabeth durch die offene Tür.

„Ich hatte einen Traum", antwortet Adam.
„Von wem?"
„So Mitte Zwanzig und mit Sommersprossen."
„Je oller, desto doller!" ruft Elisabeth aus der Küche.
Indessen berichtet der Nachrichtensprecher über die Plenartagung der Akademie der Künste in Rostock-Warnemünde.
„Ob das was zu bedeuten hat?" fragt Adam aus dem Bett.
„Der Frost hat das Regenrohr gesprengt, und das Wasser läuft in die Veranda. Du wolltest ein neues Rohr besorgen", ruft Elisabeth.
„Heute ist schön Wetter!"
„Und wenn dein Daumen mogelt?"
„Heute passiert nichts", sagt Adam und dreht sich noch einmal auf die andere Seite.
Der Mann im Radio schildert nun, wie sich die Genossenschaftsbauern in Klein Vielen auf die Frühjahrsbestellung vorbereiten. Adam schließt die Augen und versucht sich an das Gesicht des Mädchens zu erinnern, das ihm im Traum erschienen ist. Der Nachrichtensprecher wandert von Klein Vielen nach Nuwakschut hinüber, der Hauptstadt Mauretaniens. Einer Meldung der französischen Nachrichtenagentur zufolge hätten aufständische Offiziere den Regierungspalast umstellt, alle Flugplätze und Häfen des Landes seien geschlossen.
Adam springt aus dem Bett, als hätte ihn ein Pferd getreten. Er verzichtet auf die Morgentoilette und fährt ohne Zeitverzug in seine Kleider.
„Ich frühstücke im Betrieb!" ruft er Elisabeth zu, während er sich bereits die Krawatte bindet, was ihm auch ohne den rechten Daumen in Sekundenschnelle gelingt.
„Das Kaffeewasser kocht schon. Was ist passiert?"
„Der Flugplatz von Nuwakschut ist geschlossen. Nicht mal auf seine Träume kann man sich mehr verlassen!"
„Nuwakschut?" fragt Elisabeth ratlos.
Vor der Haustür besteigt Adam eilig sein Fahrrad.

3. KAPITEL

*Es stellt Dr. Köppelmann und seine Methode vor,
die Welt vor verhängnisvollen Überraschungen zu bewahren,
und entwaffnet einen Sultan*

Adams Bürostuhl, zu dem Dr. Schmidt ihm vor einem Dutzend Jahren verholfen hat, steht neben vielen anderen Stühlen in der zweiten Etage der Neuholmer Reedereiverwaltung. Wäre die stralsundische Fischereiarmada eine Militärflotte, müßte man die Behörde in der zweiten Etage „Admiralität" nennen. Glücklicherweise torpedieren die Stralsunder Trawler niemanden, sondern fangen Heringe und Kabeljaus. So trägt Adams Behörde den friedlichen Titel „Fangleitung". Dennoch, so hört man, stört es Dr. Köppelmann durchaus nicht, wenn ihn jemand versehentlich „Großadmiral" tituliert.
Ende der fünfziger Jahre begnügte sich die Fangleitung noch mit zwei spärlich möblierten Büroräumen, drei Telefonen und einem Fernschreiber. Dr. Köppelmann herrschte bescheiden über einen Stellvertreter, zwei Assistenten und eine Sekretärin. Seine einzige Aufgabe war es, den ausreisenden Schiffen mitzuteilen, zu welchen Fischgründen sie dampfen sollten. Als Entscheidungshilfe dienten ihm die über Funk eingehenden täglichen Berichte der Schiffe, die sich bereits über den Bänken befanden. Damit er nicht die Übersicht verlor, ließ er in seinem Büro eine Weltkarte aufhängen. Mit Stecknadeln pinnte er kleine Papierschiffchen auf die zugewiesenen Positionen. Wenn der Fangleiter vor seiner Karte stand und mal wieder eine ganze Papierschiffchenflotte hinüberwarf von der Westgrönlandküste auf die amerikanische Atlantikseite, ahnten aufmerksame Beob-

achter den nicht mehr zu bremsenden Aufstieg des Dr. Köppelmann.
In den folgenden Jahren verdrängte die Fangleitung zunächst die Flottenbücherei aus der zweiten Etage der Neuholmer Reedereiverwaltung. Die Bibliothekare erhielten ein Notquartier in einer ehemaligen Baubaracke. Dasselbe Schicksal ereilte die Mitarbeiter der Abteilung Arbeit und Soziales, anschließend den Gewerkschaftsvorsitzenden mit seiner Sekretärin, zuletzt die Kolleginnen des Feriendienstes. Man mußte neben dem Notquartier der Bibliothekare eine weitere Baracke errichten für die aus der zweiten Etage Vertriebenen.
Es spaltete sich die Urzelle Fangleitung in eine Hauptfangleitung (HFL) und in eine Fangeinsatzleitung (FEL). Erstere stellte Dr. Köppelmann unter seinen persönlichen Befehl. Sie zeigte sich zuständig für die strategischen Fragen der Stralsunder Fernfischerei, organisierte nationale und internationale Fachkonferenzen und richtete einen eigenen Fahrkarten- und Hotelzimmerbestelldienst ein. Die Fangeinsatzleitung dagegen übernahm Dr. Köppelmanns frühere Aufgabe, dirigierte also die Schiffe zu den Fanggründen. Trotz der mit Stecknadeln bespickten Weltkarte ging zuweilen die Übersicht verloren. Überall in der Welt brachen Kabeljaukriege aus. Drei Augen sehen mehr als eins. So spaltete sich die Fangeinsatzleitung zweckmäßigerweise in drei Fangeinsatzleitungen (FEL I, FEL II, FEL III). FEL I betreut die Trawler der Baureihe A, die zur besseren Unterscheidung alle die Namen von Seevögeln tragen. Mariettas Schiff beispielsweise, die „Seeschwalbe", wird von FEL I an unsichtbaren Fäden über die Weltmeere gelenkt. FEL II und FEL III sorgen sich in gleicher Weise um die beiden anderen Baureihen, die nach Flüssen und Bergen der Republik benannt sind.
Die Schiffe benötigten jedoch stets einige Tage Marschzeit, ehe sie den ihnen zugewiesenen Fangplatz erreicht hatten. Zu oft aber war währenddessen der Fisch verschwunden oder ein neuer Kabeljaukrieg ausgebrochen. Es mußte ein Spezialistenkollektiv geschaffen werden, das unter Berücksichtigung neuester meeresbiologischer, meteorologischer,

glaziologischer und seerechtlicher Erkenntnisse sicher prognostizieren konnte, wo der Fisch in drei oder in zehn Tagen zu finden war. Diese Spezialistengruppe erhielt den Status eines selbständigen Bereiches innerhalb der HFL und die Bezeichnung „Wissenschaftliche Fangplatzprognose" (WFPP). Wegen des globalen Betätigungsfeldes des Prognosebereiches teilte er sich bald in WFPPA (Wissenschaftliche Fangplatzprognose Arktis) und WFPPAA (Wissenschaftliche Fangplatzprognose Antarktis).

Niemand werfe Dr. Köppelmann vor, die stete Vergrößerung der Fangleitung wäre allein seinem Ehrgeiz zu danken, es den britischen Marinelords gleichzutun. Der Chef der zweiten Etage folgte gewiß nur dem allgegenwärtigen Beispiel, durch die Einrichtung perfekter Behördenapparate ein bißchen mehr Ordnung in die Welt zu bringen. Dr. Köppelmanns ganzes Streben zielte darauf, den *Zufall* zu bekämpfen, diesen Nichtsnutz, der sich an keine Regeln hält, zur Unzeit Regen fallen oder die Sonne scheinen läßt, sich einmal als Glücksbringer tarnt, ein anderes Mal als Pechvogel, der gutbeleumdete Leute viel zu früh dahinsiechen läßt, aber irgendwelchen Leichtfüßen das unverdiente Leben eines Methusalems beschert, sie trinkfest und zeugungsfähig sein läßt bis zum letzten Atemzug. Der unordentliche Possenreißer trieb seinen Unfug natürlich auch in der Stralsunder Fernfischerei. Er vertrieb die Fische von einstmals ertragreichen Gründen, ließ Netze reißen und Schiffsmaschinen sich festfressen, zettelte Kabeljaukriege an, lenkte den Trawlern Hurrikane und Eisfelder in den Weg, pikte und piesackte überall.

In einer Rede auf der Theoretischen Konferenz des Fernfischereikombinates Stralsund-Neuholm führte Dr. Köppelmann dazu aus: „Was wir dringend benötigen, das sind verbesserte, das heißt nach wissenschaftlichen Kriterien erarbeitete Richtlinien, die unsere Tätigkeit bestimmen. Erst dann, wenn es uns gelingt, alle ereignisbildenden Faktoren fest und wissenschaftlich in den Griff zu bekommen, werden wir endlich keine peinlichen Zufälle mehr produzieren, sondern nur noch erwünschte Ereignisse!"

Dr. Köppelmann ließ es an Deutlichkeit nicht fehlen.
In der zweiten Etage der Reedereiverwaltung klapperten also unermüdlich die Schreibmaschinen und produzierten Weisungen, Ergänzungen zu früheren Weisungen, Rundschreiben, Prognosen, streng wissenschaftliche natürlich.
An Mitarbeitern mangelte es Dr. Köppelmann nicht. Für den ständigen Nachschub an fähigen Experten sorgte der Medizinische Dienst in der ersten Etage. Unterstützt von einem ganzen Dutzend Assistenten und Laborgehilfen, ausgerüstet mit den modernsten diagnostischen Hilfsmitteln, fahndete der Hafenarzt Dr. Schmidt tagaus, tagein unter den Kapitänen, Steuerleuten und Matrosen der Stralsunder Fischereiflotte nach rheumatischen Gelenken, Nierensteinen, kurzsichtigen Augen, schwerhörigen Ohren, Plattfüßen oder fehlenden Daumen. Entdeckte der Hafenarzt einen der Gebrechlichkeit Verdächtigen, beförderte er ihn umgehend auf einen Schonplatz in die obere Etage.
Es mischten sich dort in das Klappern der Schreibmaschinen unüberhörbar das Knirschen rheumatischer Gelenke, das Gepolter der Nierensteine, die Geräusche der Kollisionen kurzsichtiger Kapitäne mit Bürostühlen, Aktenböcken, neuen Erlassen und Vorschriften.
Allen erdenklichen prophylaktischen Vorkehrungen Dr. Köppelmanns und Dr. Schmidts zum Trotz traten dennoch Ereignisse ein, die niemand vorhergesehen hatte. Zur Bekämpfung dieser offenbar unausrottbaren Restquote an Überraschungen richtete die Fangleitung einige spezielle Planstellen ein. Dr. Köppelmann besetzte sie mit ehemaligen sturmerprobten Kapitänen, die es gelernt hatten, auch den schlimmsten Hurrikan in Ruhe abzureiten. Sie erhielten den Titel „operative Mitarbeiter". Was allen anderen Amtspersonen im Neuholmer Fischereibetrieb streng untersagt war, erwartete man von ihnen. Mit Augenmaß und improvisatorischem Geschick, Schnelligkeit und Diskretion sollten sie die Folgen der nicht vorhergesehenen Ereignisse tilgen oder wenigstens mildern. Es versteht sich, daß sich die operative Truppe ausschließlich den *negativen* Folgen unvorhergesehener Ereignisse zu widmen hatte. Unvorher-

gesehene Ereignisse mit *positiven* Folgen gibt es bekanntlich nicht, denn sie sind stets das Ergebnis der unermüdlichen planerischen Arbeit eines Leiters.

Das Tätigkeitsfeld der operativen Pannenhelfer reicht vom Nordpol bis zum Südpol, denn wo immer die Stralsunder Trawler ihre Netze schleppen, schiebt sich ihnen dann und wann eine Überraschung in den Weg. Der daumenlose Kapitän Adam Million ist für die Überraschungen in der Fangeinsatzleitung I zuständig, deren Schiffe der besseren Unterscheidung wegen die Namen von Seevögeln tragen, wie die „Seeschwalbe", Mariettas Schiff.

Jetzt bin ich nahe daran, das Geheimnis des innigen Verhältnisses zu verraten, das zwischen Adam Million und Mauretaniens Hauptstadt Nuwakschut besteht. Adam ist auf seiner eiligen Radfahrt seinem Arbeitsplatz in der Neuholmer Reedereiverwaltung schon tüchtig näher gekommen, aber wieder nicht weit genug, daß ich nicht noch rasch die Zeit fände, ein charakteristisches Beispiel seiner Pannenhelfertätigkeit „auszugraben".

Es begann im vergangenen Herbst auf der Georges-Bank östlich von New York, in Rufweite des Feuerschiffes „Nantuket I". Hier fischte die „Kormoran". Der Zufall schlug gleich mehrere Male zu. Erstens war der Bolzen der Hangerrolle, welche die Kurrleine übers Heck führt, infolge eines Materialfehlers verbogen. Das Seilrad saß deshalb schief im Rollenkörper. Zweitens begann die „Kormoran" während des Ausfierens des Fangggeschirrs unerwartet zu dümpeln, obwohl kein Lufthauch diesen Teil des Atlantiks kräuselte. Spätere Nachforschungen ergaben, die widerspenstigen Bewegungen des Schiffes waren hervorgerufen worden von einem Tsunami, einer Wellenbewegung, die ihren Ursprung einem Seebeben verdankte, dessen Epizentrum im nördlichen Atlantikgraben lag. Die im Tsunami dümpelnde „Kormoran" zeugte mit dem schiefsitzenden Seilrad der Kurrleinenführung eine neue Überraschung, einen Zufall der zweiten Generation gewissermaßen. Es sprang nämlich die Kurrleine aus ihrer Führung und verklemmte sich zwischen dem schiefsitzenden Seilrad und dem Rollenkörper. Während das seeseitige Ende der Leine unter der Last des tonnenschweren Fanggeschirrs knisterte wie eine Hochspannungsleitung, lag das andere Leinenende, da es am weiteren Auslaufen über die Hangerrolle gehindert war, wie ein schlapper Gartenschlauch auf den Planken des Fangdecks.

Nun trat der Zufall Nummer vier ein. Das heißt, er trat nicht eigentlich ein, er flog heran. Ein Wasserflugzeug der amerikanischen Coast-Guard donnerte im Tiefflug über die „Kormoran". Hervorgelockt durch den Motorenlärm, trat der Deckschlosser Armin Papke, genannt „Feuerfresser", aus seiner Werkstatt und schaute dem Flugzeug hinterher, schaute also in den Himmel und nicht zu Boden, was besser gewesen wäre. Es stand der Feuerfresser da wie Hans Guckindieluft, stand nicht irgendwo, etwa auf dem Stralsunder Marktplatz, sondern auf einer armdicken Stahltrosse. Die Motoren des sich entfernenden Coast-Guard-Flugzeuges lärmten gerade noch laut genug, um den Feuerfresser den Warnruf „Runter von der Leine!" überhören zu lassen.

In dem Moment rollte wahrscheinlich eine neue Tsunami-Woge heran. Die „Kormoran" bäumte sich noch einmal heftig auf und zerrte mit vermehrter Kraft an dem Fanggeschirr in ihrem Kielwasser. Die verschiedenen Zufälle, gezeugt in den Lüften und in den Meerestiefen, hatten nun alles bestens vorbereitet für ein Galaereignis.

Begleitet von einem fürchterlichen Knall, befreite sich die festsitzende Trosse aus ihrer Verklemmung und schoß, so berichteten Augenzeugen, wie eine gereizte Wasserschlange in den Atlantik. Als die Winsch ihrer Bewegung schließlich Widerstand entgegensetzte, verwandelte sich die armdicke Trosse in eine surrende Bogensehne. Es flog der Deckschlosser Armin Papke, genannt Feuerfresser, der, eben noch auf einem sich friedlich ringelnden Gartenschlauch stehend, seine Zeit mit Luftbeobachtungen verschwendet hatte, nun dem amerikanischen Coast-Guard-Flugzeug hinterher, bis sich die katapultierende Kraft allmählich verbrauchte und die Flugbahn des Feuerfressers sich dem Atlantik zuneigte, in dem er möglicherweise unbeschädigt gelandet oder richtiger gewassert wäre, wenn nicht das Feuerschiff „Nantuket I" im Wege gestanden hätte. Es kollidierte auf dem absteigenden Ast der Flugparabel der Feuerfresser mit der Laterne des Feuerschiffes und löschte sie, tat also seinem Namen ein letztes Mal die Ehre.

Ein Telegramm, das den Hexensabbat schilderte, den ein halbes Dutzend teuflischer Zufälle auf der Georges-Bank veranstaltet hatte, gelangte auf Adam Millions Schreibtisch. Er schrieb zunächst eine Schadensmeldung an die Versicherung über die Zerstörung eines kompletten Satzes bester Fresnellinsen in der Laterne eines amerikanischen Feuerschiffes. Dann übergab er das telegrafische Unfallprotokoll an Dr. Köppelmann und dessen Team zur Auswertung.

Dr. Köppelmann berief unverzüglich eine Konferenz ein. Sie erörterte in Anwesenheit zweier Wissenschaftler des Geophysikalischen Institutes der Karl-Marx-Universität Leipzig die Möglichkeiten der Prognostizierbarkeit atlantischer Tsunamis, kam allerdings, was diesen Tagesordnungspunkt anbelangt, zu keinem befriedigenden Ergebnis. Hingegen konnte das Problem klemmender Seilrollen entschärft werden. Ein Telegramm wies die in See befindlichen Schiffe an, die Bolzen in sämtlichen Takelblöcken zu überprüfen und im Bedarfsfall zu schmieren. Daß die Konferenz an ihrem dritten Sitzungstag eine Arbeitsschutzanordnung erlassen haben soll, die allen Seeleuten das In-die-Luft-Gucken verbot, entpuppte sich als Gerücht.

Adam nahm an dieser Konferenz nicht teil. Er bereitete sich auf die traurige Aufgabe vor, die Hinterbliebenen des Feuerfressers über seine letzte Tat zu informieren. Zudem waren die sterblichen Überreste in die Heimatgemeinde zu überführen, und eine würdige Beerdigungsfeier war auszurichten. Adam ließ sich die Personalunterlagen des unachtsamen Deckschlossers aushändigen, um sich ein Bild von seiner Persönlichkeit zu machen. Die Lektüre der Akten war niederschmetternd. Wie im Tode, so war der Feuerfresser auch im Leben vom Pech verfolgt gewesen. Die Hälfte der Personalpapiere bestand aus Unfallprotokollen. Es

klärte sich unter anderem, warum Armin Papke den Beinamen Feuerfresser trug.

Irgendwann hatte jemand ihn gebeten, einen Befestigungshaken an den Boden im Laderaum zu schweißen. Willig und hilfsbereit war der Deckschlosser mit seinem Schweißgerät losgezogen. Er konnte es nicht übers Herz bringen, den Leitenden Ingenieur zu wecken. Einen hart arbeitenden Seemann aus seinem verdienten Mittagsschlummer zu reißen, hielt Armin Papke für verabscheuungswürdig. Er zog ohne amtliche Schweißgenehmigung los. Mit dem Brenner wärmte er eine Bodenplatte im Laderaum tüchtig an. Als er den Haken an das glühende Plattenstück heften wollte, schoß eine fingerdicke Fontäne aus der Schweißstelle. Hätte der Brunnen Wasser gespien, es wäre dem unglücklichen Schlosser leichter gefallen, die Situation zu meistern. Ein Flaschenkorken und ein Scheuerlappen hätten bestimmt genügt. Aber es schoß kein Wasser aus dem Loch, sondern Dieselkraftstoff. Armin hatte versehentlich den achterlichen Kraftstoffbunker seines Schiffes angezapft. Erschwerend kam hinzu, daß sich die Fontäne an der Brennerflamme entzündet hatte.

Armin Papke zog seine Schlosserjacke aus und schlug auf die Flammen ein. Die Jacke war bald mit Kraftstoff durchtränkt. Als auch sie loderte, warf er sie in eine entfernte Ecke, wo sie zu Asche zerfallen konnte, ohne Schaden anzurichten. Nun zweckentfremdete der verzweifelte Schlosser seine Hose als Feuerpatsche. So trennte er sich nacheinander noch von seinem Oberhemd, dem Unterhemd, seinen Unterhosen und von seinem linken Socken. Erst mit dem rechten Socken, als seine Chancen also schon recht schlecht standen, gelang es ihm, die Fontäne zu löschen. Es setzte sich der nackte Schlosser Armin Papke, am Ende seiner Kräfte, auf das abkühlende Bohrloch und dichtete es so hinlänglich ab.

Auf den texanischen Ölfeldern hätte man den Feuerfresser vermutlich enthusiastisch gefeiert. Doch das FFK Stralsund-Neuholm verfügte seine fristlose Entlassung, die erst nach langwierigen arbeitsrechtlichen Verfahren in mehreren Instanzen zu einem strengen Verweis gemildert wurde. Adam Million seufzte bei der Lektüre der Akten. Das dürftige Glück, das dem armen Feuerfresser widerfahren war, nämlich die Milde eines Arbeitsgerichtes, hatte sich zuletzt als Unglück entpuppt. Ohne die milden Richter wäre der Deckschlosser nie mit der Laterne von „Nantuket I" zusammengestoßen.

Auch im privaten Leben des Feuerfressers schien das Unheil gewütet zu haben. Der Krieg hatte Armin als Vollwaise hinterlassen. Als nächste Angehörige hatte der Personalbogen ursprünglich eine gewisse Cornelia Glas (Verlobte) verzeichnet, wohnhaft in Hintersiedel, Thüringen. Diese Eintragung war später gestrichen worden. Es sollte nun Helga Glas (Verlobte), ebenfalls aus Hintersiedel, im Falle außerordentlicher Ereignisse im Leben Armin Papkes informiert werden. Aber auch das Interesse dieser Verlobten am Schicksal des Feuerfressers war irgendwann erkaltet,

denn eine Katja Meinel, wiederum Hintersiedel, hatte inzwischen die Nachfolge angetreten.
Adam notierte sich die Adresse der letzten Verlobten.
Wie üblich bei Landfahrten aus traurigem Anlaß, fuhr Adam nicht allein hin. Er ließ sich begleiten von Louise Schneider und Karl Schulze-Süwerkamp.
Louise leitete das Betreuungszentrum für die Familien der abwesenden Hochseefischer. Wann immer in den männerlosen Haushalten sich Unvorhergesehenes ereignete, das die maritimen Strohwitwen nicht aus eigener Kraft bewältigen konnten, ob es nun vom Unwetter abgedeckte Hausdächer waren, undichte Wasserleitungen oder Kurzschlüsse in der Stromversorgung, immer dann trat Louise auf den Plan. Überall im Land kannte sie Handwerker der verschiedensten Branchen, die sie sich mit fraulichem Charme und mit erlesenen Delikatessen aus der Exportproduktion des Stralsunder Fischereibetriebes gefügig machte. Reichten süße Worte und geräucherter Aal nicht aus, um die Handwerker zur schnellen Hilfe zu bewegen, so zögerte Louise nicht, selbst zu Rohrzange und Lötkolben zu greifen. Auf ihren Reisen ins Landesinnere führte sie neben ihrem persönlichen Gepäck stets einen Werkzeugkasten mit.
Karl Schulze-Süwerkamp, Adams zweiter Reisegenosse nach Thüringen, besaß Louises praktische Talente ganz und gar nicht. Seine in jungen Jahren begonnene Schauspielerkarriere hatte jäh geendet. Es konnte nämlich Karl Schulze-Süwerkamp nicht säuberlich trennen die Bühne und das Leben. Als er zum letztenmal den Romeo gab – das war im fünften Akt der Tragödie, er lag also schon vergiftet auf den Brettern – und Julia sich zu ihm beugte, das Gift von seinen Lippen zu küssen, widerfuhr ihm ein Mißgeschick. Es war der Schauspieler Karl Schulze-Süwerkamp, der minutenlang nichts anderes zu spielen hatte als den toten Romeo, also fast gar nichts, friedlich eingenickt in der Unschuld seiner jungen Jahre. Da er nun den Busen Julias beziehungsweise den seiner Kollegin vom Stadttheater an seiner Brust spürte, erwachte er. Noch schlaftrunken, wußte er im Moment nicht genau, wo er erwachte. Seufzend umarmte er die sich niederbeugende Kollegin, die mit

dem Intendanten verheiratet war, und öffnete ihr routiniert den Büstenhalter. Nachher fischte der aus der Rolle gefallene Romeo Heringe und Dorsch. „Weise sein und lieben, vermag kein Mensch, nur Götter können's üben!" soll er auf dem Fangdeck deklamiert haben. Seine Theatererlebnisse wärmten den Seelords während ermüdender Fischereiwachen vor Labradors Eisküste zwar nicht die klammen Finger und die kalten Füße, so doch aber die Herzen. Es hatte Karl Schulze-Süwerkamp also bald ein Publikum, das dankbarer war als die buhenden Zuschauer im Neuholmer Stadttheater. Er vergalt Treue mit Treue. Der einstige Romeo blieb auf dem Wasser, bis sein stattliches Haupt ergraut war und er längst hätte den König Lear spielen können. Der Hafenarzt Dr. med. Schmidt nahm nicht Anstoß an

der Haarfarbe des seefahrenden Mimen, sondern an dessen Ischiasnerv. Karl Schulze-Süwerkamp erhielt einen Schonplatz in der zweiten Etage der Reedereiverwaltung, als Redner bei leidvollen Anlässen.
Es bestieg also der ehemalige Kapitän und nunmehrige operative Mitarbeiter Adam Million, begleitet von Louise Schneider und Karl Schulze-Süwerkamp, ein Dienstauto der Reederei, das Louise mit sicherer Hand nach Thüringen lenkte, hin zu Katja Meinel. Der tote Deckschlosser reiste auf dem Luftwege dorthin, nämlich von New York via London-Heathrow, Kopenhagen-Kastrup, Berlin-Schönefeld. Die Reiseroute des Feuerfressers war Adam fernschriftlich mitgeteilt worden von dem Schiffsmakler Mr. Bering aus Newport, der gegen Honorar die Probleme der Neuholmer Schiffe in amerikanischen Häfen löste. Mr. Bering hatte sein Ehrenwort gegeben, der tote Seemann würde pünktlich zu seiner Beerdigung zu Hause sein.
Am Ortseingangsschild Hintersiedels wendete Louise den Wagen und lenkte ihn in einen stillen Waldweg. Dieser Aufenthalt war eingeplant. Jeder ergriff seine Reisetasche und entfernte sich einige Schritte ins Unterholz. Erst als Louise ihr geblümtes Sommerkleid gegen ein schwarzes Kostüm vertauscht hatte und Adam und Karl in den dunkelblauen Winteruniformen der Reederei steckten, fuhren sie ins Dorf ein. Hier fragten sie sich nach Katja Meinel durch, was nicht einfach war. Es teilte sich Hintersiedel in ein Oberdorf und ein Unterdorf. Fast alle Einwohner beider Hintersiedels trugen die Familiennamen Glas und Meinel. Der Stralsunder Gesandtschaft wäre die Suche nach Katja Meinel leichter gefallen, wenn sich die Meinels und Glasens irgendwann einmal geeinigt hätten, wer im Oberdorf wohnt und wer im Unterdorf. Auf diesen praktischen Einfall sind die Hintersiedler aber nie gekommen.
Dem Verkehr zwischen dem oberen und dem unteren Hintersiedel diente eine steile Steintreppe mit einhundertundsieben Stufen. Wollte man mit dem Auto vom Unterdorf ins Oberdorf fahren, mußte man einen Umweg über Ilmenau in Kauf nehmen. Diese einzige Straßenverbindung maß zwölf Kilometer. Wegen der von der Neuholmer Kombi-

natsleitung verordneten Kraftstoffeinsparungsmaßnahmen zogen es Adam und seine Leute vor, die Steintreppe zu benutzen. Eine Straßenpassantin im Unterdorf hatte ihnen erklärt, Katja Meinel wohne im Oberdorf.
Als Adam an die gewiesene Tür klopfte, öffnete ihnen ein von der Last der Jahre gebeugtes Weiblein. Sie hieß zwar Katja Meinel, konnte aber glaubwürdig versichern, nie in ihren achtzig Lebensjahren hätte sie irgendwelche Beziehungen zu Armin Papke unterhalten. Immerhin wußte sie von einer Namensvetterin aus dem Unterdorf, die mit einem Seemann verlobt war. Also stiegen Adam, Louise und Karl zurück ins untere Hintersiedel. Jene untere Katja Meinel lebte jedoch mit einem Binnenschiffer zusammen, der sich bester Gesundheit erfreute. Dennoch war der Abstieg nicht umsonst gewesen, denn die zweite Katja Meinel gab Adam einen heißen Tip, nämlich die Adresse einer dritten Katja Meinel, wohnhaft im Oberdorf. Nach dem erneuten Aufstieg fiel es Adam schon ziemlich schwer, ein würdiges Gesicht aufzusetzen, das sich für einen Überbringer trauriger Botschaften geziemte. Die dunkle Winteruniform, die er des traurigen Anlasses wegen trug, erwies sich nicht gerade als praktische Garderobe für alpinistische Touren. Louise schwor, sie werde die strengen Benzineinsparungsrichtlinien des Kombinates mißachten und von Unterhintersiedel über die Kreisstadt Ilmenau nach Oberhintersiedel fahren, sollte auch die dritte Katja Meinel nicht die Richtige sein. Doch es war die junge Frau, an deren Tür Adam jetzt klopfte, tatsächlich die richtige Katja, wenn auch nicht Katja Meinel. Sie hatte wenige Wochen zuvor einen Kalibergmann geheiratet, hieß nun Katja Glas. Sie weinte ein bißchen, als Adam ihr von der Kollision Armin Papkes mit „Nantuket I" berichtete, aber die Rolle der nächsten Hinterbliebenen wollte sie aus Rücksicht auf ihren Ehemann nicht übernehmen. Sie beschwor Adam, nicht schlecht von ihr zu denken, weil sie dem abwesenden Verlobten die Treue gekündigt hatte. Er sei ein liebenswürdiger Mensch gewesen. Doch hätte sie die meiste Zeit des Jahres wie eine Witwe gelebt. Da es ihr nicht gelungen sei, ihren Verlobten zu einem vernünftigen Beruf in Hintersie-

del oder Ilmenau zu überreden, hätte sich ihre Verbindung allmählich gelöst, wie alle anderen Verlöbnisse auch, die Armin Papke in beiden Hintersiedels eingegangen war. Immerhin willigte Katja Glas ein, an Armins Beerdigung teilzunehmen. Sie erbot sich, auch die übrigen ehemaligen Verlobten dazu zu überreden.
Von der Poststelle im Unterdorf telefonierte Adam mit der Luftfrachtabteilung des Berliner Flughafens. Er erhielt die Auskunft, die sterblichen Überreste Armins wären inzwischen in London gelandet und würden noch in der kommenden Nacht nach Kopenhagen weiterfliegen. Der Angestellte der Luftfrachtabteilung rechnete zuversichtlich mit dem Eintreffen des toten Seemannes für den nächsten Morgen.
Da Adam diese beruhigende Mitteilung erhielt, setzte er die Beerdigung des Feuerfressers für den drittnächsten Tag fest. Louise Schneider regelte die Formalitäten mit der Friedhofsverwaltung und mietete den Gasthof im Unterdorf für die Leichenfeier. Karl Schulze-Süwerkamp bemühte sich indessen, eine ergreifende Trauerrede zu Papier zu bringen.
Es machte dem ehemaligen Schauspieler einige Mühe, die rechten Worte zu finden für die Verdienste des teuren Toten, denn nach allem, was Karl über die Vollwaise Armin Papke in Erfahrung bringen konnte, beschränkten sich dessen Taten auf Unfälle und auf Verlöbnisse, die nie länger hielten als wenige Monate. Der alte Mime seufzte. „Ein sinnloses Leben!"
Hier irrte Karl Schulze-Süwerkamp. Es hatte nämlich der teure Tote zuletzt doch noch ein gutes Werk getan. Das war auf dem Flugplatz London-Heathrow geschehen.
Eine terroristische Vereinigung hatte einen erfolgreichen Sprengstoffanschlag auf den Cargo-Computer gemacht, der die einzelnen Luftfrachten automatisch zu den abfliegenden Maschinen lenkte. Angemietete Hilfskräfte mußten den Dienst des Computers übernehmen. Ausgerechnet an diesem Tag hatte sich eine ungewöhnliche Anzahl teurer Toter in Heathrow eingefunden, die in sehr ähnlichen Blechkisten in ihre Heimatgemeinden reisten, hauptsäch-

lich in ein kleines orientalisches Sultanat, nicht größer als das Fürstentum Monaco. Der Feuerfresser nutzte die Verwirrung. Während er selbst sich in den Orient davonmachte, ließ er eine sehr ähnliche Kiste via Kopenhagen-Kastrup und Berlin-Schönefeld nach Hintersiedel reisen.

Als die Kiste schließlich im Vereinszimmer des Gasthofes „Zur Linde" stand, konnte Karl Schulze-Süwerkamp der Versuchung nicht widerstehen, die zollamtlich verplombten Spannschlösser zu öffnen. Er wollte noch einmal den teuren Toten sehen. Kann sein, Karl hoffte, im letzten Moment von Armin Papke persönlich eine gute Tat zu erfahren, die man hätte in der Trauerrede erwähnen können.

„Mein Gott, was hat er nun wieder angestellt?" rief Karl. Louise und Adam traten heran und staunten nicht schlecht. Es enthielt die Kiste keinen Feuerfresser, sondern eine Fliegerbombe.

„Wir müssen die Beerdigung absagen!" flüsterte Louise resignierend.
„Das werden wir nicht tun!" sagte Adam.
„Wen wollen wir in zwei Stunden beerdigen?" fragte Karl verwirrt.
„Die Bombe!" entschied Adam.
Für den welterfahrenen Kapitän stand fest, irgend jemand, dem die Gesundheit und das Leben seiner Mitmenschen nicht besonders teuer war, schmuggelte als teure Tote getarnte Fliegerbomben unter Mißbrauch des zivilen Luftverkehrs ins heimische Arsenal, um sie eines Tages jemandem aufs Dach zu werfen. Adam war sich ziemlich sicher, weder der Absender noch der Empfänger der nach Hintersiedel umgeleiteten Bombe würden ernsthaft nach ihrem Verbleib forschen. Sollte wider Erwarten doch jemand die Spur der Bombe bis hierhin verfolgen, so meinte Adam, könnte man ja behaupten, man habe den teuren Toten eingeäschert, was bedauerlicherweise zu einer Explosion geführt habe, die keinerlei Reste der irregeleiteten Luftfracht übrigließ.
„Wahrscheinlich hat Armin einigen Menschen das Leben gerettet. Vereiteln wir also nicht seine letzte Tat, die vielleicht seine einzige gute Tat war. Sollte Armin später hier noch eintreffen, legen wir ihn als Bewacher dazu!" sagte Adam.
Das Gesicht Karl Schulze-Süwerkamps, das eben noch düster war wie die Miene Hamlets auf dem Friedhof, hellte sich auf. Endlich verfügte er über eine bewegende Idee für seine Trauerrede. Louise entnahm ihrem Werkzeugkoffer eine Klempnerzange und schraubte den Zünder aus der Bombe. Als der bestellte Holzsarg aus Ilmenau eintraf, setzten Adam und Karl die irregeleitete Lufttransportkiste hinein und nagelten ihn zu.
Es versammelten sich alle ehemaligen Verlobten des Feuerfressers am offenen Grab der Bombe. In seiner Rede erwähnte Karl Schulze-Süwerkamp zunächst Armin Papkes Verdienste um die Entwicklung der sozialistischen Hochseefischerei. Damit jedermanns Tisch stets reich gedeckt bleibe mit den Früchten des Meeres, habe der teure Tote,

der einen schönen, aber entsagungsvollen Beruf ausübte, auf persönliches Glück und familiäre Geborgenheit verzichtet. Das habe ihm oft Kummer eingetragen, namentlich dann, wenn er wieder einmal Abschied nehmen mußte von einem geliebten Menschen, der ihn ein Stück seines Lebens begleitet, aber nicht die Kraft gefunden hatte, dauerhaft seinem schweren und gefahrvollen Lebensweg zu folgen, obwohl der gute Wille gewiß vorhanden war.
Katja Glas, vormals Meinel, weinte.
Dann sprach Karl über den außergewöhnlichen Mut des teuren Toten, den er bei dem Brandunfall bewiesen habe, als er ohne Rücksicht auf seine Gesundheit und ohne ausreichende Löschmittel eine meterhoch brennende Ölfontäne wirksam bekämpfte, was achtzig Kollegen vor dem Tod des Verbrennens oder des Ertrinkens bewahrte. Seine größte Tat aber habe der teure Tote als Geheimnis mit ins Grab genommen. Karl Schulze-Süwerkamp konnte deshalb keine Einzelheiten nennen, deutete aber an, es handele sich um eine besondere Leistung auf dem Gebiet der internationalen Abrüstung, über die man außenpolitischer Rücksichten wegen heute noch nicht reden dürfe. Künftige Generationen aber würden davon erfahren und Armin Papke hoch in Ehren halten.
Eine Woche später meldete der Berliner Flughafen die Ankunft eines weiteren Blechbehälters mit den sterblichen Überresten des Feuerfressers. Es handelte sich diesmal um zwei Panzergranaten. Der teure Tote beendete seine Abrüstungsaktivitäten erst, als die Leute auf dem Airport London-Heathrow ihren Luftfrachtcomputer repariert hatten. Da machte sich Armin selbst auf den Weg nach Hintersiedel. Wie verabredet, bestatteten ihn die Stralsunder Operativen neben seinen explosiven Mitbringseln, die bequem die Arsenale des Fürstentums Monaco hätten füllen können. Es versteht sich, daß Adam und seine Gefährten das alles bei Nacht und Nebel erledigten, denn als operative Mitarbeiter der Neuholmer Reederei waren sie nicht nur zu Entschlußkraft und improvisatorischem Geschick verpflichtet, sondern auch zur Diskretion.–

Das alles geschah vor etlichen Jahren und steht hier als Beispiel für die Tätigkeit Adam Millions, nachdem der Verkehrsmediziner Dr. Schmidt ihn vom Wasser geholt und der Hauptfangleiter Dr. Köppelmann ihn zum Spezialisten bei unvorhergesehenen Ereignissen ernannt hatte.

4. KAPITEL

*Es stellt die Frage, ob eine Kindsgeburt ein glückliches und
unvorhersehbares Ereignis ist, und endet
mit einem weiteren Irrtum*

Noch ahnt Adam Million nicht, daß ihm der heutige Tag eine Aufgabe bescheren wird, die der denkwürdigen Beerdigung in Hintersiedel nicht nachsteht. Wir schreiben den siebzehnten März einundachtzig. Es ist Mariettas Tag.
Eben trifft Adam vor der Reedereiverwaltung ein. Er schließt sein Fahrrad an den soliden Stahlmast, der das Schild trägt: „Parkplatz – nur für Mitarbeiter des Medizinischen Dienstes". Auf dem so gekennzeichneten Reservat hält ein blaues Auto. Es entsteigt ihm Dr. Schmidt, der Hafenarzt.
„Ein schöner Tag heute", sagt der Doktor.
„Für mich nicht", brummt Adam.
„Macht Ihnen die Operationsnarbe zu schaffen?"
„Nein. In Nuwakschut putschen die Offiziere."
„Haben Sie Verwandte dort oder Freunde?" fragt der Hafenarzt erstaunt.
„Ich bin in Eile, Doktor!" sagt Adam.

Es ist zu dieser Morgenstunde ein Passagierflugzeug unterwegs von Berlin nach Nuwakschut mit achtzig Seeleuten aus Neuholm. Sie sollen die Besatzung der „Seemöwe" ablösen, die hundertzehn Tage vor der westafrikanischen Küste Makrelen gejagt hat. Der Besatzungswechsel war von einem Sonderstab der HFL unter der persönlichen Leitung Dr. Köppelmanns vorbereitet worden bis in alle Einzelheiten. Es gehörten diesem Gremium nicht nur Fischereiex-

perten an, sondern auch Mitarbeiter der Fluggesellschaft und Vertreter des Außenministeriums. Dr. Köppelmann glaubte alle ereignisbildenden Faktoren fest und wissenschaftlich im Griff zu haben. Aber der Planungsstab hatte nicht berücksichtigt die mangelnde Loyalität einiger Offiziere in Nuwakschut gegenüber dem eigenen Staatsoberhaupt und dem Neuholmer Hauptfangleiter. Es ist nun klar, warum sich Adam Million heute weniger um die Frühjahrsbestellung in Klein Vielen sorgt als um das ferne Ereignis in Mauretanien.
In seinem Zimmer in der zweiten Etage beginnt Adam unverzüglich mit der Pannenbekämpfung. Seine Waffen sind Telefon und Fernschreiber. Er leitet zunächst das nach Nuwakschut bestimmte Flugzeug um nach Gran Canaria. Dort reserviert er achtzig Hotelbetten. Der in Nuwakschut festliegenden „Seemöwe" erteilt er Order, sich bei der ersten günstigen Gelegenheit nach Gran Canaria davonzumachen. Dann entsendet er die praktische Louise Schneider und den Rhetoriker Karl Schulze-Süwerkamp nach Berlin-Schönefeld. In der Einreiseabteilung des Flughafens warten Frauen und Kinder aus allen Landesteilen auf die Heimkehr ihrer ziemlich lange fern gewesenen Männer und Väter. Karl muß ihnen erklären, warum die Erwarteten nicht fristgemäß eintreffen werden. Da die Frauen und Kinder kaum die mangelnde Loyalität einiger mauretanischer Offiziere als Entschuldigungsgrund anerkennen dürften, soll Karl einen harmlosen Maschinenschaden der „Seemöwe" vortäuschen. Ein solcher Verzögerungsgrund ist jeder Seemannsfrau plausibel. Adam weiß aus seiner eigenen Fahrenszeit, daß viele der wartenden Frauen, den gefüllten Brieftaschen der Männer vertrauend, den letzten Groschen ausgegeben haben für einen frischfrisierten Kopf, ein Paar neue Schuhe und für die Fahrkarte nach Berlin. Louise, ausgestattet mit einem ansehnlichen Barbetrag und entsprechender Vollmacht, wird ihnen die dringlichsten Etatlöcher stopfen. Ein Gratisessen im Flughafenrestaurant soll die Enttäuschung der Frauen zusätzlich lindern.
So telefoniert Adam den halben Vormittag hin und her mit ausländischen Schiffsmaklern, Mitarbeitern des Außenmi-

nisteriums, mit dem Restaurantchef auf dem Flughafen, reitet den mauretanischen Hurrikan allmählich ab. Als alles getan ist, läutet Dr. Köppelmann an, der gerade eine Konferenz abhält über die langfristigen Perspektiven der Fischerei im Seegebiet der Falklandinseln.
„Eben höre ich von einem Aufstand in Nuwakschut. Was passiert jetzt mit unserem Besatzungswechsel?" fragt der Fischereistratege besorgt.
„Der findet in Gran Canaria statt, Airport Gando!" sagt Adam.
„Na klar", sagt Dr. Köppelmann, „auf dich ist Verlaß, danke."
„Gern geschehen", sagt Adam.

Nun gönnt sich Adam eine kleine Pause. Mathilde Drews, die Sekretärin von FEL I, serviert ihm eine Tasse Kaffee. Er führt gerade die heiße Tasse an die Lippen, als der Fernschreiber zu ticken beginnt. Kapitän Meier von der „Seeschwalbe" meldet, die Produktionsarbeiterin Marietta Müller sei an dramatischen Leibkrämpfen und Erstickungsanfällen erkrankt, er habe einen norwegischen Hubschrauber angefordert, um die Patientin ins Hospital nach Bodø bringen zu lassen.
Zwei Stunden später tickt der Fernschreiber noch einmal. Adam Million, Krisenmanager und auf Überraschungen aller Art gefaßt, traut seinen Augen nicht.
„Mathilde", ruft er ins Vorzimmer hinaus, „im Panzerschrank steht noch eine halbvolle Flasche Korn. Die machen wir jetzt nieder aus gegebenem Anlaß!"
„Worauf trinken wir denn?" fragt Mathilde.
„Es ist uns Hochseefischern aus Neuholm", erklärt Adam feierlich, „soeben ein Kind geboren worden mit Namen Mario. Hoch leben Mario und seine tapfere Mutter, die ihn unter ihrer Schürze in die Lofotensee geschmuggelt hat, vorbei an Doktor Schmidt und der verkehrsmedizinischen Prophylaxe."
„Nicht möglich!" sagt Mathilde.
„Wer nicht mehr auf glückliche Fügungen hofft, hört auf zu leben", frohlockt Adam.

„Was das nun wieder kostet, der Hubschrauber, das norwegische Krankenhaus", warnt Mathilde Drews.
„An seinen Kindern soll man nicht sparen."
„Was tun wir jetzt?" fragt Mathilde.
„Uns freuen!"
„Und wer organisiert die Rückführung von Mutter und Kind nach Neuholm?"
„Wir sind", erklärt Adam, „ausschließlich verantwortlich für unvorhersehbare und peinliche Überraschungen. Die Geburt eines Kindes ist, wie jedermann weiß, ein glückliches Ereignis, zudem vorhersehbar, fällt also nicht in unsere Zuständigkeit. Uns bleibt nur übrig, auf die Gesundheit von Mutter und Kind anzustoßen. Prost!"

Als die Gläser ausgetrunken sind, diktiert Adam einen kurzen Brief. Hierin bittet er den Hafenarzt Dr. Schmidt um eine angemessene gesundheitliche Betreuung und Repatriierung der Produktionsarbeiterin Marietta Müller und ihres neugeborenen Babys Mario, zur Zeit Bodø. Zur näheren Erklärung des Sachverhaltes fügt Adam die Abschriften der beiden Seefunktelegramme aus der Lofotensee bei. Den Brief und die Telegrammabschriften bringt Mathilde in die untere Etage der Reedereiverwaltung. Schwester Claudia, Hüterin des Vorzimmers von Dr. Schmidt, erbleicht, als sie die Papiere überfliegt.
„Das bringe ich ihm nicht hinein. Er erschlägt mich!" sagt sie.
„Kapitän Million meint, es sei eine gute Nachricht!" ermuntert Mathilde sie.
„Dieses Miststück", schimpft die Schwester, „fährt mit einem Kind unter der Schürze zur See, verschweigt die Schwangerschaft, lügt bis zum letzten Augenblick. Geht's denn noch ärger? Und das nennt Ihr Chef eine gute Nachricht?"
„Es ist halt passiert", sagt Mathilde besänftigend.
„Aber es darf nicht passieren! Dafür steht der Doktor ein mit seinem guten Ruf. Er ist in infamer Weise hintergangen worden. Mein Gott, was tut man diesem herzensguten Mann an!" klagt die Schwester.

„Ein herzensguter Mann übt Nachsicht", sagt Mathilde.
„Nein, diese Nachricht überbringe ich ihm nicht. Er verdient sie nicht", beharrt die Schwester.
„Legen Sie ihm die Telegramme doch einfach in die Unterschriftenmappe, und verschwinden Sie!" schlägt Mathilde vor.

So geschieht es. Schwester Claudia schiebt die Nachricht aus der Lofotensee unter eine Leitungsdirektive, die Intensivierung der stomatologischen Vorsorgeuntersuchungen betreffend, und legt sicherheitshalber noch das Urlaubsgesuch einer Laborantin darüber. Sie huscht ins Zimmer des Chefs und plaziert die grüne Unterschriftenmappe wie immer auf die rechte Seite des Schreibtisches. Der Doktor, der gerade eine dringliche Empfehlung verfaßt an den Hauptfangleiter, worin er um die zusätzliche Anschaffung von Arbeitsschutzschuhen bittet, um des noch immer schwelenden Pantolettenproblems Herr zu werden, sieht kaum von seiner Arbeit auf.
„Was Dringendes?" fragt er lediglich.
„Das Übliche", sagt Schwester Claudia.
Ehe sie wieder im Vorzimmer verschwindet, wendet sie sich noch einmal nach ihrem Chef um.
„Ich habe neues Valocordin aus der Apotheke geholt. Es ist in der rechten Schreibtischschublade."
„Danke, Schwester. Heute werde ich es wohl kaum benötigen", sagt Dr. Schmidt und irrt, wie sich vorhin auch Adam Million geirrt hat, da er meinte, eine Kindsgeburt sei ein Glücksfall.

ZWEITES BUCH

*Es handelt davon,
wie Marietta in die Lofotensee geriet*

1. KAPITEL

*Es enthält geographische und ökonomische Hinweise
über Mariettas Geburtsort und schildert einige Gebräuche
seiner Einwohner*

Ehe Marietta in gesegneten Umständen zu den Lofoten aufbrach, lebte sie achtzehn Jahre in Deutsch-Sulkau. Das Dorf liegt nahe der polnischen Grenze. Einmal wurde es in den Fernsehnachrichten erwähnt. Lang anhaltende Sommerregen hatten die Neiße über die Ufer treten lassen, und die Landstraße nach Görlitz stand unter Wasser. Der Nachrichtensprecher riet den Autofahrern, sie sollten Deutsch-Sulkau im großen Bogen umfahren. Ich verspreche, es ist dennoch ein ungemein interessantes Dorf.
Die meisten Männer verdienen ihr Geld im Braunkohlentagebau. Der Schichtbus bringt sie in zwanzig Minuten hin. Die Mädchen und Frauen pendeln zumeist nach Görlitz. Marietta hatte in Görlitz den Verkäuferinnenberuf erlernt. Zuletzt arbeitete sie als Kassiererin in einer Lebensmittelkaufhalle.
Ihre Mutter, Petra Matuschek, leitet die Kindertagesstätte in Deutsch-Sulkau. Einmal im Jahr versammelt Petra die Eltern ihrer Schützlinge im Gasthofsaal. Unter ihrer Regie tragen die Kinder Gedichte und Reigentänze vor. Petra beendet diese Veranstaltungen stets mit einem kleinen Vortrag. Es ist darin die Rede vom Glück der Kinder, um das es sich zu mühen lohnt, aber auch von Ordnung und Disziplin, die man ihnen frühzeitig abverlangen müsse. In dem einen Jahr widmet die Rednerin dem Kinderglück mehr Aufmerksamkeit, im anderen Jahr gibt sie Ordnung und Disziplin den Vorzug. Mariettas Mutter begleitet

schon die zweite Generation junger Deutsch-Sulkauer ins Leben. Viele der Kinder von einst, die ihre Gedichte und Tänze den gerührten Eltern vortrugen, applaudieren heute nicht minder gerührt den eigenen Kindern.
Die anderen Frauen Deutsch-Sulkaus beneiden die Kindergärtnerin um ihren günstig gelegenen Arbeitsplatz, der lange Fahrten im Linienbus überflüssig macht, und um den tüchtigen Gregor Matuschek, ihren Mann. Gregor kommandiert einen Bagger im Tagebau. Sein Haus ist der erste Neubau, der seit dem Kriegsende in Deutsch-Sulkau errichtet wurde. Gregor baute es neunzehnhundertvierundsiebzig mit Hilfe einiger polnischer Feierabendarbeiter, die zu den Wochenenden über die Neiße kamen, um wohlfeil für hiesige Mark zu mauern. Gregor Matuschek ist nicht Mariettas Vater. Wer ihr wirklicher Vater ist, erfuhr sie erst, als sie siebzehn war.

Im Herbst kehrte Mario Amuneit zurück ins Dorf. Marietta kannte ihn seit ihrer frühesten Kindheit. Schon als Vierzehnjährige hatte sie ihn angehimmelt. Aber Mario, der drei Jahre älter war, übersah Mariettas verstohlene Blicke, die sie ihm hinüberwarf während der Montagsdiskos im Dorfklub. Auch blieb Marietta nie viel Zeit, die Aufmerksamkeit des jungen Mannes auf sich zu lenken, denn pünktlich um einundzwanzig Uhr setzte der Wirt sie und alle anderen, die noch nicht sechzehn Lenze zählten, vor die Tür. Als sie älter war und hätte bleiben dürfen, diente Mario in der Armee.
Marietta beendete unterdessen die Schule mit guten Noten. Gregor und Petra belohnten sie mit einem Moped. Das Gefährt trug Marietta jeden Morgen zu ihrer Görlitzer Lehrverkaufsstelle und zurück ins Dorf am Abend. Im Oktober des zweiten Lehrjahres wartete Mario an der Straße. Die Armee hatte ihm gedankt für seine Dienste am anderen Ende der Republik und ihn in den Heimatzug gesetzt. Der Linienbus nach Deutsch-Sulkau war schon abgefahren, als Marios Sammeltransport in Görlitz eintraf. Mario trank zwei Bier im Wartesaal, dann stellte er sich an die Straße nach Deutsch-Sulkau. Es hielt Marietta mit ihrem Moped.

Mario fröstelte etwas während der luftigen Fahrt auf dem Rücksitz. Auch fühlte er sich schläfrig wegen des zuvor getrunkenen Bieres. So gut es ging, duckte er sich in den Windschatten seiner schmächtigen Pilotin. Es blies aber noch immer eine Menge Fahrtwind durch seinen dünnen Parka, und Mario rückte näher an Marietta heran. An ihren Rücken geschmiegt, fand der müde und angetrunkene Mario schließlich etwas Wärme. Er schlief ein.
Marietta war keine kaltblütige Amazone. Die überraschende Begegnung mit dem heimkehrenden Mario hatte ihr Herz schneller schlagen lassen. Seine Hände, die jetzt ihre Hüften umfaßten, minderten ihre Aufregung nicht. Marietta wäre etwas mehr Kaltblütigkeit zu wünschen gewesen. Der stämmige Mann hinter ihr belastete das Moped ziemlich ungleichmäßig. Während die Hinterradfederung durchschlug, ging das Vorderrad beinahe in die Luft. Marietta hatte Mühe, den flatternden Lenker zu regieren.
Die herbstlichen Bäume rechts und links der Straße loder-

ten in der späten Sonne. Einiges Laub hatte sich aus den Baumkronen verabschiedet und bildete bunte Inseln auf dem blaugrauen Asphalt. Aus den bekannten Gründen hatte Marietta keinen Blick dafür. In einem der Laubhaufen verlor das hüpfende Vorderrad vollends den Kontakt zur Straße. Das Moped und seine Besatzung landeten im Straßengraben. Mario robbte hinüber zu Marietta, um zu fragen, ob sie sich verletzt hätte. Sie blickte ihn an aus erstaunten Augen. Den beiden war nichts passiert.

Am nächsten Freitag parkte das Diskoauto im Dorf. Der Plattenbarde Jens-Uwe schleppte seine Verstärker und Kabelschnüre in den Dorfklub, als Mario gerade aus der Grube heimkehrte. Jens-Uwe gastierte sonst nur am Montag hier. Aber der Gasthof in Neupruchten, wo er heute hätte Musik machen sollen, war als baufällig erklärt worden. So hatte Jens-Uwe seinen Auftritt nach Deutsch-Sulkau verlegt. Er bat Mario, ein wenig Reklame für ihn zu machen, damit der Saal nicht leer bliebe. Mario tat ihm den Gefallen. Er klopfte Marietta aus dem Haus.
Die erste halbe Stunde der Disko gehörte ihnen allein. Jens-Uwe legte ihnen eine Karatplatte auf. Marietta nippte an dem Wodka, den Mario ihr bestellt hatte. Mario alberte herum. „Eine Verkäuferin habe ich mir schon immer zur Freundin gewünscht. Da kannst du mir was unterm Ladentisch reservieren, Radeberger Pilsner beispielsweise."
Marietta schwieg.
„Bist du beleidigt?" fragte Mario.
„Ich habe drei Jahre auf dich gewartet", sagte Marietta.
„Ehrlich?" Mario staunte.

Marios bisheriges Leben war ohne große Aufregungen verlaufen. Nach der Schulzeit hatte er auf der Grube Elektromonteur gelernt. Wegen der Berufswahl gab es etwas Ärger mit den Eltern. Felix und Gerlind Amuneit hatten gehofft, Mario würde einen landwirtschaftlichen Beruf ergreifen. Die Amuneits wohnen auf dem einzigen Bauernhof in Deutsch-Sulkau. Vor zwanzig Jahren waren sie der LPG in Neupruchten beigetreten. Ein Lautsprecherwagen, der unter den Fenstern ihrer Wohnstube parkte, hatte ihnen drei Tage und drei Nächte lang die Vorteile des genossenschaftlichen Wirtschaftens ins Haus gerufen. Wahrscheinlich hatte Mario aber den Ausschlag gegeben für den Aufbruch seiner Eltern in die sozialistische Zukunft von Ackerbau und Viehzucht. Mario war damals ein Baby, das zahnte gerade. Der Lautsprecherlärm schreckte ihn alle Augenblicke aus dem Schlummer. Er spürte seine Zähne und plärrte, bis die Nerven seiner Eltern versagten. Sein Vater Felix vergaß später die Umstände, die ihn zum Mitglied der Neupruchtener Genossenschaft gemacht hatten, er behielt einen kühlen Kopf, legte sich ins Zeug und wurde Vorsitzender. Vor einigen Jahren kandidierte er erfolgreich für den Kreistag. Der Armeedienst bescherte Mario auch keine bedeutenden Zwischenfälle. Einmal sperrten ihn einige ältere Soldaten in einen Kleiderspind. Das Spiel nannten sie „Musikbox". Er sollte ein Lied singen, wenn sie einen Groschen durch den Türschlitz warfen. Als ihm in dem engen Gefängnis übel wurde, weigerte er sich, weitere Lieder gegen Groschenhonorare zu singen. Die Spaßvögel des letzten Diensthalbjahres kippten den Spind um und trommelten mit den Fäusten gegen die Blechwände. Mario stemmte die Knie gegen die Schranktür und sprengte sie. Bisher hatte er selten von seinen Fäusten Gebrauch gemacht. Er maß beinahe zwei Meter und brachte achtzig Kilo auf die Waage. Seine Altersgenossen in Deutsch-Sulkau, die nach einem Zechgelage im Dorfklub gern mal ihre Kräfte erprobten, wagten es nie, ihn herauszufordern. Da er selten Ursache gehabt hatte, sich gegen Handgreiflichkeiten zu wehren, galt er als friedlicher und besonnener Typ. Diesmal erlegte sich Mario keine Zurückhaltung auf. Er verwalkte das komplette letzte Diensthalbjahr seiner Kompanie. Die Vorgesetzten sahen über den Vorfall hinweg. Eingedenk der Lektion, die er den Krawallheinis seiner Kompanie erteilt hatte, unterblieben nachher die Musikwünsche der Altgedienten. Es bewarben sich viele Soldaten um seine Freundschaft. Sie erhofften sich von dem Hünen Mario zuverlässigen und uneigennützigen Schutz. Dieselben Eigenschaften stachen auch etlichen Frauen in die Augen. Bekanntlich

passiert es manchmal, daß junge Männer, die von der Natur besonders bevorzugt sind, weibliche Gunst auf sich zu lenken, ihren Vorteil lange nicht begreifen und nutzen, hingegen diejenigen, denen die Natur weniger gefällig ist, jeden zögernden Gunstbeweis eines Mädchens sofort als Weltereignis betrachten und alles daransetzen, die Schöne umgehend mit allerlei Süßholzraspelei zu erobern, weil das gefährdete Selbstbewußtsein dringend des Erfolgserlebnisses bedarf.
Marios Selbstbewußtsein brauchte lange Zeit keine dringende Bestätigung. Deshalb fehlte ihm später jegliche Übung in der Balz. Es fehlte ihm sogar jenes Minimum an schmachtender Beredsamkeit, ohne das die Frauen, die zu erkennen geben, sie möchten erobert werden, nicht auszukommen scheinen. Dieser Mangel brachte den armen Mario in den Ruf, er habe eine Elefantenhaut, undurchlässig für Amors Pfeile. Viele seiner stillen Verehrerinnen wollten ihre Liebesmühe nicht weiter verschwenden und wandten sich den weniger dickhäutigen Exemplaren der Männerwelt Deutsch-Sulkaus zu. Es sorgte aber noch ein weiterer Grund dafür, daß die Weiblichkeit von ihm abrückte.
Schon in seiner Kinderzeit interessierte sich Mario für ein seltenes Steckenpferd. Während seine Altersgenossen sich Goldhamster hielten oder Fußball spielten, hockte Mario vor einem guten Dutzend hölzerner Vogelkäfige und lauschte dem Gesang seiner Kanarienvögel. Wer das Metier kennt, wird wissen, die Kanarienzucht ist beinahe eine Wissenschaft. Mario hatte es darin ziemlich weit gebracht. Einer seiner gelben Sänger entzückte sogar die Ohren einer gestrengen Jury. Anläßlich eines Wettsingens aller in der zuständigen Sparte des Verbandes der Siedler und Kleintierzüchter des Kreises Görlitz organisierten Kanarienvögel erhielt Marios Sänger einen Meisterpreis. Vielleicht war es diese bei den Jüngern der Kanarienzucht begehrte Trophäe, die Mario davon abhielt, sich zu gegebener Zeit von seinem Kindheitssteckenpferd zu verabschieden, wie seine Freunde von den Goldhamstern und Aquarienfischen. Was man dem Kind Mario hoch anrechnete, nämlich die zuverlässige Versorgung eines guten Dutzends stimmbegabter

Piepmätze, rückte den erwachsenen Achtzigkilomann ins Zwielicht. Insofern war es nicht nur seine mangelnde Routine in der Fabrikation gängiger Komplimente, die seine einstigen Chancen bei der Deutsch-Sulkauer Weiblichkeit beinahe auf den Nullpunkt sinken ließ, sondern auch seine von der hiesigen Öffentlichkeit mißverstandene Liebe zu einem Dutzend kleiner gelber Vögel, Harzer Roller genannt.

Es war der Elektromonteur und Reserveunteroffizier mit zwanzig Jahren, wie der verständige Leser längst ahnt, ein Spätblüher. Als sich Mario dieser Tatsache bewußt wurde, geriet er in Panik. Es ist klar, ihm war Mariettas Geständnis, sie habe drei Jahre auf ihn gewartet, eine echte Labsal.
„Mann o Mann, wo hatte ich bloß meine Augen?" Er seufzte.
„Könntest du mich lieben?" fragte Marietta.
„Bestimmt!" Mario schluckte.

2. KAPITEL

*Es berichtet davon, wie
Mario und Marietta eine Nacht lang auf einen Meistersänger warteten, und
würdigt die Spürnase des Hofhundes Harras*

Als der Dorfklub schloß und die beiden auf der Straße standen, wölbte sich ein sternklarer Winterhimmel über sie. Die Pfützen hatten sich mit einer Eishaut überzogen, die unter ihren Tritten knisterte. Marietta fror. Mario hätte sie in die Arme nehmen müssen, um sie zu wärmen. Auf diesen naheliegenden Einfall kam er leider nicht. Statt dessen schlug er einen Spaziergang nach Neupruchten und zurück vor. Enttäuscht und zähneklappernd schüttelte Marietta den Kopf. Als sie ihm schon die Hand zum Abschied entgegenstreckte, kam Mario endlich der rettende Einfall.
„Ich zeige dir meine Kanaries!" stotterte er.

Am Hoftor der Amuneits beruhigte Mario erst einmal den Hund Harras, der sich die Anwesenheit eines weiblichen Wesens an der Seite des Juniors, zumal zu später Stunde, nicht erklären konnte, weil ihm keinerlei Präzedenzfälle bekannt waren, und darum heftig kläffte. Der Weg zu den Kanaries war aber noch anderweitig bewacht. Im unteren Stockwerk öffnete sich ein Fenster.
„Bist du es, Mario?" fragte die verschlafene Stimme des Kreistagsabgeordneten Felix Amuneit.
Mario zog seine Freundin eilig ins Dunkel des Hausflures, ehe sein Vater ihre Anwesenheit bemerkte.
„Ja, ich bin's", rief Mario in die Richtung des Fensters.
„Allein?" fragte der Vater zurück.

„Warum fragst du?"
„Weil der Hund angeschlagen hat!"
„Er wird den Marder verbellt haben, der sich schon neulich auf dem Hof herumgetrieben hat", lenkte Mario ab.
„Ja, wahrscheinlich der Marder!" sagte der Vater und schloß das Fenster.
Die ungalante Verwandlung der siebzehnjährigen Marietta in einen stibitzenden Marder erwies sich später als tragischer Irrtum, der tief in das Schicksal mehrerer Menschen eingriff. Hätte Felix Amuneit sich nicht mit Marios unbeholfener Notlüge begnügt, sondern wäre er aus seinem Schlafzimmer in den dunklen Hausflur getreten und hätte das Licht angeknipst, dann wäre ihm schwerlich entgangen, wen wirklich der Hofhund verbellt hatte. Felix Amuneit hätte sich angesichts Mariettas aus gewissen Gründen, die dem Leser bald bekannt werden, zwar entsetzt, aber er hätte endlich die Gelegenheit gehabt, einen Sachverhalt aufzuklären und gerecht zu sein gegen Mario und Marietta. Doch dieser Augenblick verstrich. Vater Amuneit legte sich schlaftrunken und ahnungslos neben seine Frau und überließ das Schicksal seinem Lauf.

Zunächst geschah wenig Beunruhigendes. Da Mario verhindern wollte, daß seine Eltern hinter ihrer Tür möglicherweise neuen Verdacht schöpften, weil nicht zwei Füße die knarrende Stiege zu seiner Kammer hinaufstiegen, sondern vier, ergriff er die leichtgewichtige Marietta wie ein kleines Kind, hob sie sich vor die Brust und trug sie nach oben. Marietta schien es, als läge sie in einem warmen Nest. Sie fühlte sich geborgen und beschützt. Nicht eine Sekunde fürchtete sie, Mario könnte auf der stockdunklen Stiege fehltreten und mit ihr nach unten stürzen.
Er setzte sie vorsichtig vor seiner Zimmertür ab.
„Das war echt lieb von dir, daß du mich getragen hast", flüsterte Marietta.
„Im Dunklen hättest du fehltreten können. Es hätte einen Mordslärm gegeben", entschuldigte sich Mario.
„Ich beschwere mich ja nicht deswegen, im Gegenteil, es war lieb!" sagte Marietta.

„Kann ja sein, du magst das nicht, wenn dich jemand anfaßt und so!" entschuldigte sich Mario noch einmal. Als er sein Zimmer öffnete und Licht anmachte, bemerkte Marietta seine roten Ohren.

Marios Mansardenstube war spärlich möbliert. An der rechten Wand des schmalen Raumes stand ein Patentsofa, das tagsüber als einzige Sitzgelegenheit diente. Davor befand sich ein winziger Tisch. Zur Schlafenszeit ließ sich das Patentsofa auseinanderklappen und in ein Bett verwandeln. In diesem Fall mußte sein Benutzer allerdings den Tisch vor die Tür stellen. An der gegenüberliegenden Wand machte sich ein großes Bord breit. Eine grüne Stoffbahn verdeckte die darauf abgestellten Gegenstände.
Mario entfernte vorsichtig die grüne Abdeckung.

„Das sind sie!" flüsterte er.
Marietta erblickte ein gutes Dutzend winziger Holzkäfige, aus denen die zur Unzeit geweckten Kanarienvögel sie müde anblinzelten.
„Können sie auch singen?" fragte Marietta.
„Wir müssen das Licht anlassen, damit sie richtig munter werden. Vielleicht hören wir dann was", erklärte Mario.
Marietta setzte sich auf das Patentsofa.
„Na gut, lassen wir das Licht an und warten wir", willigte sie ein.
Mario setzte sich neben sie.
„Das kann lange dauern", sagte er.
Um ihn zu trösten, weil seine Sänger ihre Schuldigkeit nicht taten, nahm Marietta seine rechte Hand, legte sie sich in den Schoß und hielt sie dort mit leichtem Druck fest. Ihre Hände waren eiskalt. Mario aber spürte eine heiße Woge des Glückes.
„Frierst du?" fragte er überflüssigerweise.
„Und wie! Du darfst deinen anderen Arm um meine Schulter legen", sagte sie.
Mario tat es. Noch einmal spürte er die heiße Woge.

Marietta besaß im Gegensatz zu Mario in Liebesdingen bereits geringe Erfahrungen. Nach den Diskos im Klub hatte sie hin und wieder ein Altersgenosse an die Hand genommen und vor das Haus der Matuscheks begleitet. Beim Abschied empfing sie einige schüchterne und ungeschickte Küsse. Thorsten Liebig, Sohn des einzigen Bäckermeisters im Dorf und notorischer Schürzenjäger, hatte sie einmal, als ihr Moped gerade streikte, auf der Landstraße aufgelesen und in sein Auto verfrachtet. Am Ortseingangsschild des Dorfes hielt er und verlangte ein Honorar für die Transportleistung. Marietta hatte ihn kurz auf den Mund geküßt. Aber der schneidige Automobilist gab sich nicht zufrieden. Er küßte zurück. Marietta fand, Thorstens Kuß unterschied sich erheblich von den ungeschickten Versuchen ihrer sonstigen Verehrer, und sie hielt still, um ihre neue Erfahrung auszukosten. Ihre Neugier spornte den Kavalier an zu weiteren Unternehmungen. Sie spürte, wie seine Hand sich am Reißverschluß ihrer Jeans zu schaffen machte und ihr alsbald unter die Slips fuhr. Vielleicht hätte sie den küssenden und tastenden Thorsten noch eine Weile gewähren lassen. Es kam aber von Deutsch-Sulkau ein Auto gefahren, und seine Scheinwerfer leuchteten voll in das Liebesnest. Marietta zog sich erschrocken den Reißverschluß zu, sprang aus Thorstens Wagen und rannte nach Hause. Mehr ist nicht über Mariettas damalige erotische Erfahrungen zu berichten.

Wie sie jetzt neben Mario auf dem Sofa saß, meinte sie, sie habe das Ihre getan, um ihren Freund zu Mut und Tapferkeit im Dienste der Venus zu veranlassen, indem sie die eine Hand Marios sich in den Schoß gelegt hatte und die andere um den Hals. Sie wußte nicht, was sie noch tun sollte, und wartete auf Mario. Mario wartete ebenfalls.
Er hätte Marietta bitten können, sich einen Augenblick von dem engen Patentsofa zu erheben, um ihm so Gelegenheit zu geben, das Möbel in eine Schlafgelegenheit zu verwandeln. Aber der umfangreiche technische Aufwand, zusätzlich mußte ja noch der Tisch vor die Tür gerückt werden, hätte die glückliche Stimmung, in die ihn Mariettas kleine kalte Hände versetzt hatten, die sich an seiner Pranke wärmten, unweigerlich zerstört. Auch befürchtete Mario, sein Mädchen, durch das umständliche Möbelrücken ebenfalls aus der Stimmung gerissen, würde nicht mehr länger auf den Gesang der Kanaries warten wollen und sich sogleich verabschieden. Es grübelte der Spätblüher Mario also heftig hin und her, und je länger er grübelte, desto mehr schwand sein Mut. Schließlich entschloß er sich, gar nichts zu tun und auf einen weiteren Gunstbeweis Mariettas zu warten. So wartete einer auf den anderen, und beide warteten auf den Gesang der Kanaries. Aber die kleinen Biester blinzelten nur müde aus ihren Käfigen heraus und schwiegen. Kann sein, die matte Fünfundzwanzigwattbirne in der Deckenlampe täuschte ihnen nur unzulänglich den lichten Tag vor.
Da nichts weiter geschah, begann Marietta zu träumen. Sie erinnerte sich an den Strand von Koserow, den sie in ihrer

Kindheit liebengelernt hatte, als sie dort mit ihren Eltern den Urlaub verbrachte. Sie wischte Petra und Gregor Matuschek aus der Landschaft und zauberte Mario neben sich in den warmen Seesand. In Sonne und Wärme getaucht, schlief Marietta ein.

Niemand sollte sie schelten deswegen oder ihr gar Herzlosigkeit gegen den schüchternen Mario vorwerfen. Es war am späten Freitagabend. Tagsüber hatte Marietta stundenlang in der Wochenendverkaufsschlacht um Pilsener Bier, Importkäse und andere begehrte Naturalien gestanden. Eine Kollegin, die am Mittag hätte kommen sollen, um sie an der Kasse abzulösen, war plötzlich erkrankt. Unglücklicherweise traf am Nachmittag noch eine LKW-Ladung Bananen ein. Die Nachricht davon verbreitete sich im Stadtviertel. Viele Kunden, die ihren Einkauf schon erledigt hatten, kamen noch einmal zurück. Ohnehin im Freitagsstreß, regte sie die Furcht auf, der Bananenvorrat könnte weggekauft sein, ehe sie selber zufassen konnten. Für die kleine Kassiererin, die an diesem Tag mit zwei Armen und zwei Händen tonnenweise Lebensmittel aus den Einkaufswagen heben mußte, um die Preise abzulesen, fand niemand ein freundliches Wort. Statt dessen hagelte es Verwünschungen, weil die Kassenschlange immer länger wurde. Wenn es nicht gerade Mario gewesen wäre, der sie abends zur Disko einlud, sie hätte schon seit Stunden geschlafen wie ein Stein.

Auch Mario war ziemlich müde. Zu einem Kohlebagger, der auf eine tiefere Sohle umgesetzt worden war, hatte seine Brigade eine neue Energieleitung gelegt. Mario war viele Male, behängt mit kiloschweren Flaschenzügen, in die Gittermasten geklettert. So erträumte auch er sich eine bequeme Liegestatt, während er ziemlich steif neben Marietta saß. Es war aber nicht der in eine warme Sommersonne getauchte Strand von Koserow. Er erträumte sich sein Kasernenbett. Wahrscheinlich eignete es sich besser zur Ruhe als sein unaufgeklapptes Patentsofa.

Es schliefen also Marietta und Mario nach schwerem Ta-

gewerk und einer Diskoveranstaltung sitzend und händchenhaltend bis in den frühen Morgen. Als es über Deutsch-Sulkau dämmerte, hatten die Kanarien ein Einsehen. Endlich zwitscherten sie die stundenlang geschuldeten Strophen.
Marietta meinte, sie träume immer noch von Sonne, Meer und Urlaub. Doch Mario erinnerte sie daran, wo sie wirklich war.
„Du mußt gehen, ehe meine Eltern das Vieh abgefüttert haben", sagte er hastig.
„Wieso, schlafen sie nicht mehr?" fragte Marietta, müde blinzelnd.
„Sie wirtschaften längst im Stall. Ich habe auch verpennt", entschuldigte er sich.
Mariettas Gesicht, eben noch im Schlaf entspannt, verdüsterte sich. Sie sah aus wie jemand, den ein herber Schicksalsschlag in Sekundenschnelle von einem sommerlichen Strand ins herbstlich-neblige Neißetal verbannt hat.
„Schade", sagte sie, „ich hätte ihnen gern noch eine Weile zugehört."
„Wem?" fragte Mario, den die Furcht ziemlich begriffsstutzig gemacht hatte, seine Eltern könnten seine Freundin zu früher Morgenstunde, die für schickliche Besuche wenig geeignet war, bei ihm entdecken und womöglich Mariettas gute Erziehung bezweifeln.

Marietta trat an das Wandbord, auf dem die Käfige standen. Einer der Sänger tirilierte gerade eine besonders schöne Strophe. Das Mädchen stellte sich auf die Zehenspitzen, um ihn anzuschauen.
„Mensch, beeil dich doch, es ist gleich sechs Uhr!" trieb Mario sie an.
Marietta, die hin und wieder ins Görlitzer Theater ging, erinnerte sich Julia Capulets listigen Ausrufes: Es war die Nachtigall und nicht die Lerche! Aber mit diesem Trick konnte sie Mario nicht kommen, denn er wußte leider nur zu gut, welche Sorte Vögel in seinen Käfigen jubilierte.
„Na gut, gehen wir", willigte sie ein.
Entweder wurde Mario durch Mariettas traurigen Blick ge-

rührt, oder es regte sich der Kavalier in ihm. Er ermannte sich zu einer großherzigen Tat.
„Ich schenke ihn dir", sagte er.
Er nahm den Käfig vom Bord, wickelte ihn in ein Handtuch und drückte das Geschenk an Mariettas Brust.
„Halt ihn warm, damit er sich nicht erkältet!" erklärte er mit belegter Stimme. Es handelte sich immerhin um jenes Exemplar, das im Görlitzer Verband der Siedler und Kleintierzüchter die begehrte Trophäe ersungen hatte.
Auf Zehenspitzen, die angelehnte Stalltür, hinter der seine Eltern ihr frühes Tagewerk verrichteten, nicht aus den Augen lassend, begleitete Mario seine Freundin vors Hoftor. Der Hund lief schweifwedelnd neben den beiden her. Harras hatte diesmal keine Veranlassung, durch wachsames Bellen anzuzeigen, daß sich ein Fremder auf dem Hof aufhielt. Seine Hundenase hatte soeben eine Entdeckung gemacht, die ihm Mariettas Anwesenheit als durchaus unbedenklich erscheinen ließ. Der erfahrene Tierliebhaber weiß, welchen feinen Familiensinn ein begabter Hund besitzt. Der Experte wird mir beipflichten, wenn ich einige Seiten weiter unten enthülle, was die Hundenase soeben entdeckt hatte, daß Harras im Augenblick mehr über Mario und Marietta wußte als die beiden selber. Da es Harras der menschlichen Sprache ermangelte, konnte er sein Wissen nicht ausposaunen. Dennoch gab er auf Hundeart ein Zeichen. Am Hoftor, als sich die beiden Liebesleute verabschiedeten, setzte er sich artig vor Marietta hin und leckte ihr freundschaftlich die rechte Hand. Wenn in dem Moment jemand der kleinen Marietta was Böses hätte antun wollen, Harras hätte ihn unweigerlich in Stücke gerissen. Leider blieb der Hund bei Mario zurück, als Marietta, einen kleinen Vogelkäfig an die Brust pressend, sich durch die Morgendämmerung in die Richtung des elterlichen Hauses davonstahl.
Der brave Harras hätte sie begleiten sollen!

3. KAPITEL

*Es führt zurück in die Geschichte Deutsch-Sulkaus
und enthält überraschende Nachrichten
über einen nahen Verwandten Mariettas*

Weil Marietta vergessen hatte, ihrer Mutter anzukündigen, sie werde die Nacht über ausbleiben, um irgendwo dem Gesang von Kanarienvögeln zu lauschen, hatte die besorgte Mutter überhaupt nicht geschlafen. Alle Augenblicke war sie aus dem Bett aufgestanden und hatte in Mariettas Zimmer geblickt. Als auch um Mitternacht das Bett der Tochter noch leer war, begann Petra Matuschek zu fürchten, ihrer siebzehnjährigen Tochter wäre ein Unglück zugestoßen. Zumal Gregor, der sie hätte trösten und beruhigen können, zur Nachtschicht in der Grube war, steigerte sich Petras Angst während der nächsten Stunden bis zur Panik. Um sechs Uhr morgens kleidete sie sich an und ging in den Kindergarten hinüber. Dort gab es ein Telefon. Petra wollte die Polizei über das Verschwinden der Tochter unterrichten. Glücklicherweise fuhr gerade der Schichtbus ins Dorf, ehe Petra ihr Vorhaben wahr machen konnte. Der heimkehrende Gregor hielt seine Frau auf und erkundigte sich nach der Ursache der Tränen, die ihr reichlich über die Wangen liefen.
„Deswegen mußt du nicht gleich zur Polizei rennen!" tröstete er Petra.
„Sie ist noch nie so lange ausgeblieben." Sie schluchzte.
„Einmal mußte es kommen. In dem Alter haben sie doch alle einen Freund. Du beispielsweise trugst als Achtzehnjährige bereits ein Kind unter der Schürze." Gregor lachte schallend.

Er legte den Arm um Petras Schultern und führte sie ins Haus zurück.

Als die beiden Eheleute beim Morgenkaffee saßen und Vermutungen darüber anstellten, wen sich Marietta wohl ausgesucht hatte, hörten sie die Haustür ins Schloß fallen. Kurz darauf knarrte eine Diele im Obergeschoß.
„Na bitte", sagte Gregor, „sie ist weder in die Neiße gesprungen, noch hat jemand sie entführt oder ermordet!"
Petra wollte sich erheben, um in Mariettas Zimmer zu gehen.
Gregor hielt seine Frau zurück. „Stell sie jetzt nicht zur Rede. Ich wette, spätestens beim Mittagessen wird sie von sich aus erzählen, wo sie nachts gewesen ist."
Langsam legte sich Petras Aufregung. Erleichtert blickte sie zur Zimmerdecke empor, über der sie die leichten Schritte ihrer Tochter hörte. Plötzlich mischte sich in die gewohnten Geräusche ein ungewohntes Tirilieren. Petra war erneut aufs fürchterlichste beunruhigt.
„Was ist das?" fragte sie hastig.
„Hört sich an wie ein Kanarienvogel. Jemand wird ihn Marietta geschenkt haben", vermutete Gregor.
„Kanarienvögel hält in Deutsch-Sulkau nur einer, und der heißt Mario Amuneit!" sagte Petra, stürzte zur Tür hinaus und die Treppe hinauf, hin zu Mariettas Stube. Gregor folgte ihr nachdenklich. Auch ihn beschlich eine schlimme Ahnung.
„Wo warst du die Nacht?" herrschte Petra ihre Tochter an, die sich gerade ins Bett gelegt hatte, um etlichen versäumten Schlaf nachzuholen.
„Mario Amuneit hat mir seine Kanarienvögel gezeigt." Marietta lächelte ihre Mutter an.
„Und das ist sein Liebespfand, ja?" Petra wies mit dramatischer Gebärde auf Marios zwitscherndes Geschenk.
„Er hat einen Preis gewonnen", sagte Marietta stolz.
„Der Vogel kommt mir augenblicklich aus dem Haus!" schrie Petra.
„Aber warum denn? Es ist nichts passiert, falls du das

meinst. Und wenn schon, was könnte der Kanarienvogel dafür?" fragte Marietta.
„Du wirst dich nie wieder mit Mario Amuneit treffen!" bestimmte die Mutter.
„Doch", sagte Marietta, „heute nachmittag im Dorfklub."
„Du erhältst Stubenarrest!" sagte die Mutter.
„Was ist denn los mit dir?" rief Marietta, der Petras Verhalten völlig unerklärbar war.
Sie erhielt keine Antwort, denn die Mutter hatte bereits die Stubentür hinter sich geschlossen.

„Sie war tatsächlich bei ihm", informierte Petra draußen ihren Mann.
„Und was nun?" fragte Gregor besorgt.
„Herr im Himmel, laß diese Nacht nur keine Folgen haben!" rief Petra.
Die Matuscheks hielten noch bis in den späten Vormittag Kriegsrat und überlegten, wie sie Marietta einen seltsamen Umstand beichten sollten, den der Amuneitsche Hofhund Harras schon einige Seiten zuvor gewittert hatte. Es handelte sich darum – für eine Hundenase wahrlich kein Problem –, daß Mario und Marietta Halbgeschwister waren. Den Hund Harras ausgenommen, wußten in Deutsch-Sulkau nur drei Personen davon, nämlich Petra und Gregor Matuschek sowie Felix Amuneit. Warum die enge verwandtschaftliche Beziehung der beiden jungen Leute bis auf den Tag in Deutsch-Sulkau ein streng gehütetes Geheimnis geblieben war, ist einer Reihe bunter Zufälle zu verdanken, so bunt, daß sich dem abgebrühten Stralsunder Kapitän Adam Million, der sich gewiß mit dem Kobold Zufall auskannte, noch nachträglich die Haare sträubten, als ihm Marietta einmal davon berichtete.

Es war im Sommer fünfundvierzig. Über die Görlitzer Neißebrücke zog ein Menschenstrom. Diesseits der Brücke verzweigte er sich. Ein beträchtlicher Teil der unfreiwilligen Wanderer, die der Krieg ihre Städte und Dörfer gekostet hatte, zog über die südwärts führende Landstraße nach Sachsen. Das nächste Dorf, auf das sie in dieser Richtung

stießen, war Deutsch-Sulkau. In den ersten Tagen des großen Trecks leisteten sich die Deutsch-Sulkauer noch den Luxus der Gastfreundschaft. Überall, wo sich Platz fand, quartierten sie bereitwillig diejenigen ein, die nicht mehr die Kraft hatten weiterzumarschieren. Als unter jedem Dach bald doppelt soviel Menschen wohnten wie zuvor und der Menschenstrom auf der Landstraße noch immer anschwoll, verschlossen die Deutsch-Sulkauer ihre Herzen und Türen. Unerbittlich trieb der Bürgermeister die verzagten Wanderer an, wenn sie auf dem Dorfanger Rast machen wollten.
„Von Deutschland ist nicht nur Deutsch-Sulkau übriggeblieben. Geht weiter, Leute, Deutschland reicht bis zum Bodensee!" soll er gerufen haben.
Wer sich seiner Aufforderung nicht fügte, den zwang er mit seinem riesigen Neufundländer aus dem Dorf. Als ihm der Hund erschlagen wurde, rekrutierte er einige einheimische Bergleute als Gehilfen. Sie mußten die Aufgabe des Hundes übernehmen. Es war pure Notwehr. Das Kriegsende und die Umstände der Umsiedlung hatten die wandernden Schlesier zermürbt. Sie mochten nicht begreifen, warum gerade sie mit Habe und Wohnung für den verlorenen Krieg einstehen mußten, während die übrigen Deutschen zwischen Neiße und Bodensee weiterhin Haus, Hof und Habe behalten durften. Viele meinten, was dem einen recht ist, müsse dem anderen billig sein, und sie machten keinen Unterschied zwischen mein und dein. Hätten die Deutsch-Sulkauer weiterhin Barmherzigkeit geübt, der Menschenstrom hätte ihr Dorf fortgetragen, Kuh für Kuh, Huhn für Huhn, Stein für Stein.

In dem Treck marschierte eine dreißigjährige Frau, deren Familie und Habe auf ein Baby, einen klapprigen Kinderwagen und einen leeren Rucksack zusammengeschrumpft war. Als die Frau von dem Gutshof, den sie „ihren" Gutshof nannte, obwohl er ihr keineswegs gehört hatte, in westlicher Richtung loszumarschieren begann, war ihr Rucksack noch prall gefüllt gewesen. Unterwegs hatte sie seinen Inhalt nach und nach gegen Nahrungsmittel eingetauscht. Als

die wandernde Frau mit ihrem Baby Deutsch-Sulkau erreichte, hatte sich in ihrem Rucksack schon seit drei Tagen nichts mehr befunden, was sie gegen Nahrung hätte eintauschen können. Die Frau besaß auch nicht mehr die Kraft, irgendwo etwas Eßbares zu stehlen. Sie setzte sich in den Schatten einer Kastanie, legte sich ihr Baby an die schlaffe Brust und wartete auf ein Wunder.
Jene schattenspendende Kastanie gibt es heute noch. Sie steht vor dem Haus des Genossenschaftsvorsitzenden und Kreistagsabgeordneten Felix Amuneit. Damals gehörte ihm allerdings weder die Kastanie noch das Haus. Er war das Wunder, auf das die Frau unter der Kastanie wartete.
Felix, damals achtzehnjährig, gehörte nicht zu den alteingesessenen Deutsch-Sulkauern. Er genoß das Gastrecht des

Dorfes erst seit April fünfundvierzig. Zu diesem Zeitpunkt übten die Deutsch-Sulkauer noch Barmherzigkeit. Felix stammte aus der Liegnitzer Gegend. Dort war er ein halbes Jahr zuvor, ohne daß ihn jemand um Erlaubnis gefragt hätte, unter die Fahnen der faschistischen Wehrmacht gerufen worden. Der junge Soldat konnte die Front bequem zu Fuß erreichen. Sie verlief am östlichen Stadtrand von Liegnitz. Seine Kompanie zog sich, kämpfend und in der Mannschaftsstärke schnell schrumpfend, auf Görlitz zurück. Als auch Görlitz aufgegeben werden mußte, erhielt seine Einheit den Marschbefehl nach Dresden. Wegen der Tiefflieger, die tagsüber die Landstraße beschossen, mußte nachts marschiert werden und in Eilmärschen. In Deutsch-Sulkau öffnete Felix seine Feldflasche, denn der Gewaltmarsch hatte ihn durstig gemacht. Die Flasche war leer. Um sie zu füllen, betrat er einen Bauernhof. Das Quietschen der Hofpumpe, an der er sich bediente, lockte die Bäuerin aus dem Haus. Sie war Mitte Zwanzig und hatte vor einem Jahr ihren Mann an der Front verloren. Vielleicht war es die Sorge, dem jungen Soldaten, der aus ihrem Brunnen Wasser pumpte, würde ein ähnliches Schicksal blühen, wenn sie ihn nicht barmherzig in ihre Küche einlud. Sie machte ihm ein paar Brote, befragte ihn nach seinem Woher und Wohin. So erfuhr sie, Felix war ein achtzehnjähriger Bauernsohn aus der Gegend von Liegnitz. Auch fand sie, er sei kräftig gebaut und gut anzuschauen. Deshalb stellte sie eine offene Flasche Korn neben die Brote. Felix aß und trank und verplauderte sich mit der jungen Frau. Nachher fand er seine Kompanie nicht mehr. Sie war in der Dunkelheit weitermarschiert. Felix stand eine Weile ratlos auf der Dorfstraße. Einer auf einem Eilmarsch befindlichen Kompanie hinterherzueilen, hielt Felix, den der Korn und die Schinkenbrote ziemlich träge gemacht hatten, für ein ebenso aussichtsloses Unterfangen wie etwa die Verfolgung des finnischen Langstreckenläufers Nurmi, den Felix einmal auf einem Sportfest in Breslau erlebt hatte. Felix ging zurück ins Haus der Bäuerin. Die hatte ihm schon vorsorglich Zivilzeug und einen Schlafanzug bereitgelegt. Noch in derselben Nacht warf sie seinen Karabiner in die Neiße und verbrannte seine Uniform. Seither genoß Felix Gastrecht bei der Witwe Gerlind Lehmann. Beide legten es großzügig aus, und Felix durfte im Bett des gefallenen Helden schlafen. Nur während der ersten Maiwochen, als die Rote Armee nach versteckten deutschen Soldaten suchte, mußte er auf Gerlinds Geheiß auf den Heuboden umziehen. Zur Erntezeit konnte er sich bereits offen im Dorf zeigen. Zumal jetzt Tausende Schlesier durch Deutsch-Sulkau zogen, fiel er als Fremder nicht mehr auf. Er fuhr Gerlinds Getreide ein.

Als er mit seinem Roggenfuder zum Hoftor einbog, scheuten plötzlich die Pferde. Die Ursache ihrer Unruhe bemerkte er nicht gleich, weil sein hochbeladenes Fuhrwerk die Sicht versperrte. Felix machte halt und lief um das Fuder herum. Auf der anderen Seite fand er eine Frau am Boden, ein Baby, einen klapprigen Kinderwagen und einen leeren Rucksack.
„Sie machen mir die Pferde scheu. Suchen Sie sich einen anderen Platz zum Ausruhen!" rief er.
„Willst du was eintauschen?" fragte die Frau am Boden.
„Was denn?" fragte Felix neugierig, der für Geschäfte, falls sie günstig für ihn waren, stets Interesse fand, damals wie heute.
„Ich gebe dir das Kind, du gibst mir einen Strick!" sagte die Frau vor seinen Füßen.
„Das ist ein alter Zigeunertrick, du Bettlerin!" antwortete er.
„Ich bin keine Zigeunerin, ich habe den Krieg verloren, und die Polen haben mich rausgeschmissen deswegen. Alles ist hin, Stube, Küche, Ziege, Arbeit, Mann, Unterhalt. Verstehst du?" sagte die Kriegsverliererin.
„Noch hast du das Baby und das Leben. Beides gibst du hin für einen Kälberstrick. Das ist für uns beide kein vorteilhafter Handel. Wenn wir ins Geschäft kommen wollen, mach ein anderes Angebot!" sagte Felix forsch.
„Ich kann arbeiten und verlange wenig Lohn!" bot die Frau an.
„Schon besser! Und auf welche Arbeit verstehst du dich?"

„Melken, Buttern, Garbenbinden, Dreschen, Spinnen, Leineweben, Mehlmahlen, Backen, Bierbrauen ..."
„Genug", rief Felix, „ich rede mal mit der Bäuerin."
„Deine Mutter?" fragte die Frau am Boden.
„Meine Frau!" sagte der achtzehnjährige Deserteur leichthin, obgleich seine Ehe noch nicht vom Pastor eingesegnet und vom Standesbeamten beurkundet war. Die Frau vor Felix' Füßen lachte müde.

Es handelte sich um Selma Müller, Mutter von Petra Müller, die als verheiratete Frau Petra Matuschek heißen wird, somit Großmutter von Marietta und Urgroßmutter des Lofotenbabys. Man stelle sich das vor: Wäre Selma im Sommer fünfundvierzig diesseits der Neißebrücke nach rechts abgebogen und nicht nach links, sie wäre niemals nach Deutsch-Sulkau gelangt, es gäbe keine Marietta, und der Neuholmer Hafenarzt müßte sich nicht sechsunddreißig Jahre später die Haare raufen, weil in der Nähe der Lofoten unerwartet ein Baby mit Namen Mario geboren wird. Hätte der Prophylaktiker Dr. med. Schmidt beizeiten alle Ursächlichkeiten fest im Griff gehabt, dann wäre es das beste gewesen, er hätte im Sommer fünfundvierzig an der Neißebrücke gestanden und Mariettas Großmutter zugerufen: Du gehst nach Cottbus und nicht nach Deutsch-Sulkau, basta! Aber er hat nicht dagestanden.

Wegen Selma sprach Felix mit der Bäuerin Gerlind Lehmann. Er erwähnte Selmas Fähigkeiten, insbesondere die des Leinewebens und des Bierbrauens, die in einer Zeit der kriegszerstörten Industrie nach Felix' Meinung interessante wirtschaftliche Perspektiven eröffneten für den Lehmannschen Bauernhof, und er machte Gerlind auch darauf aufmerksam, daß sich die universelle Selma als Hofmagd nicht teuer stellen würde, denn mit Kost und Logis und ein paar Groschen Bargeld würde sie sich zufriedengeben. Gerlind lobte den Geschäftssinn des jungen Mannes und war einverstanden. So zog Selma mit ihrem Baby Petra ein in die Mansardenstube des Obergeschosses. Die Stube ist dem Leser bereits bekannt. In späteren

Jahren diente sie Mario und seinen Kanarienvögeln als Domizil.

Gerlind und Felix heirateten bald. Allerdings bestand die Bäuerin auf Gütertrennung. Eigentlich war nichts zu trennen. Alles, was Felix nach Deutsch-Sulkau mitgebracht hatte, einen Karabiner und eine Uniform, hatte Gerlind entweder in die Neiße geworfen oder verbrannt. Wahrscheinlich bezweckte Gerlind mit ihrer Maßnahme, den mittellosen Felix stärker an sich zu binden, auch dann noch, wenn der erste Liebesrausch verflogen sein würde und der Altersunterschied den um sieben Jahre jüngeren Ehemann hätte auf Abwege führen können. Felix krittelte nicht lange an Gerlinds Präventivmaßnahme herum. Er hielt sich für unternehmend genug, um sich bald einige eigene Mark zu erwirtschaften und auf die hohe Kante zu legen. So war es auch. Er arbeitete täglich sechzehn Stunden auf dem Hof, hielt ein wachsames Auge auf Gerlind und die begabte Selma, damit sie es ihm gleichtaten, und bald produzierte die Amuneitsche Landwirtschaft erheblich mehr, als nach dem gesetzlichen Ablieferungssoll vonnöten gewesen wäre. Den Überschuß verkaufte Felix zu Sonderpreisen oder tauschte ihn bei den Städtern, die der Hunger zu regelmäßigen Beschaffungsfahrten aufs Land trieb, gegen alles ein, was sein Herz begehrte, Radios, Teppiche, Porzellan, Wäsche. Was der junge Bauer nicht selbst verwenden konnte, verkaufte er gegen Bargeld in einem Görlitzer Kommissionsladen. Nach der Einführung der Separatwährung im Westen lenkte er einen Teil seiner Überschußproduktion, vor allem Eier und Gänse, nach Westberlin. Die vereinnahmten Westmark legte Felix sogleich in Artikeln an, die hierzulande rar waren, wie Reifen und Ersatzteile für seinen Lanz, Bindegarn, Kunststoffdärme für die Wurstproduktion. Mit diesen Investitionsgütern kurbelte Felix seine Landwirtschaft um so mehr an. Es floß ein stetig anschwellender Geldstrom in Gerlinds und Felix' getrennte Kassen.

Die Magd Selma, die mit ihrer Arbeit erheblich zum Wohlstand des Amuneitschen Hofes beitrug, erntete davon wenig. Felix gestattete ihr die Haltung einer Ziege und speiste sie mit dem gesetzlichen Lohn für Landarbeiter ab. Selma begehrte nicht auf dagegen. In Dankbarkeit gedachte sie des Tages, als Felix sie und ihre Tochter von der Straße gelesen und ihr eine Mansardenstube abgetreten hatte. Geduldig arbeitete sie dieses Wunder ab und begnügte sich mit ihrem Los. Sie vergaß nicht, ihre heranwachsende Tochter Petra zu derselben Dankbarkeit gegenüber den Amuneits zu erziehen.

Das Jahr neunzehnhundertsechzig bescherte den Amuneits endlich den lang ersehnten Erben Mario. Die Eheleute hätten glücklich sein können, wenn nicht das Lautsprecherauto der städtischen Agitationskolonne unter ihren Fenstern gestanden hätte, das sie laut und eindringlich aufforderte, der Neupruchtener Genossenschaft Typ I beizutreten, was Gerlind und Felix dann auch aus den schon bekannten Gründen taten. In den nächsten beiden Jahren litt Felix erheblich unter seelischen Depressionen, ehe er erkannte, daß sich auch in der Genossenschaft gutes Geld verdienen ließ.

Selma aus Schlesien, die mehr als fünfzehn Jahre lang für die Amuneits gesät, geerntet, gemolken, gebuttert, gedroschen und wenig ausgeruht hatte, starb neunzehnhundertzweiundsechzig an Erschöpfung. Ihre Tochter Petra, die den Beruf einer Kindergärtnerin erlernt hatte, war gerade achtzehn geworden. Nach der Beerdigung Selmas saß Petra schwarzgekleidet in der kleinen Mansarde, die sie achtzehn Jahre mit der Mutter geteilt hatte, und weinte sich die Augen rot.

Auch die Seelennot des Bauern, der unter Petras Mansarde in der Küche vor sich hin brütete, hatte sich durch den Verlust der treuen Selma stark vermehrt. Gerlind, die ihn hätte trösten können, war mit dem kleinen Mario zu einer Familienfeier nach Thüringen unterwegs.

Es ist klar, Felix Amuneit brauchte Trost, und Petra Müller brauchte ihn nicht minder. Auch war die Gelegenheit günstig. Es stieg Felix also hinauf in die Mansarde, um Petra über den Verlust Selmas zu trösten und um selber getröstet zu werden. Und es geschah in dieser Mansarde genau das, was achtzehn Jahre später, als Mario und Marietta hier den Gesang etlicher Kanarienvögel erwarteten, nicht geschehen war.

Petra meldete einige Wochen später dem Bauern, sie sei schwanger. Felix erinnerte sich der von seiner Hausfrau vorsorglich ergriffenen Maßnahme der Gütertrennung. Er befürchtete, Gerlind würde ihn wegen der trostreichen Nacht in Petras Mansarde unweigerlich vor die Tür setzen, und erlitt eine neue Depression. Sie dauerte indessen nicht lange. Felix sann auf einen Ausweg. Er fand ihn. Er bot Petra für das Versprechen, seine Vaterschaft an dem gemeinsamen Kind geheimzuhalten, die runde Summe von zwanzigtausend Mark.
Die verstorbene Selma hatte in ihrem Leben nur Stundenlöhne unter einer Mark verdient. Sie hinterließ ihrer Tochter nicht mehr als zwei eiserne Bettgestelle mit dem Bettzeug, einen Kleiderspind mit wenig Inhalt, einen Waschständer mit Schüssel, einen Tisch und drei Stühle. Die Tarife des Gesundheitswesens, nach denen Petra als Kindergärtnerin entlohnt wurde, eigneten sich in jenen Jahren auch nicht dazu, Reichtümer anzuhäufen. Als Felix ihr sein generöses Angebot machte, bestand ihr Barvermögen aus sieben Mark und fünfzig Pfennig. Es soll nicht gleich jemand schreien, Petra hätte unmoralisch gehandelt, als sie mit Felix das Geschäft machte.

Petra Müller zog nach Hoyerswerda, wo dringend Arbeitskräfte für den Aufbau und den Betrieb des Energiekombinates benötigt wurden. Sie eröffnete ein Girokonto mit einer Summe, die den nur mäßig verdienenden Sparkassenangestellten vor Neid erbleichen ließ, und nahm Arbeit als Kindergärtnerin an. In einem Frauenwohnheim brachte sie Marietta zur Welt. Als der Standesbeamte nach Mariettas Vater fragte, verweigerte Petra die Auskunft. In Hoyerswerda herrschte damals die Goldgräberzeit, und der Standesbeamte war einiges gewohnt. Er stellte keine weiteren

Fragen, sondern setzte in die Rubrik von Mariettas Geburtsurkunde, wohin die Personalien Felix Amuneits gehört hätten, einen nichtssagenden Längsstrich.
In Hoyerswerda lernte Petra den Baggermaschinisten Gregor Matuschek kennen. Anlaß des gegenseitigen Interesses war, daß auch Gregor aus Deutsch-Sulkau stammte. In der Schwarzen Pumpe hoffte er einiges Geld zu machen, denn er wollte in Deutsch-Sulkau ein Haus bauen. Petra bot ihm an, ihm ein wenig unter die Arme zu greifen. Gregor heiratete Petra und ließ in Mariettas Geburtsurkunde seinen Namen einsetzen. Durch eine Nachlässigkeit des Standesbeamten blieb Marietta aber der voreheliche Name der Mutter erhalten. Darum heißt sie bis heute Müller und nicht Matuschek – ein Umstand, der in der langen Kette der Ursächlichkeiten, die zur Geburt des Lofotenbabys beitrugen, eine gewisse Rolle spielen wird.
Anfang der siebziger Jahre kehrten die Matuscheks nach Deutsch-Sulkau zurück, und Gregor baute mit Hilfe einiger polnischer Feierabendarbeiter sein Haus. Der Rest ist bekannt.

4. KAPITEL

*Es schildert
den Kältetod eines Meistersängers
und vergleicht Emil Jannings mit Heinz Rühmann*

Als Marietta an jenem Tag, an dem Mario ihr seinen Meistersänger schenkte und sie deswegen Stubenarrest erhielt, zum Mittagessen gerufen wurde, legte ihre Mutter plötzlich den Löffel zur Seite und begann zu weinen. Gregor strich ihr tröstend übers Haar. „Erzähle es ihr!" sagte er. Sie tat es. Marietta begann ihre Mutter, die sonst die Worte Ordnung, Disziplin und Kinderglück ebenso häufig benutzte wie andere Leute ja und nein, in einem neuen Licht zu sehen. Es schien Marietta das Leben erheblich bunter zu sein, als es ihre Mutter sie bisher gelehrt hatte.

„Und kein Wort davon zu Mario!" sagte die Mutter.
„Aber Mario hat ein Recht darauf. Er liebt mich. Wie soll ich ihm begreiflich machen, daß er mich nicht anders lieben darf als der Bruder die Schwester?" antwortete Marietta.
„Es ist verbrieft und besiegelt, niemand darf davon erfahren. Wenn ich dir davon erzählt habe, geschah es nur darum, ein Unglück zu verhindern. Felix Amuneit hat bezahlt für unsere Verschwiegenheit. Kommt die Sache auf in Deutsch-Sulkau, wäre er nicht nur vor Mario kompromittiert, sondern auch vor Gerlind und dem ganzen Dorf", sagte Petra.
„Aber verdient hätte es Herr Amuneit!" sagte Marietta, die in dem Moment noch nicht ganz verinnerlicht hatte, daß „Herr Amuneit" ihr Vater war.

Gregor, der sich in politischen Fragen auskannte, wies Marietta auf die weitreichenden Folgen hin, die eine Kompromittierung des LPG-Vorsitzenden hervorrufen würde.
Allmählich begann Marietta zu begreifen, von ihrer Verschwiegenheit hing nicht nur der gute Ruf der Mutter und des Kreistagsabgeordneten ab, sondern auch Frieden und Fortschritt im Lande. Petra gelang es schließlich, ihrer Tochter den feierlichen Eid abzunehmen, nirgendwo ein Sterbenswörtchen über die Sache zu verlieren.
„Aber was sage ich Mario", fragte Marietta sogleich, „wenn er wissen will, warum ich nicht mehr mit ihm gehe?"
„Im Notfall kannst du ja behaupten, du hättest einen anderen", schlug Gregor vor.
„Ich habe aber keinen", rief Marietta.
„Dann such dir eben einen, aber einen Anständigen, versteht sich!" sagte die Mutter.
Es war aber, wie sich erweisen wird, der junge Mann, den Marietta schließlich fand, nicht immer sehr anständig. Doch greifen wir den Ereignissen nicht vor.

Gegen den weiteren heiligen Eid, in Mario nicht mehr zu sehen als einen beliebigen Experten der Kanarienzucht, hob die Mutter den Hausarrest Mariettas auf und gestattete ihr, den geschenkten Kanarienvogel zu Mario zurückzubringen. Wie verabredet trafen sich die beiden jungen Leute nachmittags vor dem Dorfklub.
Obwohl Mario die Nacht sitzend, also in unbequemer Schlafposition verbracht hatte, wirkte er vormittags sehr lebendig. Er verbrachte pfeifend und singend eine gute Stunde unter der Dusche. Nachher entlieh er sich von seiner Mutter, was zuvor noch nie geschehen war, einen Haarfön und bearbeitete ausgiebig seine Tolle, die solch intensiver Behandlung eigentlich gar nicht bedurfte, weil der letzte Haarschnitt anläßlich seiner Entlassung aus der Armee nicht allzuviel Kopfschmuck stehengelassen hatte. Gerlind entging die Aufgeräumtheit ihres Sohnes nicht. Auch bemerkte sie nachher im Badezimmer, daß in ihrer Eau-de-Cologne-Flasche ein beträchtlicher Teil des Inhaltes fehlte.

„Er hat eine Liebschaft!" flüsterte sie ihrem Mann Felix zu.
Um sich die Zeit bis zu seinem Rendezvous zu vertreiben, spielte Mario nach dem Mittagessen noch eine Weile mit dem Hund. Harras jagte ausgelassen über den Amuneitschen Hof und apportierte seinen Spielball. Wahrscheinlich dachte Harras, die gute Laune seines Herrn wäre dem Umstand zu verdanken, daß er durch eine glückliche Fügung endlich seine kleine Schwester wiedergefunden hatte. Leider konnte Harras nicht fragen, ob es sich so verhielt.

Mario fiel einigermaßen aus den Wolken, als ihm Marietta den Vogelkäfig mit dem Meistersänger in die Hände drückte.
„Ich habe schon einen anderen!" stammelte Marietta.
„Na, dann hast du eben zwei", sagte Mario.
„Einen anderen Mann!" sagte Marietta, und ein Sturzbach von Tränen floß über ihr Gesicht.
Hätte Mario, was Frauen betrifft, einige Erfahrungen besessen, er würde gewiß bemerkt haben, daß Mariettas Tränen ihre Worte Lügen straften.
„Noch gestern hast du gesagt, du hättest drei Jahre auf mich gewartet?" fragte er ratlos.
„Es war eine Lüge", antwortete Marietta.
„Oder hab ich was falsch gemacht?" Mario war nur zu gern bereit, die Schuld für Mariettas unerklärliches Verhalten bei sich zu suchen.
„Du hast nichts falsch gemacht. Du bist ein sehr, sehr lieber Mensch", sagte Marietta, die sich daran erinnerte, wie Mario sie eine dunkle Treppe hinaufgetragen und sie sich in seinen Armen sicher und geborgen gefühlt hatte, als läge sie in einem warmen Nest.
„Warum hast du gestern gelogen?" fragte Mario.
„Es war ein Spiel. Ich wollte mich wichtig machen. Vergiß es, bitte!" sagte Marietta.

An diesem Sonnabendnachmittag im traurigen Monat November war der Dorfklub, der seine Existenz übrigens dem rührigen Genossenschaftsvorsitzenden und Kreistagsabgeordneten Felix Amuneit verdankte, das Ziel fast der Hälfte aller Deutsch-Sulkauer. Das Dorf bietet wenig Zerstreuung, mal abgesehen vom Fernsehen. Wahrscheinlich lief an diesem Sonnabendnachmittag in dem einen Programm gerade ein Trauerspiel und im anderen die dritte Wiederholung der siebenten Folge einer Serie von Cousteau, weshalb so viele Deutsch-Sulkauer in ihren Klub zogen. Es war auch gerade eine Übung der freiwilligen Feuerwehr zu Ende gegangen, und die Männer, die eben übungshalber ein Strohfeuer gelöscht hatten, gedachten nun, ihren Durst zu löschen.

So war die Straße vor dem Dorfklub ziemlich belebt, als Mario, den Käfig mit dem zurückgewiesenen Meistersänger an die Brust pressend, von Marietta erfuhr, daß seine Liebe aus ihm unerklärlichen Gründen nicht mehr erwidert wurde.
„Sag, daß alles nicht wahr ist, oder ich laß den Kanarie fliegen", sagte Mario, der vielleicht hoffte, Marietta würde, wenn schon nicht mit ihm, wenigstens mit dem Vogel Mitleid haben.
Aber Marietta mußte grausam sein, denn Fortschritt und Frieden im Kreismaßstab standen in Gefahr. Darum sagte sie tapfer: „Belästige mich nicht weiter, ich liebe dich nicht."
Mario öffnete die Käfigtür, und sein unschuldiges Liebespfand, ein kleiner gelber Kanarienvogel, heimisch auf den ewig sommerlichen atlantischen Inseln, flatterte hinauf in den kalten Novemberhimmel. Da es Mario nicht an Vorstellungskraft mangelte, welches Schicksal seinem kleinen wärmebedürftigen Freund dort oben blühen würde, rührte ihn das Mitleid stark. Er schluchzte laut auf.

Die Männer der freiwilligen Feuerwehr, die vor der Eingangstür zum Klub gerade ihre lehmbespritzten Stiefel säuberten, hatten längst die Ohren gespitzt und die Augen geschärft, als sie Mario und Marietta in der Nähe erblickten. Mit Neuigkeiten wurde Deutsch-Sulkau nicht verwöhnt. Aus dem hastigen Gespräch, das der junge Amuneit mit der Tochter der Kindergärtnerin führte, schlossen die

Feuerwehrleute zunächst, in Deutsch-Sulkau gäbe es ein neues Paar, was für die Verhältnisse des Dorfes ein Ereignis von hohem Rang war. Sie spitzten die Ohren um so mehr, und es gelang ihnen tatsächlich, einige Worte aufzuschnappen. Als das Gespräch seinen dramatischen Höhepunkt erreichte und Mario seinen preisgekrönten Kanarienvogel in den Kältetod flattern ließ, stellten die Feuerwehrleute sogar ihre Bemühungen ein, ihre Stiefel vom Lehm zu befreien. Zehn Augenpaare starrten ungeniert in die Richtung der jungen Leute. Man hätte eine Stecknadel fallen hören können. Natürlich entging den braven Brandbekämpfern nicht der Schluchzer, den Mario seinem dem Tode geweihten Sänger hinterherschickte.
Bekanntlich rührte der schwergewichtige deutsche Schauspieler Emil Jannings, der gern mal eine Träne im Auge blinken ließ, seine Zuschauer ganz beträchtlich. Der kleine Heinz Rühmann hingegen hätte mit Tränen kaum denselben Erfolg gehabt. Er setzte andere Mittel ein. Damit ist bewiesen, daß sich die Tränen eines großen und starken Mannes den Tränen eines zierlichen Burschen gegenüber etwa so verhalten wie ein Erdbeben gegenüber der leichten Erschütterung, die ein vom Baum fallender Apfel bewirkt.

Der Schluchzer, den der achtzig Kilo schwere Mario tat, erzeugte bei den Deutsch-Sulkauer Feuerwehrleuten eine ähnliche Wirkung wie die Träne in Jannings' Auge. Es überrollte die Männer, die wie die meisten Feuerwehrleute, See- und Bergmänner ziemlich sentimentale Esel waren, wenn es um Herzensangelegenheiten ging, eine Welle des Mitgefühls für den starken Mario, den ein Weib schwach gemacht hatte. Die arme Marietta, die mindestens ebensoviel Mitgefühl verdient hätte, ging nicht nur leer aus, sondern zog sich sichtlich die Verachtung der Deutsch-Sulkauer Feuerwehr zu.

„Warum schickst du den Kanarienvogel zur Hölle? Versohl der kleinen Zicke lieber den Hintern, wenn sie nicht weiß, was sie will!" rief der Löschmeister, und seine Männer nickten beifällig. Sie nahmen Mario in ihre Mitte und zogen ihn in den Klub.

Marios tränenfeuchtes Gesicht erzeugte auch bei den Gästen drinnen den Janningseffekt. Sogleich stand ein doppelstöckiges Glas Korn vor ihm. Der Löschmeister meinte, ein gottgefälliger Rausch sei das beste Mittel, die kleine Ziege draußen auf der Straße zu vergessen.
Mariettas Bruder betrank sich zum ersten Male. Es war, wie bereits vermerkt, die Hälfte aller Deutsch-Sulkauer im Dorfklub versammelt, und jedermann wollte wissen, was dem armen Mario widerfahren war. Die Feuerwehrleute gaben ebenso bereitwillig wie parteiisch darüber Auskunft, was sie auf der Straße gesehen und gehört hatten. Zumal die meisten Männer mit Mario im Tagebau arbeiteten, sich kollegiale Solidarität also mit der Verbundenheit von Männern gegenüber unzuverlässigen Frauen vereinigte, war Mario abends, obwohl schwer betrunken, der Held des Tages und Marietta ein schlimmes Flittchen.

Sie lag an diesem Abend lange wach und hatte Mühe, ihre Tränen, die sie die Schwesterliebe vergießen ließ, zu trocknen, ehe sich der Schlafengel über sie senkte; und da der Leser vielleicht für die gleiche Gefälligkeit dankbar wäre, will ich hier eine Pause einlegen. Jenen Lesern, die möglicherweise meinen, die Geschichte verzettele sich, versichere ich, ich behalte weiterhin alle Ursächlichkeiten der Geburt des Lofotenbabys messerscharf im Auge, so daß der wackere Hauptfangleiter Dr. Köppelmann und sein Mitstreiter in der Prophylaxe Dr. med. Schmidt bestimmt ihre Freude daran haben werden.

5. KAPITEL

*Es behandelt die Ernährungsgewohnheiten
der Deutsch-Sulkauer Hauskatzen und
Mariettas Theatererlebnisse*

Als Mario mit glasigen Augen abends aus dem Dorfklub heimkehrte und erst nach mehreren Anläufen die Stiege zu seinem Zimmer im Obergeschoß überwand, was großen Lärm verursachte, öffnete er zuerst das Fenster, dann die Käfige der Kanaries. Weil sich die ahnungslosen Vögel weigerten, freiwillig in die Frostnacht hinauszufliegen, ergriff der verschmähte Liebhaber ein Handtuch, wirbelte es so lange über die Käfige, bis auch der letzte seiner gefiederten Freunde das Weite gesucht hatte.
Am nächsten Morgen legten die Deutsch-Sulkauer Hauskatzen nicht, wie sie es sonst nach nächtlichen Jagdzügen taten, ihren Besitzern die erbeuteten Mäuse vor die Türen, sondern kleine gelbe Vögel. So wurde im ganzen Dorf bekannt, die im Kreismaßstab berühmte Kanarienzucht Mario Amuneits existierte nicht mehr. Die Welt ist selten gerecht. Hatte sich Mario wenige Tage zuvor von den Deutsch-Sulkauern noch manche spöttische Bemerkung gefallen lassen müssen, weil er sich wie ein Schuljunge mit kleinen Tieren abgab, so waren dieselben Deutsch-Sulkauer an jenem Sonntagmorgen sofort bereit, dem einstigen Ziel ihrer Spötteleien tragische Größe zuzuerkennen. Einige meinten sogar, endlich wäre aus Mario ein richtiger Mann geworden, was ganz und gar nicht zutreffend war.
Felix Amuneit, der seinem Sohn das vortägige Besäufnis nicht sonderlich nachtrug, weil dergleichen noch nie vorgekommen war, erkundigte sich beim Frühstück, warum Ma-

rio die Vögel nicht verkauft habe, wenn er sie schon loswerden wollte. Der sparsame Genossenschaftsvorsitzende meinte, Mario habe doch mindestens zwei Hundertmarkscheine aus dem Fenster flattern lassen.
„Weibergeschichte!" knurrte Mario, dem der Kopf brummte.
„Hast du dir einen Korb eingehandelt?" fragte Felix.
„Vorbei und vergessen", sagte Mario.
„Im Dorf munkelt man, es sei die Kleine von der Petra Matuschek", schaltete sich Gerlind ein, die über den gestrigen Dorftratsch auf dem laufenden war.
In dem Moment brach der Stiel des Eierlöffels, mit dem Felix gerade hantierte, und es überkam ihn ein Hustenanfall.
Gerlind schlug ihm mit der flachen Hand auf den Rücken.
„Was ist denn?" fragte sie erschrocken.
Felix hatte sich aber gleich wieder in der Gewalt.
„Die taugt sowieso nichts!" sagte er und verriet ein weiteres Mal seine Tochter.
„Wieso, sie ist doch ein liebes und beschlagenes Mädel!" warf Gerlind ein.
„Mit dem Thorsten Liebig geht sie", sagte Felix.
Mario senkte den Kopf und starrte betreten auf seinen Frühstücksteller. Felix, der an der Reaktion seines Sohnes bemerkte, daß dieser Schuß getroffen hatte, feuerte sicherheitshalber gleich noch ein größeres Kaliber hinterher.
„Neulich" (was glatt gelogen war, denn der Vorfall lag ein halbes Jahr zurück!) „als ich abends in die Stadt fuhr, parkte Liebigs Wagen an der Chaussee. Er hatte sie sich gerade vorgenommen. Meine Scheinwerfer leuchteten voll ins Liebesnest. Nee, Mario, von der laß mal schön die Finger. Die Situation war eindeutig!"
Wenn die Situation auch keinesfalls so eindeutig war, wie Felix seinem Sohn weismachen wollte, hatte seine Mitteilung immerhin einen eindeutigen Erfolg. Marios Kopf senkte sich noch tiefer über den Frühstücksteller. Und in sein Herz senkte sich außer dem Groll des Verschmähten nun noch die Eifersucht.

Die folgenden Wochen und Monate waren, wie man sich leicht vorstellen kann, für die arme Marietta keine beneidenswerte Zeit. Sie wagte sich nicht mehr zu den Montagsdiskos in den Dorfklub, aus Furcht, Mario könnte dort auf sie warten. Auch besaß sie keinen zuverlässigen Freund, an dessen Seite sie in den Klub hätte gehen können, um Mario auf diese Weise zu verstehen zu geben, sie hätte ihr Herz einem anderen geschenkt. Als sie sich einmal von Thorsten Liebig, der aus Mariettas Einsamkeit Kapital schlagen wollte, zur Disko begleiten ließ, setzte Mario ihn kurzerhand vor die Tür. Nicht nur der junge Liebig, sondern auch alle übrigen Gäste, die mit Marietta hätten tanzen wollen, begriffen, daß es ein gefährliches Unterfangen war, sich Marietta zu nähern. Kein sizilianischer Bruder hätte seine kleine Schwester besser gegen die schmachtende Männerwelt abschirmen können als der baumlange Elektromonteur aus Deutsch-Sulkau. Es lag geradezu eine Vendetta-Stimmung über dem Neißedorf.
Damit Mariettas einzige Zerstreuung nicht die beiden Fernsehprogramme blieben, die man in Deutsch-Sulkau empfangen konnte, schenkte Petra ihr hin und wieder eine Anrechtskarte fürs Görlitzer Theater. Aber auch Gerhart Hauptmann und Bert Brecht vermochten sie nicht zu trösten. Am besten gefielen ihr noch Ibsens „Gespenster". Sie fand in diesem Stück, was die Theaterfreunde unter den Lesern gewiß auch schon bemerkt haben werden, eine gewisse Übereinstimmung mit ihrer eigenen Geschichte. Leider erheiterten die „Gespenster" die kleine Verkäuferin nicht, sondern machten sie noch betrübter. Sie hätte Shakespeares „Was ihr wollt" sehen sollen!

Anfang Juni veränderten sich Mariettas Verhältnisse. In der Mittagszeit, als die Görlitzer Kaufhalle ziemlich leer war, stellte ein Kunde einen auffälligen Einkaufskorb neben die Kasse. Der Inhalt bestand ausschließlich aus Zahnpastatuben, Eau-de-Cologne-Flaschen, verschiedenen Seifen und Rasiercremes, als wäre der Kunde, der ihr den Korb zum Abkassieren hingestellt hatte, Herr Saubermann persönlich. Marietta, die sonst nur die Preisschilder und die Kasse im

Auge hatte, gönnte sich einen Blick ins Gesicht des Kunden.
„Hallo, Willi, willst du einen Seifenladen eröffnen?" fragte Marietta.
„Ich fahre zur See", sagte der Angesprochene.
„Dann schmuggelst du das Zeug also ins Ausland?" sagte Marietta, die sich anders Willis riesigen Bedarf an Toilettenartikeln nicht erklären konnte.
„Letzte Reise muffelte ich wie Graf Dracula!" war die knappe Antwort.
„Ich dachte, auf See habt ihr frische Luft", sagte Marietta.
„Ich fahre die Kältemaschine. Viel Ammoniak, Fischmief und so weiter, und der Storekeeper ist total unfähig, hat letztens das Seifenzeug vergessen."

„Zweiundfünfzig Mark dreißig", las Marietta die Kasse ab.
„Ich warte draußen", sagte der Spindeldürre.
„Warum?"
„Miteinander reden!"
„Du, ich habe erst um neunzehn Uhr Feierabend!" warnte ihn Marietta.
„Ich lese so lange!"
„Und was?"
Er nannte einen maritimen Titel eines kleinen Lichtenberger Poeten.
„Nie gehört!" entschuldigte sich Marietta, was ich ihr sehr übelnehme.
„Wenn's länger dauert, ich habe noch einen Fielding dabei. Gibt's hier einen Hocker?"

Marietta lieh ihm den Hocker aus der leeren Kassenbox von nebenan, und der Mann stellte ihn sich in die Grünanlage vor der Kaufhalle. Hin und wieder hob er die Nase aus dem bemerkenswerten Buch, das er mit viel Interesse las, und winkte durch die Schaufensterscheiben zu Mariettas Kasse hinüber. Marietta grüßte zurück. Abends beim Kassensturz entdeckte sie ein Manko. Wahrscheinlich hatte sie zu oft durch die Schaufensterscheibe nach draußen geblickt. Sie ärgerte sich nicht lange und beglich die Differenz aus der eigenen Börse.

6. KAPITEL

*Es macht bekannt
mit einem ehemaligen Deutsch-Sulkauer Aushilfsbibliothekar,
der an den tragenden Säulen der europäischen Kultur sägte*

Sicher möchte der Leser dieses Buches jetzt Näheres über den Leser des anderen Buches wissen, der vor der Görlitzer Kaufhalle auf Marietta wartete.
Sein Vater war Baggerführer gewesen wie Gregor Matuschek in Deutsch-Sulkau. Barbara, die Schutzpatronin der Bergleute, hatte ihn eines Tages aus den Augen verloren, als er den Fahrstand verließ, um einen Findling, der sich in der Eimerkette verkeilt hatte, mit einer Brechstange zur Seite zu schieben. Daß die Schutzpatronin ihn nicht mehr sah, geschah nicht zufällig, denn jene Stelle der Eimerkette, wo Willis Vater hantierte, lag im toten Winkel des Fahrstandsfensters. Einem Kollegen, der das Steuerpult verlassen vorfand, ging es nicht besser als der Schutzpatronin. Er beugte sich weit aus dem Fenster, sah niemanden und startete die stillstehende Eimerkette. Seitdem vertrauten die Baggerleute der Schutzpatronin nicht mehr ohne weiteres, und sie montierten eine Videokamera an die Eimerleiter. Zum Tag des Bergmannes legen die Deutsch-Sulkauer Bergleute noch heute frische Blumen auf das Grab von Willis Vater, dessen Tod die segensreiche Abschaffung toter Winkel im nahen Tagebau bewirkte.
Der tote Bergmann hinterließ die Witwe Jacqueline Guth und die Kinder Willi und Margit. Jacqueline, die bisher von den reichlichen Einkünften ihres Mannes und von einem kleinen Zubrot, das sie sich als Halbtagskraft im Rat der Gemeinde verdiente, gelebt hatte, mußte ihre Kräfte erheb-

lich anspannen. Im Neißetal war sie eine bemerkenswerte Schönheit, dunkeläugig, mit prächtigem schwarzem Haar, für das sie stets neue Frisuren erfand, wenngleich schlank und zierlich, so doch zäh, ehrgeizig, großherzig und mit praktischem Verstand begabt. Sie verwandelte ihre Teilzeitbeschäftigung in eine Volltagsarbeit, übernahm zusätzlich noch die Gemeindebücherei, und aushilfsweise kellnerte sie im Dorfklub.
Einmal hielt eine andere Arbeit sie davon ab, die Leser der Bibliothek mit neuer Lektüre zu versorgen. Sie zeigte ihrem Sohn, wie man mit der Ausleihkartei umgehen mußte, in welches Regal Romane gehörten und wohin wissenschaftliche Bücher. Außerdem vertraute sie Willi die Obhut über seine jüngere Schwester Margit an. Da Willi die ihm übertragenen Aufgaben zur vollsten Zufriedenheit der Mutter erledigte, ging nach und nach Jacquelines gesamte Bibliothekarstätigkeit an ihn über.
Zu Willis Glück und zum Kummer der Autoren waren die Deutsch-Sulkauer ziemlich lesefaul. Außer einigen Schulkindern, die sich „Tinko" ausliehen, waren eigentlich nur Felix Amuneit und Petra Matuschek regelmäßige Ausleiher. Petra bevorzugte Märchenbücher, die sie als Vorleselektüre im Kindergarten benötigte, während sich Felix' Interesse auf Werke über das sozialistische Wirtschaftsrecht konzentrierte. Wegen der Leseunlust Deutsch-Sulkaus verspürten Jacquelines Kinder bald einige Langeweile, und sie begannen sich auf unterschiedliche Weise mit den ihnen anvertrauten Büchern zu beschäftigen.
Margit baute sich aus den dicksten Wälzern eine geräumige Puppenwohnung. Welches Werk eines bekannten Babelsberger Autors ihr dabei als Schlafstatt für ihre Lieblingspuppe Molly diente, möchte ich hier nicht verraten.
Willi hingegen entdeckte ein Buch, das den zwölf Stempeln im eingeklebten Ausleihzettel zufolge von einem Dutzend Deutsch-Sulkauer gelesen worden war und somit alle anderen Bücher an Beliebtheit übertraf. Es war Zolas „Nana". Nach dem evangelischen Pastor Deutsch-Sulkaus, nach der Leiterin des Veteranenklubs, dem Bäckergesellen Thorsten Liebig, drei jungen Lehrerinnen, der Köchin des Dorf-

klubs, nach der eigenen Mutter Jacqueline, nach einem emeritierten Mathematikprofessor, der am Görlitzer Ende des Dorfes wohnte, nach dessen Haushälterin und drei weiteren Interessenten wurde Willi Zolas dreizehnter Leser. So fleißig er auch las, er fand nicht heraus, warum „Nana" der Favorit aller Deutsch-Sulkauer Literaturliebhaber war. Wahrscheinlich lag das an seinem zarten Alter.
Bei der Wahl des nächsten Buches richtete sich Willi nicht nach der Anzahl der bisherigen Leser. Aus dem Regal fischte er sich ein Bändchen, das dort ein beschauliches Mauerblümchendasein führte. Das Ausleihzettelchen erstrahlte in makellosem Weiß. Es las Willi mit zwölf Jahren einen verschmähten Erzählungsband von Melville mit zunehmendem Interesse, und Seite für Seite schloß die Erzählung „Billy Budd" Bekanntschaft mit der Deutsch-Sulkauer Luft. Obwohl Willi mit Ende der Lektüre erst zwei Bücher kennengelernt hatte, war er sogleich der Meinung, an ein Meisterwerk geraten zu sein. Der minderjährige Aushilfsbibliothekar wußte damals noch nicht, daß er sich mit seiner guten Meinung über Melville in Übereinstimmung befand mit Thomas Mann, der „Billy Budd" als bestes Prosastück der Neuzeit bezeichnet hatte.
Die zeitige Lektüre der Meistererzählung ließ Willis Literaturgeschmack etwas einseitig geraten. Jedes Buch, das er fortan las, wog er auf Melvilles Waage. Auf die eine Waagschale legte er den neuen Bewerber um seine Gunst, auf die andere „Billy Budd". Es ist klar, welche Waagschale sich häufiger senkte. Natürlich kannte Willi bald die übrigen Werke seines Lieblingsautors, soweit sie in der Gemeindebücherei vorhanden waren. Als der Vorrat an Melville-Büchern aufgebraucht war, suchte er sich andere Autoren, die ebenfalls von den großen Bewährungen unternehmungslustiger Männer in den Stürmen dieser Welt berichteten und deren Bücher nach Salzwasser und Seetang rochen. Nicht von ungefähr traf der Deutsch-Sulkauer Aushilfsbibliothekar auf Defoe, Swift und Traven. Aber auch vor wissenschaftlichen Werken, wie der berühmten Darstellung des französischen Marinehistorikers Paris über den europäischen Holzschiffbau, machte er nicht halt. Binnen kurzem

war Willi ein profunder Kenner jenes Teils der Weltliteratur, der Schiffe und Segel nicht verschmähte, und kannte sich auch bestens aus in solchen schiffbautechnischen Feinheiten wie der unterschiedlichen Takelung britischer und niederländischer Schiffe im achtzehnten Jahrhundert.
Als sich der Klassenlehrer gelegentlich nach Willis Berufswünschen erkundigte, antwortete Willi spontan: „Literaturwissenschaftler oder Matrose." Wahrscheinlich hielt der brave Pädagoge, der von Willis Aushilfstätigkeit in der Deutsch-Sulkauer Gemeindebücherei nichts ahnte, die Antwort seines Schülers für etwas exzentrisch, denn er fragte ironisch zurück: „Warum nicht Atomphysiker oder Bäcker?"
Die Nennung so unterschiedlicher Berufswünsche, die Willis Lehrer, wie angenommen werden muß, für den Ausdruck pubertärer Exzentrizität und mangelnder Reife hielt, brachte Willi um die Chance einer höheren Schulbildung an der erweiterten Oberschule. Damit stand schon ziemlich fest, welchen der beiden genannten Berufe er nicht ergreifen sollte. Willi versuchte das Ruder zwar noch einmal zugunsten einer späteren literaturwissenschaftlichen Karriere herumzuwerfen, indem er seinem Lehrer unaufgefordert einen zwanzigseitigen Aufsatz ablieferte unter dem Titel „Was Du ererbt von Deinen Vätern ...".
In diesem Essay unterzog Willi die gängigen Darstellungen der europäischen Kulturgeschichte einer kritischen Analyse. Sie gipfelte in der Behauptung, der mediterrane Beitrag zur europäischen Zivilisation würde noch immer ebenso überschätzt, wie der nordeuropäische Beitrag, vor allem der warägische Holzschiffbau, der dem europäischen Bürgertum erst den Weg in die Welt ebnete, noch immer sträflich unterschätzt würde. Willi meinte, die mediterranantike Kopflastigkeit der europäischen Kulturgeschichte beruhe allein auf dem Umstand, daß der steinerne Parthenon auf der Akropolis den Zeiten besser widerstanden habe als beispielsweise das hölzerne Drachenboot Leif Eriksons, mit dem die ersten Europäer nach Amerika gelangt waren. Die unterschiedliche Beständigkeit von Marmor und Holz, so folgerte Willi, dürfe nicht weiterhin die

Ursache einer fehlerhaften kulturhistorischen Sicht und Bewertung sein.
Der Lehrer fand diesen Aufsatz nicht minder exzentrisch als Willis Berufswünsche. Besorgt bestellte er Jacqueline in die Elternsprechstunde. So erfuhr Willis Mutter von den Folgen ihres Leichtsinns, einem Zwölfjährigen die Deutsch-Sulkauer Gemeindebibliothek ausgeliefert zu haben.
Jacqueline, obgleich schön, großherzig und gerecht, hatte freilich kaum ein Wort von Willis essayistischem Ausflug in die europäische Kulturgeschichte verstanden. Ihr mütterlicher Instinkt warnte sie jedoch vor den Gefahren, denen sich ihr Sohn aussetzen würde, wenn er weiterhin an den tragenden Säulen der europäischen Kultur sägte. Der Lehrer hatte von „Blasphemie" gesprochen. Als Jacqueline daheim im Duden nachschlug, um zu erfahren, was das Wort meinte, las sie: „(Griechisch) verletzende Äußerung über etwas, was von hoher Bedeutung ist."
Jacqueline ließ sich unverzüglich den Schlüssel zur Gemeindebücherei aushändigen und riet ihrem Sohn, einen Beruf ins Auge zu fassen, der nützlicher und weniger gefährlich sei als Literaturwissenschaftler oder Seemann. Zunächst verschaffte sie ihm einen Ferienjob als Tellerwäscher im Dorfklub.
Jacquelines wirtschaftliche Verhältnisse besserten sich allmählich. Da sie feststellte, daß ihre abendliche Kellnertätigkeit mehr abwarf als die Arbeit im Rat der Gemeinde und in der Dorfbibliothek, beteiligte sie sich an einem Kellnerlehrgang. Es folgte ein Kursus für Gaststättenleiter. Mitte der siebziger Jahre übernahm Jacqueline die Görlitzer Gaststätte „Zur Brücke". Willi zog mit der Mutter und der jüngeren Schwester in die Stadt. Durch einen sachkundigen Gaststättenbesucher ließ sich Jacqueline über die Berufsausbildungsmöglichkeiten in Görlitz aufklären. Aus der langen Reihe der ungefährlichen und nützlichen Berufe, die man hier erlernen konnte, wählte sie den eines Facharbeiters für Kältetechnik aus. Zu dieser Berufswahl, die Jacqueline für ihren Sohn vornahm, trugen maßgeblich die häufigen Störungen an den beiden Kühlschränken in der

„Brücke" bei und der Ärger mit dem Servicepersonal. Jacqueline hoffte, dieses Übels durch eine entsprechende Qualifikation des Sohnes langfristig Herr zu werden. Willi fügte sich in sein Schicksal, aber er vergaß nie die glücklichen Tage in der Deutsch-Sulkauer Gemeindebücherei. Als er gerade ausgelernt hatte, stieß er auf Zeitungsannonce. Das Fernfischereikombinat Stralsund-Neuholm suchte Kältetechniker für den Borddienst.

„Endlich öffnete das Meer, der gastliche Freund aller Unglücklichen, seine gewaltigen Arme, um ihn zu empfangen, und er entschied sich sofort, der gütigen Einladung Folge zu leisten ...", las Willi gerade bei Fielding, als Marietta zu ihm trat und ihm mitteilte, sie habe nun endlich Feierabend.
Da ich dasselbe Recht für mich beanspruche und ich es auch dem Leser gönne, verabschiede ich mich für ein paar Stunden, nicht ohne dem Leser versichert zu haben, daß er soeben weitere Ursächlichkeiten der Geburt des Lofotenbabys kennengelernt hat.

7. KAPITEL

*Es geht aus Deutsch-Sulkau heraus, macht mit der Nobilität
der Stadt Görlitz bekannt und endet mit einer Betrachtung
über die Heilkraft einer Hose von der Firma Levi*

Willi führte Marietta in die Gaststätte „Zur Brücke". Jacqueline gestattete ihrem Sohn und seiner Bekanntschaft, am Stammtisch Platz zu nehmen. Es saßen hier bereits einige Bekannte der Wirtin. Als Jacqueline sie den beiden jungen Leuten als „Guido von den Tulpen", „Thomas von den Mebeln" und „Tadeusz von den Menteln" vorstellte, dachte Marietta, die Männer könnten holländische Adlige sein, die sich aus einem unerfindlichen Grund nach Görlitz verlaufen hatten. Erst als Tadeusz von den Menteln den Deutsch-Sulkauer Exbibliothekar und nunmehrigen Seemann Willi Guth als „Willi von den Heringen" anredete, kamen Marietta Zweifel über die Herkunft der Herren von Adel. Während sie das opulente Bauernfrühstück verzehrte, das Jacqueline ihr mit der Bemerkung „Auf Kosten des Hauses, meine Kleine!" serviert hatte, und sie den vornehmlich um geschäftliche Dinge kreisenden Gesprächen der vermeintlichen Nobilität lauschte, enthüllte sich ihr das Geheimnis der Adelstitel. Guido von den Tulpen entpuppte sich als Kraftfahrer der Gärtnerischen Produktionsgenossenschaft „Flora", und Thomas von den Mebeln fuhr das Lieferauto des Staatlichen Altmöbelhandels. Beide besprachen gerade ein Ware-gegen-Ware-Geschäft. Thomas von den Mebeln erbot sich, gegen fünfhundert original holländische Blumenzwiebeln ein antikes und nußbaumfurniertes Vertiko an Guido von den Tulpen zu liefern.

Etwas schwieriger war es für Marietta, herauszufinden, welcher Tätigkeit Tadeusz von den Menteln nachging. Tadeusz kam ihr zur Hilfe. Er legte freundschaftlich seinen rechten Arm auf ihre Schulter und sagte: „Marietta von der Halle, wenn du kannst mir besorgen paar Kilo Salami, kann ich dir mitbringen prima Mantel von feinem Lamm mit bunte Stickerei, wie alle Mädels lieben!"
„Wurst klauen?" fragte Marietta erschrocken.
„Aber nein", sagte Tadeusz, „ich bin ein ehrlicher Geschäftsmann. Du sollst nicht klauen, bloß zurücklegen für Tadeusz, und ich bezahle normalen Preis. Dann lege ich zurück für dich prima Mantel von feinem Lamm mit Stickerei, und du bezahlst auch normalen Preis. Okay?"
„Sind Sie Mantelschneider?" erkundigte sich die unschuldige Marietta.
„Ich bin Kavalier von der Chaussee mit Mercedessattelzug. Heute Görlitz, gestern Hoek van Holland, morgen Łódź. Kannst auch bekommen Digitaluhr von Amsterdam, wenn du hast eine Kollegin von den Stiefeln!" antwortete Tadeusz.
Marietta konnte sich an keine Kollegin dieses Namens erinnern.
„Nun, macht nichts", sagte Tadeusz, „kannst du kennenlernen. Wenn du brauchst Stiefel von Salamander, dann gehst du in Schuhladen. Sind Stiefel vorhanden, dann ist gut. Wenn nicht vorhanden, dann ist auch nicht schlecht. Du sagst zu Kollegin von den Stiefeln, du bist Marietta von der Halle und kannst zurücklegen Schokolade von Österreich oder Käse von Frankreich, so wird sie dir zurücklegen feine Stiefel. Hast du das Geschäft gemacht, sagst du, du kennst Tadeusz aus Łódź, der kann besorgen Digitaluhr aus Amsterdam oder bunte Tücher mit Goldfaden von Taiwan. Okay?"
„Bekommst du nie Ärger mit dem Zoll?" fragte Willi den weltgewandten Polen.
„Wenn ich sitze auf Bock von Mercedes und es ist kalt, ich ziehe Mantel von Lamm an mit Stickerei. Fragt der Zoll, was ist das, sage ich, das ist Nationaltracht von Goral. Ich zeige Paß mit Geburtsort Zakopane, und Zoll sagt, okay, du

bist Goral. So einfach! Mal bist du besser, mal ist Zoll besser, sehr spannend, aber kennst du ja selber!"
„Ich habe noch nie geschmuggelt", verteidigte sich Willi.
Tadeusz lachte. „Bei mir zu Haus, ein Matros, der war zwei Jahre auf Meer und besitzt nachher kein Auto, er ist zu nichts zu gebrauchen, er sollte lieber in ein Kloster gehen!"

Marietta schwirrte der Kopf. Auch an den anderen Tischen in der „Brücke" wurden ähnliche Gespräche geführt. Die besondere Hochachtung schien ein hoch aufgeschossener Mann mit einem Menjoubärtchen zu genießen, denn fast alle Gäste, die das Lokal betraten, begrüßten ihn mit Handschlag.
„Wer ist das?" fragte Marietta ihren Freund.
„Georg von den Trabanten", sagte Willi, „er repariert Autos, tagsüber beim Auto-Service, abends in der Waschküche seiner Mutter. Für die Arbeit nach Feierabend läßt er sich halbe-halbe bezahlen."
„Was heißt ‚halbe-halbe'?" fragte Marietta aus Deutsch-Sulkau.
„Eine Hälfte Tapete, die andere Bunte", sagte Willi.
Marietta mußte ihrem belesenen Freund noch etliche Fragen stellen, ehe sie begriff, daß man in der „Brücke" jenes sauer verdiente Geld, das sie zum Ultimo für ihre Verkäuferinnenarbeit erhielt, „Tapete" nannte.

Da ich annehme, daß spätestens an dieser Stelle dem Leser schwere Bedenken kommen, will ich hier einflechten, mir geht es nicht anders. Mir sind mindestens zwei ernsthafte Gründe bekannt, die Verhältnisse in der Gaststätte „Zur Brücke" lieber nicht zu beschreiben. Der erste Grund läßt sich zusammenfassen in dem Protestruf: „Das gibt es doch überhaupt nicht!"
Ich nehme diesen Protest außerordentlich ernst. Er ehrt diejenigen, die ihn hervorbringen. Diese Menschen, zu denen viele gehören, die mir lieb und teuer sind, wie beispielsweise meine alten Eltern, laufen sich lieber die Füße wund, um irgendein dringend benötigtes Ersatzteil für ihren Kleinwagen in einem ordentlichen Laden und zu den

gesetzlichen Preisen zu kaufen, und würden nie auf die Idee kommen, eine Kneipe wie die „Brücke" zu betreten, um sich von Tadeusz von den Menteln die Sache im Austausch gegen eine andere seltene Sache besorgen zu lassen. Diesen redlichen und schätzenswerten Menschen muß ich freilich sagen, der Umstand, daß jemandem ein Mißstand unbekannt ist, schließt seine Existenz keineswegs aus. Es gab Amerika auch schon vor seiner Entdeckung.
Der zweite Grund, die Geschäftemacher in der „Brücke" zu ignorieren, ist ein politisch-moralischer. Die gängige Formulierung lautet: „Die Darstellung levantinischer Verhältnisse in einer Görlitzer Kneipe wirft einen Schatten auf unser Land. Wenn es solche betrüblichen Erscheinungen schon gibt, sollte man sie besser nicht erwähnen!"
Auch diesen Einwand nehme ich sehr ernst. Seinetwegen habe ich mich überhaupt des „Lofotenbabys" angenommen. Würde ich mir angewöhnen, bestimmte Dinge zu übersehen, weil sie mir oder anderen nicht in den Kram passen, könnte es mir eines Tages gehen wie dem braven Kapitän von der „Seeschwalbe", der die Wirklichkeit mit einem Traum verwechselte und das Lofotenbaby mit einem Windei. Was wäre im übrigen Dr. Schmidts und Dr. Köppelmanns Prophylaxe wert, wenn wir die Hälfte aller „ereignisbildenden Faktoren" einfach unter den Tisch kehrten. Womit ich wieder beim Thema bin, bei den Ursächlichkeiten des Lofotenbabys!

Da Marietta bemerkte, daß sich nahezu alle Gäste der „Brücke" mit irgendwelchen Geschäften abgaben, vermutete sie, auch Willi würde mit seltenen Waren handeln. Willi schüttelte den Kopf, als sie ihn deswegen befragte. „Mein Job gibt nichts her, was ich hier auf den Markt bringen könnte. Heringe, gesalzen oder grün, sind im Moment noch keine Raritäten. Für ein paar Pfennige kannst du sie im nächsten Fischladen kaufen."
„Und weshalb schlägst du deine Zeit hier tot?" fragte Marietta.
„Ich schlage sie keineswegs tot!" sagte Willi und ließ seinen Blick über die Geschäftemacher in der „Brücke" schweifen.

Er erklärte seiner Freundin, ganze Kapitel des „Tom Jones" spielten ausschließlich in britischen Gasthäusern. Wo anders hätte Henry Fielding wohl seine Geschichten erlauscht, wenn nicht ebenfalls in britischen Gasthöfen, folgerte Willi. Überdies sei er dem großen Briten gegenüber sogar im Vorteil, denn Fielding habe sein Bier und seine Spiegeleier bezahlen müssen, während er, Willi Guth, hier in der Gaststätte seiner Mutter alles gratis erhalte, das Bier, das Essen und die Geschichten. Errötend gestand der Exaushilfsbibliothekar und nunmehrige Seefahrer, er habe vor, eines Tages ebenfalls Bücher zu schreiben, aber zunächst müsse er dafür den Stoff sammeln, die „Brücke" sei eine reiche Quelle, aus der nicht nur Bier fließe.

„Es ist merkwürdig", sagte Willi, „so geschäftstüchtig und gerissen die Leute hier auch tun, sie bemerken nicht, daß sie mir ihre kostbarsten Raritäten umsonst abtreten, ihre Abenteuer!"

Marietta war skeptisch. Sie meinte, Geschichten von Halunken verdienten es wohl kaum, aufgeschrieben zu werden.

„Wieso Halunken?" fragte Willi erstaunt.

„Was ist denn Tadeusz anderes?" beharrte Marietta.

„Ich bin mir nicht sicher", erwiderte Willi, „ob er einer ist. Sein Privathandel macht ja nicht den ganzen Tadeusz aus. Vergiß nicht, er sitzt täglich zehn bis zwölf Stunden hinter dem Steuer eines Firmenlastwagens und verdient dafür nicht mehr oder weniger als andere Kraftfahrer auch. Letzten Sommer besuchte meine Mutter ihn und seine Familie in Łódź. Sie erzählte, Tadeusz teile jeden Bissen mit seinen vier Kindern – und jede freie Minute."

„Was müßte denn einer anstellen, damit auch du ihn einen Halunken nennst?" fragte Marietta ihren toleranten Freund.

„Beispielsweise würde ich denjenigen so nennen, der seine Kinder verrät oder gar verkauft!" sagte Willi arglos.

Der feinfühlige Leser wird verstehen, daß Marietta, verraten und verkauft, augenblicklich in Tränen ausbrach. Das ganze Unheil der letzten Monate, die Verachtung ihres

Bruders Mario, die Reserviertheit, mit der ihr die Deutsch-Sulkauer seit dem letzten November begegneten, all das war ihr nach Willis argloser Auskunft wieder in die Erinnerung gerufen. Willi, nicht ahnend, daß sein Bannstrahl, den er ins Blaue abfeuerte, ins Schwarze getroffen hatte, war angesichts der Tränen, die Marietta vergoß, ziemlich ratlos.
„Woher hast du denn davon erfahren?" fragte Marietta schluchzend.
„Was erfahren?" fragte Willi.
„Das über mich!"

Jetzt geriet Willi, obwohl bei Henry Fielding in die Schule gegangen und in das kunterbunte Familienleben der alten Briten eingeweiht, auf die falsche Fährte. Er rückte ein wenig von Marietta ab, stützte seinen Kopf in die Hände und schüttelte ihn heftig.
„So was gibt's nicht!" sagte er dreimal hintereinander.
„Doch!" rief Marietta so laut, daß die Gäste in der „Brücke" ihre geschäftlichen Unterredungen unterbrachen und neugierig zum Stammtisch blickten.
Auch Jacqueline, die hinter dem Tresen hantierte, war Mariettas Aufschrei nicht entgangen. Wahrscheinlich meinte die Wirtin, ein weinendes Mädchen gehöre ebensowenig in ihr Etablissement wie etwa in die Londoner Börse, und so lief sie sogleich herbei, nickte entschuldigend in die Richtung Guidos von den Tulpen und Tadeusz' von den Menteln und führte die weinende Marietta aus der Gaststube in die Küche. Willi lief hinterher.
„Mein Gott, was ist denn der Kleinen passiert?" fragte Jacqueline und schenkte Marietta einen Kognak ein.
„Schlimmes", sagte Willi mit düsterem Gesicht, „sie hat ihr Kind verkauft."
„Nie, nie, nie würde ich mein eigenes Kind verraten und verkaufen, das schwöre ich!" rief Marietta, was ihr später beinahe zum Meineid geraten wäre, wenn nicht eine schusselige Büroschwester Mariettas Eidestreue wiederhergestellt hätte.
„Nun verstehe ich gar nichts mehr!" sagte Willi.

„Ich auch nicht", pflichtete ihm Jacqueline bei.
„Ich habe kein Kind verkauft, ich bin selber verkauft worden – für Tapete!" rief Marietta.
„Du bist betrunken, Kleine. Warte, ich schenke dir was!" tröstete Jacqueline sie.

Die Wirtin öffnete ihren Garderobenschrank, taxierte Mariettas Figur, dann holte sie eine nagelneue Kordhose von der Firma Levi ans Tageslicht.
„Ein Verehrer, der eine etwas zu günstige Meinung von meiner Figur hatte, vermachte sie mir. Dir paßt sie besser!" sagte Jacqueline und hielt das Stück probeweise vor Mariettas Bauch.
Tatsächlich war Marietta wochenlang durch die Görlitzer Läden gelaufen, um ebenso eine Hose zu erstehen, was aber erfolglos geblieben war. Als ihr nun der Zufall das gesuchte Stück bescherte, dazu noch als Geschenk, war Marietta unversehens abgelenkt von dem Kummer, in den sie Willis Bannstrahl gegen treulose Väter gestürzt hatte, ein Effekt, den die großherzige und mit praktischem Verstand begabte Jacqueline durchaus bezweckt hatte, obwohl sie die Ursache der Tränen nicht begriff.

Aus dem Umstand, daß eine Kordhose von der Firma Levi den gestörten Seelenfrieden Mariettas schnell wiederherstellte, mag der Leser ersehen, wie naiv unsere Heldin zu diesem Zeitpunkt war. Sie probierte das Geschenk sogleich an. Jacquelines Augenmaß hatte nicht getrogen, denn die Hose saß wie nach Maß, was Mariettas Glück noch beträchtlich steigerte. Nur Willi war mit dieser Entwicklung nicht einverstanden. Die Spürnase des zukünftigen Literaten verriet ihm, daß die Hose ihn soeben um etwas gebracht hatte, nämlich um die Kenntnis eines interessanten Geheimnisses.
Wenn sich Willi nachher den Wagen seiner Mutter auslieh, um Marietta nach Deutsch-Sulkau hinüberzufahren, so geschah das nicht ohne Eigennutz, denn er hoffte, bei dieser Gelegenheit doch noch Mariettas Geschichte zu erfahren. Wir sollten der armen Marietta verzeihen, wenn sie die ihr

von der Mutter auferlegte Schweigepflicht brach und sich dem Fielding-Freund erkenntlich zeigte, zumal der ihr versichert hatte, er würde ihr Geheimnis so behüten, als wäre es sein eigenes. Es benutzte also Willi Guth die gängige Notlüge aller Autoren.

Je länger Marietta ihm ihre Geschichte erzählte, desto schneller vergaß Willi seine Absicht, das Gehörte dereinst literarisch zu verwenden. Er erlag auf höchst unmittelbare Weise dem, was sich ihm da auftat, und es stiegen ihm die Tränen in die Augen, was ich ihm, dem zukünftigen Poeten, ankreiden muß. Denn die eigenen Tränen sind einem Autor überhaupt nicht von Nutzen.

Als Marietta mit ihrer Geschichte an der Stelle angelangt war, da Petra Matuschek ihrer Tochter befohlen hatte, sich eine Liebschaft zu suchen, um den armen Mario zu verprellen, erbot sich Willi sofort, diese Rolle zu übernehmen. An dieser Bereitwilligkeit erkennt der Leser, daß Willi Guth seinen Spitznamen „Kältewilli" ausschließlich seinem Beruf als Kältetechniker verdankte und keineswegs einem steinernen Herzen.

Willi dachte scharf nach, was weiter geschehen müßte, um Mariettas Lage zu erleichtern. Da ihm im Moment nichts Besseres einfiel, stoppte er sein Auto am Ortseingang Deutsch-Sulkaus. An derselben Stelle und nahezu zur gleichen späten Stunde hatte Thorsten Liebig einmal angehalten, um Marietta im Handstreich zu erobern. Marietta dachte, dergleichen würde sich nun wiederholen, und sie überlegte, ob sie nicht davonlaufen sollte. Aber sie wollte ihren neuen und einzigen Freund, der ihr an diesem Abend schon etlichen Trost gespendet hatte, nicht gleich wieder verlieren. Gewiß trug auch Neugier dazu bei, wenn sie zu nachtschlafender Zeit in Willis Auto sitzen blieb. Es bangte Marietta also und hoffte.

Willi schien zu übersehen, daß seine Chancen nicht ganz schlecht standen. Er trommelte mit den Fingern auf das Lenkrad und summte dazu ein Seemannslied.

„Hast du Mut?" fragte er plötzlich.

Mariette nickte hastig.

„Dann verschwinde aus Deutsch-Sulkau!"

Marietta, die vielleicht einen anderen Vorschlag erwartet hatte, schwieg.
„Na, was hältst du davon?" fragte Willi.
„Wo soll ich denn hin", antwortete Marietta bekümmert, „ich hab doch niemanden."
„Doch, mich!" sagte Willi.

In diesem Moment riß jemand den linken Wagenschlag auf und rief: „Steig aus, Kumpel, ich muß mit dir reden!"
„Hallo, Bruderherz!" sagte Willi, der in dem nächtlichen Wegelagerer Mario erkannte. Mehr Freundlichkeiten konnte Willi dem Bruder Mariettas nicht sagen, denn er

war vollauf damit beschäftigt, sich der Handgreiflichkeiten Marios zu erwehren, was wenig Erfolg hatte. Mario zerrte ihn aus dem Wagen, umklammerte ihn mit eisernen Armen und schubste ihn vor sich her. Das Ziel, das Mario anstrebte, war ein Entwässerungsgraben auf der Neißewiese. Willi nahm ein unfreiwilliges Vollbad, und seine Ahnung bestätigte sich, daß es schwer sein würde, Marietta zu lieben und zu beschützen, solange sie in Deutsch-Sulkau blieb.
Mario hingegen, nachdem er seine Untat vollbracht hatte, stapfte zurück zu Marietta.
„So geht es jedem, der sich an dir vergreift!" rief er ins Auto hinein, ehe er sich in die Nacht davonmachte.

Als Willi, patschnaß und vor Kälte schaudernd, wieder hinter dem Lenkrad saß, sorgte sich Marietta sehr um ihn. Um ihn nicht weiter frieren zu lassen, rückte sie dicht an ihn heran und legte ihre warmen Arme um ihn. Die Abkühlung, die Mario ihm verpaßt hatte, bewirkte also das Gegenteil dessen, was sie bezwecken sollte. Der frierende Willi seufzte: „Einmal ist keinmal!" Und sank vollends in Mariettas Arme. Er blieb dort, bis er sich zu seiner und zu Mariettas vollster Zufriedenheit erwärmt hatte.
Um Mitternacht ließ Willi den Motor an und fuhr ins Dorf. Er fürchtete wohl, wenn er weiter neben dem Ortseingangsschild Deutsch-Sulkaus parkte, würde der barmherzigen Erwärmung in Mariettas Armen womöglich ein weiteres Bad im nahen Entwässerungsgraben folgen.
„Wann sehen wir uns wieder?" fragte Marietta, als sie sich von ihrem Freund verabschiedete.
„Frühestens in drei Monaten", sagte Willi kleinlaut. Er gestand ihr, er müsse am nächsten Morgen nach Stralsund-Neuholm abreisen, um pünktlich sein Schiff zu erreichen.
„Ich hätte es dir wohl besser vorher sagen sollen", entschuldigte sich Willi.
„Ich warte auf dich!" sagte Marietta tapfer.
„Bewirb dich so schnell wie möglich bei meiner Reederei. Vielleicht können wir auf demselben Schiff fahren", schlug er vor.

„Bewerben? Als Verkäuferin?" fragte Marietta hoffnungslos.
„Als Fischverarbeiterin. Du mußt Fische säubern, ausnehmen, verpacken, einfrieren. Keine leichte Arbeit, aber sie bringt niemanden um!" ermunterte Willi sie.

Es wartete Marietta am nächsten Morgen auf einem Bahnsteig in Görlitz, als Willis Zug bereitgestellt wurde. Sie umarmte ihren einzigen Freund, als der sich aufmachte in Richtung Küste, und schenkte ihm einen selbstgestrickten Pullover. Das wärmende Stück fiel für Willis Statur ziemlich groß aus, denn ursprünglich war es für Mario bestimmt gewesen.
„Wenn du Probleme hast, wende dich an Jacqueline!" rief Willi aus dem Abteilfenster, als der Zug aus der Bahnhofshalle rollte.

Es sollten fünf Monate vergehen, ehe auch Marietta davonfahren konnte in Richtung Küste, dem ersten Etappenziel einer längeren Reise zu den Lofoten. Fünf Monate sind eine lange Zeit in einem jungen Leben.

8. KAPITEL

*Es berichtet
von einer Fragebogenfälschung
und einer zweimaligen Namensverwechslung*

Im Juli beendete Marietta ihre Lehre. Die Lehrausbilder machten ihr wegen ihres glänzenden Facharbeiterzeugnisses viele Komplimente, nicht ahnend, daß Marietta ihre Desertion aus dem Verkäuferinnenberuf vorbereitete. An ihrem achtzehnten Geburtstag, als Petra Matuschek ihrer Tochter eine solche Entscheidung rechtlich nicht mehr verwehren konnte, richtete Marietta ein Bewerbungsschreiben an die Adresse der Neuholmer Reederei. Nach einer Woche traf die Antwort ein.
Die Deutsch-Sulkauer Posthalterin wunderte sich über den dicken Briefumschlag mit der aufgedruckten Firmenadresse. Da sie gern erfahren wollte, aus welchen Gründen die Matuscheks mit dem Seefischereibetrieb korrespondierten, lieferte sie die Sendung persönlich bei Petra Matuschek ab. Petra, das Postgeheimnis ihrer volljährigen Tochter mißachtend, öffnete den Umschlag. Er enthielt drei mehrseitige Fragebögen. Der erste trug den Kopfaufdruck des Medizinischen Dienstes, der zweite stammte von der Personalabteilung der Reederei, der dritte vom Seefahrtsamt. Aus dem kurzen Begleitschreiben erfuhr Petra, daß sich ihre Tochter in Stralsund-Neuholm als „PA" beworben hatte, was im Kauderwelsch der zweiten Etage der Neuholmer Reedereiverwaltung „Produktionsarbeiter" bedeutete.
Petra konnte der Deutsch-Sulkauer Posthalterin keine andere Auskunft über Mariettas Korrespondenz geben als diese: „Ein anständiges Mädel tut so was nicht!"

Als Marietta von der Schicht heimkehrte, begann Petra sogleich, ihrer Tochter die Flausen auszutreiben. Zeitweilig verfiel sie in die geläufigen Formulierungen, die sie in den jährlichen Elternversammlungen gebrauchte. Es war von Ordnung und Disziplin die Rede, vom guten Ruf der Familie, vom Wasser, das keine Balken hat, von liebestollen und herumstromernden Seeleuten, denen ein anständiges Mädel tunlichst aus dem Weg gehen sollte.
Petras beredte Bemühungen um das Glück der Tochter fruchteten nicht. Marietta entgegnete, ihr Bruder Mario stelle ihr noch immer nach, und da sie ihm nicht verraten dürfe, daß sie seine Schwester sei, bleibe ihr gar nichts anderes übrig, als Deutsch-Sulkau und seine nähere Umgebung zu verlassen. Überdies, so fuhr Marietta fort, habe sie sich exakt an den elterlichen Ratschlag gehalten und sich einen Freund gesucht, dem würde sie folgen, wenn nötig, bis ans Ende der Welt.
Petra überdachte ihren eigenen Anteil an der wenig beneidenswerten Lage ihrer Tochter, und zuletzt fand sie Mariettas Pläne, die sie soeben noch als anrüchig abgekanzelt hatte, ganz vernünftig, wenngleich eine gewisse Sorge in ihrem Herzen zurückblieb, die Tochter könnte auf den Meeren dieser Welt Schaden nehmen. Es umarmte die Deutsch-Sulkauer Kindergärtnerin schließlich ihre erwachsene Tochter und gestattete ihr unter Tränen den Auszug in die Welt.

Doch zunächst mußte Marietta die Fragen beantworten, die mehrere Institutionen in drei umfangreichen Fragebögen an sie richteten. Marietta begann mit dem Ministerium für Fischerei und füllte die Spalten des Personalbogens aus. Dann widmete sie sich den Fragen des Seefahrtsamtes, das einem weiteren Ministerium unterstellt war. Da sie in die vielen Spalten, worin nach der Mitgliedschaft in diversen zivilen und militärischen Organisationen und Verbänden vor dem achten Mai neunzehnhundertfünfundvierzig gefragt wurde, jeweils nur das Wörtchen „nein" oder „keine" einzusetzen brauchte, kam sie zunächst gut voran. Als man sie jedoch nach den nächsten Verwandten befragte, zögerte

Marietta. Sie erinnerte sich der Ermahnungen ihres Stiefvaters Gregor Matuschek, welche verheerenden Folgen unweigerlich eintreten würden, falls jemand erführe, wer ihr wirklicher Vater sei. Zuletzt beging Marietta in ihrer Not eine Fragebogenfälschung und ließ sowohl ihren leiblichen Vater als auch ihren leiblichen Bruder unerwähnt, wofür ich die betreffenden Ministerien für Fischerei, Verkehr und Gesundheit herzlich um Entschuldigung bitte.
Der letzte Fragebogen, den Marietta ausfüllte, betraf ihre Gesundheit. Er stammte vom Medizinischen Dienst, jener Organisation, in der Dr. med. Schmidt, Hafenarzt zu Neuholm, ein gewichtiges Wort mitzureden hatte. Eigentlich hätte Marietta diese dritte Aufgabe leicht erledigen können. Nur wenige Fragen waren von ihr persönlich zu beantworten. Die meisten Spalten betrafen die Ergebnisse der noch durchzuführenden Seetauglichkeitsuntersuchung und mußten von dem untersuchenden Verkehrsmediziner ausgefüllt werden. Wenn Marietta dennoch mit diesem letzten Fragebogen drei Monate nicht weiterkam, so lag das an einigen beunruhigenden körperlichen Symptomen, die Marietta in letzter Zeit an sich beobachtet hatte. Um sich Gewißheit über ihre Ahnung zu verschaffen, konsultierte sie einen Gynäkologen, der sie zu ihrer Schwangerschaft herzlich beglückwünschte.
Zuerst schrieb sie dem Fielding-Verehrer Willi Guth einen kurzen Brief. Sie teilte ihm mit, die Redewendung „Einmal ist keinmal!" habe sich, was die zurückliegenden Ereignisse am Ortseingangsschild von Deutsch-Sulkau anbelangt, als unzutreffend erwiesen. Sie bat ihren fernen Freund dringend um Rat. Willis Schiff operierte zu dieser Zeit gerade auf dem patagonischen Schelf, in einer Gegend, die von Deutsch-Sulkau ziemlich weit entfernt liegt. Anstatt des dringend benötigten Rates erhielt Marietta eine mehrseitige und begeisterte Beschreibung der südlichen Hemisphäre. Über Mariettas Problem verlor Willi kein Wort. Sie wollte die Gleichgültigkeit ihres einzigen Freundes schon verdammen, als sie das Absendedatum las. Willis Brief war zwei Monate unterwegs gewesen. Marietta erkannte, die Distanz zwischen Deutsch-Sulkau und Patagonien war für

eilige Nachfragen zu groß, und sie suchte sich einen anderen Ratgeber. Sie ging zu Jaqueline in die „Brücke".
Jacqueline hörte sich Mariettas Beichte an, aber sie blieb um einen Rat verlegen. Kann sein, Jacqueline mißbilligte die frühe Vaterschaft ihres Sohnes. So redete sie eine Weile um Mariettas Problem herum und riet ihr zuletzt, sich besser mit der eigenen Mutter zu beraten. Marietta befürchtete, ein vertrauliches Gespräch mit Petra würde kaum mehr erbringen als einen abermaligen Vortrag über Ordnung und Disziplin, und sie kam sich sehr verlassen vor.
Jacqueline war immerhin couragiert genug, die weitere Entwicklung nicht dem Zufall zu überlassen. Als Marietta gegangen war, um die Nachmittagsschicht in der Kaufhalle anzutreten, wählte Jacqueline die Telefonnummer des Deutsch-Sulkauer Kindergartens. Die Wirtin der „Brücke" und Petra Matuschek kannten sich seit ihrer Schulzeit. Jacqueline riet ihrer früheren Schulkameradin dringend zu einer vertraulichen Aussprache mit der Tochter, weil da was Kleines unterwegs sei. Petra war sprachlos, und Jacqueline dachte schon, die Leitung wäre unterbrochen.
„So was tut meine Tochter nicht!" antwortete die Kindergärtnerin endlich.
„Red trotzdem mal mit ihr!" sagte Jacqueline, ehe sie einhängte.

Für Petras Sprachlosigkeit gab es mehrere Gründe. Ganz gewiß machte es sie betroffen, daß ein intimes Geheimnis ihrer Tochter bereits in einer Görlitzer Kneipe herumerzählt wurde, während es der eigenen Familie verborgen geblieben war. Zu ihrer Sprachlosigkeit mag ferner beigetragen haben, daß sie sofort Vermutungen über den Mann anstellte, der Marietta ins Unglück gestürzt hatte. Jacqueline hatte sich in diesem Punkt aller Andeutungen enthalten. Petra zog deshalb den seit zwei Monaten abwesenden Willi überhaupt nicht in Betracht. Es fiel ihr ein anderer Name ein, und sie entsetzte sich stark.
Petra vertraute den Kindergarten der Obhut einer Kollegin an und fuhr unverzüglich nach Görlitz. Marietta staunte nicht schlecht, als nach Geschäftsschluß ihre Mutter vor der

Kaufhalle auf sie wartete. Es hagelte diesmal keinen Vortrag über Ordnung, Disziplin und Kinderglück, sondern Petra ging ganz behutsam vor. Während der Busfahrt von Deutsch-Sulkau nach Görlitz hatte sie sich alles gut überlegt.
Petra umarmte ihre Tochter, sagte ihr, durch Jacqueline habe sie von allem erfahren, und fragte herzlich, warum sie denn nicht zuerst zu ihr, der eigenen Mutter, gekommen sei, um Rat und Trost zu finden. Marietta war angenehm überrascht und küßte ihrer Mutter die Wangen. Überdies, so fuhr Petra fort, wäre heutzutage ein zu früh empfangenes Kind, zumal am Anfang der beruflichen Entwicklung einer jungen Frau, kein so großes Unglück wie zu ihrer Zeit. Es verfiel Petra nun doch etwas ins Dozieren. Man lebe schließlich, erklärte sie, in einem modernen und aufgeklärten Staat, der das Recht aller Frauen auf eine gleichberechtigte berufliche Entwicklung garantiere und dafür Sorge trage, daß jede Frau den Zeitpunkt selber bestimmen könne, ein Kind auszutragen. Wenn es in ihrer Zeit solche Möglichkeiten schon gegeben hätte, so Petra, hätte sie gewiß davon Gebrauch gemacht.
„Mama, dann hätte es mich nie gegeben!" rief Marietta erschrocken.

Im September reiste Marietta, begleitet von ihrer Mutter, in die Bezirksstadt, um den Eingriff vornehmen zu lassen. Petra kannte sich im Gesundheitswesen ihrer Gegend ganz gut aus und hatte alle organisatorischen Vorbereitungen diskret erledigt. Erleichtert wurde ihr dies durch eine Aufnahmeschwester im Zentralkrankenhaus, die Petra aus ihrer Zeit in Hoyerswerda kannte. Die Büroschwester war freilich etwas schusselig. Sie setzte in Mariettas Patientenkarte den Familiennamen Matuschek ein, da sie meinte, die ledige Tochter der ihr aus Hoyerswerda bekannten Kindergärtnerin Petra Matuschek müßte ebenfalls Matuschek heißen, was, wie der aufmerksame Leser sogleich bemerkt, ein Irrtum war.
Marietta durfte sich nach dem Eingriff vierzehn Tage erholen, dann wurde sie zu einer Nachuntersuchung bestellt.

Der untersuchende Spezialist, ein lieber alter Herr mit einem weißen Backenbart, dem diese Arbeit vielleicht nicht viel Freude machte, zumal er sich mit dem neuangeschafften Ultraschallmonitor noch immer nicht zurechtfand und fortwährend die Skalenknöpfe verwechselte, war sich seiner Diagnose nicht ganz sicher.
„Wie fühlen Sie sich?" fragte er seine Patientin.
„Noch einmal lasse ich das nicht über mich ergehen!" sagte Marietta.
„Hat man Sie unkorrekt behandelt?"
„Das nicht. Aber letzte Nacht hatte ich einen seltsamen Traum. Als ich erwachte, mußte ich weinen."
„Vielleicht erleichtert es Sie, wenn Sie mir Ihren Traum erzählen."
Der alte Herr blickte Marietta aufmunternd an.
„Da gibt es nicht viel zu erzählen. Ich schwebte irgendwo zwischen Himmel und Erde. Unter mir lag ein blaues Meer. Am Horizont erhob sich ein schneebedecktes Gebirge. Ich konnte tausend Kilometer weit sehen. Obwohl ich nackt war, fror ich nicht. In meinem Arm schlief ein Kind. Ich spürte seinen Atem."
Es wiederholte sich, was Marietta widerfuhr, als sie morgens aus ihrem Traum erwachte. Sie weinte.
„Sie müssen sich keine Gewissensbisse machen. Vergessen Sie Ihren Traum, und denken Sie an den Chaplin-Film, der gestern im Fernsehen lief!" tröstete sie der Arzt.
„Ich würde alles hingeben, wenn sich mein Traum erfüllte!" flüsterte Marietta.
„Sie verlangen nicht wenig", neckte der alte Weißbart sie, „einen Platz zwischen Himmel und Erde, ein blaues Meer und ein Schneegebirge, tausend Kilometer Fernsicht, Wärme, ein schlafendes Kind!"
„Wünsche ich mir wirklich zuviel?" fragte Marietta.
„Nichts Geringeres als ein Wunder schwersten Kalibers! Würden Sie sich eventuell mit hundert Kilometer Fernsicht begnügen?"
Er zückte Kugelschreiber und Rezeptblock und tat so, als wollte er sich die Antwort notieren. Marietta mußte lachen.
„Na klar!" antwortete sie.

In dem Moment fühlte sich Marietta wohler. Der alte Herr überwies sie zu einer zusätzlichen Laboruntersuchung. Das Ergebnis der Tests sollte Marietta am nächsten Vormittag erfragen.

Es traten an diesem Vormittag mehrere unvorhersehbare Ereignisse ein. Erstens hatte der liebe alte Herr mit dem weißen Backenbart frühmorgens einen elektrischen Schlag am Netzspannungskabel des Ultraschallmonitors erhalten, was eine leichte Herzattacke zur Folge hatte, die ihn zwang, sich für einige Tage krank zu melden. Zweitens hatte die etwas schusselige Büroschwester ihren Haushaltstag genommen. Ihre Obliegenheiten wurden von einer Kollegin wahrgenommen.
Marietta, die ihren Krankenausweis brav in das dafür vorgesehene Briefkästchen neben der verschlossenen Tür des Aufnahmebüros geworfen hatte, wartete geduldig, bis ihr Name über den Lautsprecher ausgerufen wurde. Allerdings schnarrte der Lautsprecher im Patientenwarteraum nicht „Marietta Müller", sondern „Martha Müller". Da sich keine andere Patientin erhob, klopfte Marietta schüchtern an die Tür.
„Meinen Sie mich?" fragte Marietta die Vertretung der sonst hier amtierenden Büroschwester aus Hoyerswerda.
Die Aushilfe blätterte sicherheitshalber noch einmal in den Karteikarten.
„Eine Marietta Müller haben wir hier nicht. Wahrscheinlich hat meine Kollegin Ihren Vornamen falsch verstanden. Ihre Tests sind o. B., gratuliere!"
Marietta erhielt ihren Krankenausweis zurück, gestempelt und mit einem knappen Zahlencode versehen, der über den erfolgreichen Eingriff Auskunft gab, und wurde entlassen.

Der aufmerksame Leser könnte jetzt den Verdacht schöpfen, den Mitarbeitern des Bezirkskrankenhauses wäre eine Panne unterlaufen, die geeignet ist, das Vertrauen des Bürgers in unser Gesundheitswesen zu untergraben. Nichts liegt mir ferner, als solche Zweifel zu säen. Ich betrachte den erfolglos gebliebenen Eingriff als glückliche Fügung, wofür ich den beteiligten Medizinern nicht genug danken kann. Wäre der Eingriff nämlich erfolgreich verlaufen, oder hätte der alte Herr mit dem Backenbart, als sich Marietta ihm zur Kontrolluntersuchung vorstellte, sogleich Alarm geschlagen, es hätte das Lofotenbaby nicht gegeben, und der Leser wäre des Vergnügens beraubt, dieses Buch zu lesen. Ich bin mir sicher, auch Marietta und ihr Sohn Mario werden sich bis ans Ende ihrer Tage in Dankbarkeit der Mediziner und Angestellten im Bezirkskrankenhaus erinnern.

Sollte jemand nicht gewillt sein, auf glückliche Fügungen zu hoffen, wenn er sich zu einem medizinischen Eingriff entschließt, so kann ich auch ihn beruhigen. Die Chance, daß sich Mariettas Fall wiederholt, ist ziemlich gering. Ein Statistiker des Gesundheitswesens erklärte mir die Sache so: „Feuern Sie aus einem rotierenden Riesenrad blind eine Gewehrkugel in den Himmel, und stellen Sie sich vor, Ihre Kugel würde die Kugel treffen, die ein anderer Schütze in demselben Moment blind aus einer schwingenden Luftschaukel verschießt, dann haben Sie eine ungefähre Ahnung von der Wahrscheinlichkeit, daß sich dergleichen tatsächlich zuträgt, was Sie in Ihrem Buch beschreiben!"

„Aber es hat sich zugetragen!" warf ich ein.

„Sie kennen Ihr eigenes Buch nicht. Im ersten Kapitel geben Sie zu, irgend jemand habe das geträumt!" sagte der Statistiker.

Ich hoffe, alle Bedenken sind zerstreut!

Da Marietta sich ohnehin in der Bezirkshauptstadt aufhielt, nutzte sie die Gelegenheit gleich für einen Besuch des hiesigen Medizinischen Dienstes des Verkehrswesens. Diese Behörde war in einem Bahnbetriebswerk untergebracht. Im Wartezimmer saßen mehrere Lokomotivführer, deren turnusmäßige Tauglichkeitsüberprüfung fällig war. An den düsteren oder heiteren Gesichtern der Männer, die nach der Untersuchung aus dem Konsultationszimmer traten, konnte Marietta unschwer erkennen, wen der prophylakti-

sche Bannstrahl des Verkehrsmediziners getroffen hatte und wen nicht.
Als Marietta schließlich aufgerufen wurde, fehlten bis zum Dienstschluß des Arztes nur noch wenige Minuten. Die Untersuchung verlief deshalb zügig. Während der Arzt seine Patientin maß und wog, die Sehschärfe und das Farbunterscheidungsvermögen überprüfte, stellte er Fragen nach früheren Erkrankungen und aktuellen Beschwerden. Außer den Windpocken im dritten Lebensjahr und einem Ziegenpeter im vierten hatte sich Marietta nichts vorzuwerfen. Der Arzt übersetzte Mariettas Antworten sogleich in sein Fachchinesisch und diktierte es einer Schwester in die Schreibmaschine. Beinahe wäre die Krankengeschichte Mariettas etwas dürftig ausgefallen, hätte sich Marietta nicht zuletzt an den jüngst durchgeführten Eingriff erinnert. Der Arzt fragte nach dem Datum der Nachuntersuchung.
„Na fein", sagte der Verkehrsmediziner, „dann brauchen wir Sie erst gar nicht zur gynäkologischen Untersuchung zu überweisen!"
Er bat die Schwester hinter der Schreibmaschine, mal rasch das Zentralkrankenhaus anzuläuten, um Mariettas Angaben zu überprüfen. Das geschah unverzüglich.
„Den Fragebogen mit den Untersuchungsergebnissen übersende ich Ihrem zukünftigen Betrieb", sagte der Doktor.
„Habe ich eine Chance?" fragte Marietta.
„Ihre gesundheitliche Tauglichkeit reicht sogar für einen Pilotenschein", sagte der Doktor und reichte Marietta die Hand zum Abschied.

Um dieselbe Zeit erhielt Willi Guth, der sich noch immer auf dem patagonischen Schelf befand, endlich den Brief, auf dessen Beantwortung Marietta wochenlang umsonst gewartet hatte. Wenngleich darin auch nichts von einer Krankheit stand, so waren die Beschwerden, die Marietta ihrem fernen Freund beschrieb, nämlich gelegentliche Übelkeit, Schwindelanfälle und eine kaum zu unterdrückende Gier nach sauren Gurken, für Willi zunächst Grund genug, sich um Mariettas Wohl zu sorgen. Doch je häufiger Willi den verspäteten Brief las, desto mehr schwand seine

Furcht. Der Fielding-Freund sagte sich schließlich, seit Evas Zeiten hätten solche Unpäßlichkeiten milliardenfach sich ereignet und nicht selten epochale Ergebnisse gezeitigt. Der Optimist Willi Guth dachte an Homer, Kolumbus, Melville, an das britische Schiffbaugenie Isambard K. Brunel, an Marx und natürlich an sich selbst. Zuletzt schien es ihm ziemlich sicher, auch jenes Kind, das in Mariettas Bauch schlummerte, würde mindestens eine neue Seite der nationalen Geschichte aufblättern, wenn nicht gar der Weltgeschichte. Der milde patagonische Himmel versetzte den angehenden Vater in jenen Trancezustand, der zu den gewagtesten Prophezeiungen befähigt. Obwohl das Wesen, dem Willi eine glorreiche Zukunft erträumte, schon im dritten Monat seiner pränatalen Existenz nicht die geringste Chance mehr hätte haben dürfen, überhaupt einen Platz in der Welt einzunehmen, geschweige denn in zukünftigen Geschichts- und Geschichtenbüchern, sollte Willi nicht umsonst geträumt haben.

Willi setzte ein Seefunktelegramm auf nach Deutsch-Sulkau, in dem er Marietta herzlich zu ihrer kaum zu unterdrückenden Gier nach sauren Gurken gratulierte. Er bat sie, sorgsam auf sich zu achten, keine schweren Lasten mehr zu heben, das Moped gegen den Linienbus zu vertauschen, und versicherte ihr und dem hoffnungsvollen Bewohner ihres Bauches seine innige Liebe.

9. KAPITEL

*Es geht nach Stralsund-Neuholm
und erörtert die Gründe, warum sich Dr. Schmidt
durch Mariettas Perlmuttzähne blenden läßt*

Im Oktober kehrte Willi Guth heim nach Stralsund-Neuholm. Er stand erwartungsfroh an der Reling, als sein Trawler im Fischereihafen festmachte. Auf der Pier hatten sich außer den Offiziellen aus der zweiten Etage der Reedereiverwaltung wie üblich auch Frauen und Kinder der heimkehrenden Seeleute versammelt. Willis Augen suchten Marietta in dem Menschenhaufen. In seine Erwartungsfreude mischte sich Unruhe. Die enthusiastischen Briefe und Telegramme, die er nach Mariettas Mitteilung, ihren überraschenden Appetit auf saure Gurken betreffend, über den Äquator geschickt hatte, waren bis auf eine Ausnahme unbeantwortet geblieben. Lediglich ein kurzes Telegramm hatte er erhalten. Der Text war beunruhigend. „Erfreue mich bester Gesundheit. Ich erwarte sehnsüchtig Deine Heimkehr. Deine unglückliche Marietta."

Daß Marietta telegrafiert hatte, sie sei gesund und sehnsuchtsvoll, beanstandete Willi nicht. Sogar ihr Hinweis, sie fühle sich unglücklich, regte ihn kaum auf. Es schien ihm nicht ungewöhnlich, wenn die an Land verbliebenen Frauen und Mädchen unter der Trennung litten. Willis Kollegen erhielten ähnliche Nachrichten. Aber eins verunsicherte den Kältemaschinisten: In Mariettas knapper Mitteilung hatte jegliche Erwähnung des Kindes gefehlt.

Willi entdeckte seine Freundin nicht unter den sonntäglich gekleideten Frauen, die ihren Männern von der Pier zuwinkten. Marietta stand abseits. Sie trug einen mit Ölfarbe

bespritzten und viel zu weiten Overall. Ihre Füße steckten in Gummistiefeln. Das sommersprossige Gesicht war halb verdeckt von einem gelben Arbeitsschutzhelm mit den schwarzen Initialen „FFK". Willis Blick war schon etliche Male ratlos über die zierliche und zerlumpte Gestalt geschweift. Er hatte sie für einen neugierigen Lehrling aus der Malergang des Kombinates gehalten, der herbeigelaufen war, um das Anlegemanöver des Trawlers anzusehen. Erst als Willis Blick ein weiteres Mal über den Menschenhaufen auf der Pier glitt, hob die zerlumpte Gestalt die rechte Hand. Das war kein begeistertes Winken, eher eine hilflose Geste. Willi zog es das Herz zusammen.
Die beiden Zollangestellten, zuständig für die Einklarierung des Trawlers, gingen endlich von Bord. Die Frauen und Kinder drängten sich an der Gangway zusammen und schubsten sich gegenseitig zum Fangdeck hinauf. Wenige Augenblicke später lagen sie in den Armen ihrer heimwehkranken Männer und Väter. Marietta war auf der Pier zurückgeblieben. Da Wili meinte, die Schwangerschaft habe Marietta etwas kurzatmig gemacht und sie scheue deshalb den steilen Aufstieg über die Gangway, lief er ihr hilfsbereit entgegen, drückte sie an sein Herz und küßte ihr die Tränen von den Wangen. Aber die Trocknung hielt nicht lange vor, denn auch aus Willis Augen quoll ein salzhaltiger Sturzbach, was wiederum der armen Marietta ein Anlaß war, ihrerseits die Schleusen zu öffnen.
Ein Kamerateam des Fernsehens, wäre es anwesend gewesen, um beispielsweise die Produktionserfolge der Neuholmer Hochseefischer zu würdigen, hätte seine helle Freude an dem jungen Paar gehabt, und bestimmt hätten sich etliche tausend Fernsehzuschauer noch einmal bestätigt, wie richtig es gewesen war, den alten Schwarzweißempfänger der Oma zu schenken und sich selbst ein teures Farbgerät zu leisten. Tatsächlich boten Mariettas gelber Helm, die grellroten Mennigespritzer auf ihrem Overall, der blaue Strelasund im Hintergrund, auf dem ein weißes Segel blinkte, ein so farbenfrohes Bild, daß einem unbefangenen Zuschauer niemals eingefallen wäre, Mariettas Tränen einer anderen Ursache zuzuschreiben als allein ihrem

Glück über die Heimkehr ihres Freundes in einen bunten und freundlichen Hafen.
Willi zerstörte das schöne Bild. Er tastete nach Mariettas Bauch und fragte: „Wie geht es dem Kleinen?"
Der Heimgekehrte wunderte sich, weil sich der Bauch seiner Freundin nur mäßig rundete. Seine arglose Frage hatte einen weiteren Tränenstrom zur Folge.
„Es ist nicht mehr da!" rief Marietta schluchzend.
Die Welt, die sich Willi unter dem milden patagonischen Himmel zurechtgeträumt hatte, eine Welt, in der Mariettas Kind entweder in den Spuren von Melville wanderte oder in denen von Isambard K. Brunel, drohte einzustürzen. Er trat einen Schritt von Marietta zurück und fragte: „Bist du sicher?"
„Absolut sicher!" sagte Marietta ernst.

Kann sein, auch diejenigen unter den Lesern, deren Mitgefühl mit Marietta bis jetzt noch nicht erkaltet ist, werden an dieser Stelle voller Skepsis fragen: Moment mal! Willi Guth kehrte im Oktober nach Neuholm zurück, und am sieb-

zehnten März des darauffolgenden Jahres wurde Marietta von ihrem Sohn entbunden. Sie muß demnach ungefähr im vierten Monat gewesen sein, als Willi sie nach dem Kind befragte. Selbst als junge und noch unerfahrene Frau muß sie zu der Zeit doch gewußt haben, was mit ihr los ist. Warum lügt sie so unverschämt?
Nach allem, was Adam Million später von ihr erfahren hatte, log Marietta nicht absichtlich. Man stelle sich vor: Im September hatte sie sich auf Anraten ihrer Mutter einer Schwangerschaftsunterbrechung unterzogen. Vierzehn Tage später wurde ihr der Erfolg der Maßnahme noch einmal bestätigt. Daß dabei eine doppelte Namensverwechslung im Spiel war, konnte Marietta nicht wissen. Noch am selben Tag attestierte ihr ein Verkehrsmediziner eine intakte gesundheitliche Verfassung, nämlich die Gesundheitsstufe A, die zur Pilotenqualifikation berechtigt. Jemand könnte einwerfen, sie müßte doch über den gestörten Zyklus beunruhigt gewesen sein. Natürlich wird ihr das Ausbleiben des monatlichen Ereignisses zu denken gegeben haben. Aber noch nie zuvor war sie schwanger gewesen und hatte einen „Eingriff" vornehmen lassen. Das Ausbleiben des monatlichen Ereignisses hielt sie für die vorübergehende Folge jener wenig natürlichen Maßnahme. Ich halte es mit Adam Million für durchaus wahrscheinlich, daß auch noch im Dezember, als man auf der „Seeschwalbe" zur Lofotenreise rüstete, Marietta hoffte, ihr Körper würde demnächst wieder zu dem Zustand zurückfinden, wie er ihr aus der Zeit vor der Schwangerschaft vertraut war. Es kommt noch eins hinzu, was die unerfahrene Marietta irregeführt haben mochte: ein Besuch beim Hafenarzt Dr. Schmidt, der für Marietta recht erfreulich verlief.
Das war im Oktober geschehen. Anfang des Monats war bei den Matuscheks in Deutsch-Sulkau ein weiteres Schreiben des Neuholmer Fischereibetriebes eingetroffen, ein unscheinbarer Brief diesmal, der keine mehrseitigen Formulare aus drei Ministerbereichen mehr enthielt, sondern die knappe Mitteilung des Personalbüros, Marietta könne zum Fünfzehnten des laufenden Monats ihre Arbeit in Neuholm als „PA in der Fischverarbeitung (See)" aufnehmen.

Ergänzend wurde ihr mitgeteilt, gemäß der Bahntarifordnung für Seeleute und Binnenschiffer für Fahrten von und zum Heimatort dürfe sie eine Fahrpreisermäßigung beanspruchen, und deshalb müsse sie ihre Fahrkarte dem Neuholmer Personalbüro als Beleg für eine Teilrückerstattung des verauslagten Reisegeldes vorlegen. Es folgte ein kurzes gedrucktes Verzeichnis lebenswichtiger Utensilien, von „Winterpullover" bis „Zahnbürste". Jemand hatte noch handschriftlich ergänzt: „Für weibliche Besatzungsmitglieder: hygienisches Zubehör für 3 Monate." Eine unverfänglichere Umschreibung war dem wackeren Seebären, den seine Alterskurzsichtigkeit von der Kommandobrücke seines Trawlers in die zweite Etage der Neuholmer Reedereiverwaltung verschlagen hatte, nicht eingefallen. Marietta versuchte etliche Male erfolglos, die geforderten Sachen in ihrem Reisekoffer unterzubringen. Zuletzt entschloß sie sich, ein ähnliches Behältnis zu benutzen, wie es Tadeusz von den Menteln während seiner Fahrten nach Hoek van Holland bevorzugte, einen Schrankkoffer aus Vulkanfiber. Da sie das Koffermammut unmöglich allein zum Bahnhof transportieren konnte, halfen ihr Gregor und Petra Matuschek. Zu dem elterlichen Verabschiedungskomitee gesellte sich auf dem Bahnhof unversehens noch Mario Amuneit, der von Mariettas Auszug erfahren hatte.
„Meinetwegen mußt du nicht fort. Es ist alles vergeben und vergessen!" sagte er zum Abschied und senkte beschämt die Augen.
„Ach, Bruderherz, wenn ich mal einen Sohn bekomme, nenne ich ihn Mario!" tröstete Marietta ihren unglücklichen Bruder, der noch immer nicht ahnte, daß Marietta seine kleine Schwester war.
Marietta wiederum ahnte nicht, wie schnell sie das Mario gegebene Versprechen einlösen mußte.

Es reiste Marietta mit gemischten Gefühlen nach Stralsund-Neuholm. Einesteils trieb sie die Sehnsucht nach dem milden patagonischen Himmel, den Willi Guth ihr so begeistert beschrieben hatte, andererseits spürte sie Furcht vor der Zukunft, und sie wäre am liebsten umgekehrt. Beson-

ders ängstigte sie die Wiederbegegnung mit ihrem Freund, der ihr telegrafiert hatte, sein Schiff würde demnächst in Neuholm einlaufen. Willi hatte in etlichen Briefen und Telegrammen seinen Vaterstolz bekundet an dem Kind, das sie sich hatte wegmachen lassen. Seine Begeisterung hatte sie bisher gehindert, ihm die Wahrheit oder das, was sie dafür hielt, mitzuteilen. Sie hielt ein briefliches Geständnis für verhängnisvoll, weil nicht vorherzusehen war, wie Willi ihre Mitteilung aufnehmen würde. Getrennt von ihm durch die volle Breite des Atlantiks, hätte sie nicht eingreifen können, wenn Willis Freude umgeschlagen wäre in Verachtung ihr gegenüber. Sie wollte ihm in die Augen sehen bei ihrer Mitteilung. In dem neuen unbekannten Leben, jenseits ihrer von den Eltern behüteten Kindertage in Deutsch-Sulkau, war ihr Willi Guth der einzige rettende Anker, falls ihr Lebensschiff drohte in die Klippen zu treiben. Sie ahnte, die Wiederbegegnung und das nicht mehr aufschiebbare Geständnis würden Kraft kosten, und sie fragte sich, ob ihre Kraft überhaupt ausreichen würde. Die Schwindelanfälle und die häufige Übelkeit hatten nach dem Aufenthalt im Zentralkrankenhaus nicht aufgehört. Weder ihre Mutter Petra noch ihre ehemaligen Kollegen wußten davon. Ein Mitwisser, so meinte Marietta, würde womöglich Alarm schlagen, und ihr neuer Arbeitsplatz in Neuholm, der nach der Ansicht des Medizinischen Dienstes eine eiserne Gesundheit verlangte, würde in Gefahr geraten. Marietta biß die Zähne zusammen und hoffte auf baldige Besserung. Irgendwo zwischen Neubrandenburg und Stralsund rannte sie in die Toilette des Eisenbahnwaggons und übergab sich.
In Neuholm wies ihr der Betriebsschutzmann hilfsbereit den Weg zur Reedereiverwaltung. Der Torwächter nahm auch ihren Schrankkoffer in Verwahrung, konnte sich aber einigen Spott nicht verkneifen.
„Laß die Plünnen lieber zu Hause, Deern. Wer zur See fährt, muß aller Lasten ledig sein. Das einzige Stück, das du draußen wirklich brauchst, ist eine solide Rettungsweste!" unkte er fröhlich.
Im Personalbüro wurde Marietta nicht lange aufgehalten.

Die Angestellte reichte ihr einen Laufzettel mit diversen Adressen, die sie besuchen mußte. Hinter „Lohnbüro", „Effektenkammer", „Uniformkammer" und „BGL" las Marietta „Medizinischer Dienst des Verkehrswesens – Hafenarzt." Als sie alle übrigen Stellen abgeklappert und sich jedesmal ihren Besuch hatte quittieren lassen, setzte sie sich eine halbe Stunde in die Grünanlage vor der Reedereiverwaltung und ließ sich von der Oktobersonne bescheinen. Sie hoffte, die Sonne und der frische Seewind, der vom Strelasund herüberblies, würden ihren Teint, der noch immer von der Katastrophe im Eisenbahnwagen gezeichnet war, ein wenig auffrischen. Weil Sonne und Seewind in der kurzen Zeit den gewünschten Effekt nur unzureichend hervorriefen, half sie mit etwas Rouge aus ihrer Schminktasche nach. So verschönt, wagte sie sich in die erste Etage der Neuholmer Reedereiverwaltung.
Schwester Claudia suchte Mariettas Unterlagen aus der Ablage heraus. Sie überflog die Eintragungen, die der Verkehrsmediziner aus Mariettas Bezirksstadt nach Neuholm geschickt hatte, und nickte zufrieden.
„Das sieht ja alles sehr gut aus!" sagte sie, ehe sie Marietta dem Hafenarzt meldete.

Dr. Schmidt war bester Laune an dem Tag. Am Vormittag war er vom Hauptfangleiter Dr. Köppelmann zu einer Konferenz geladen gewesen. Außer ihm und natürlich Dr. Köppelmann hatten zwei ranghohe Vertreter des Stralsunder Gesundheitswesens daran teilgenommen. Der Hauptfangleiter hatte endlich seine Autorität in die Waagschale geworfen, um einer Lieblingsidee des Hafenarztes den nötigen Rückenwind zu verschaffen. Es handelte sich um „die materielle und personelle Sicherstellung zweier zusätzlicher stomatologischer Behandlungsplätze im Flottenbereich", wie es in Schmidts Memorandum an den Hauptfangleiter formuliert war. Die zusätzliche Ausstattung der Abteilung Stomatologie sollte nach dem Wunsch des Hafenarztes je Quartal eine zahnärztliche Vorsorgeuntersuchung sämtlicher Neuholmer Hochseefischer ermöglichen. Dr. Köppelmann hatte aus Kostengründen zunächst gezögert, den Vorschlag des Hafenarztes zu befürworten. Schließlich legte Dr. Schmidt eine EDV-Analyse der aktuellen Zahnbeschwerden von zweihundert Hochseefischern vor, die er nach dem Zufälligkeitsprinzip in den Behandlungsstuhl gezwungen hatte. Behaftet mit einer Fehlerquote von plus/minus fünf Prozent zeigte diese Analyse den repräsentativen Querschnitt aller Gebißschäden im Flottenbereich. Nach den empfohlenen Berechnungsgrundlagen der Weltgesundheitsorganisation erstellte Dr. Schmidt ein Kosten-Nutzen-Schema, in das nicht nur die direkten Behandlungskosten vermeidbarer Gebißschäden intrapoliert wurden, sondern auch die peripheren Kosten, also Krankengelder, Arbeitsausfälle, Transportaufwendungen, Kompensation der Schäden, die von Patienten hysterischer und cholerischer Prädestination an dentalem Gerät sowie am Personal verursacht worden waren. Wahrscheinlich entsprach Dr. Schmidts Analyse genau den Erwartungen, die der Hauptfangleiter Dr. Köppelmann in den Leitungsstil seiner Mitarbeiter setzte. Kurzum, der Fischereistratege hatte sich den Vorschlag des Hafenarztes schließlich zu eigen gemacht und alle Bedenken der beiden Kassenhüter des territorialen Gesundheitswesens, die auf einen Kompromiß aus waren und nur einen stomatologischen Behandlungsplatz genehmigen wollten, mit den Worten vom Tisch gewischt: „Wie jedes Unheil entstehen auch die Zahnschmerzen durch ereignisbildende Faktoren, die wir prophylaktisch in den Griff bekommen müssen. Ich kann nicht jedesmal ein Sanitätsflugzeug zu den Falklands runterschicken, wenn einem unserer Lords eine Plombe aus dem Backenzahn fällt. Darum unterstütze ich kompromißlos den Vorschlag unseres Doktors!"

Dieses wurde am Vormittag gesprochen, und Dr. Schmidt wärmte sich noch immer an dem Kompliment Dr. Köppelmanns, als ihm Schwester Claudia die Neueinstellung Marietta Müller, PA im Flottenbereich, zur fälligen Tauglichkeitsüberprüfung ins Ordinationszimmer schickte. Bestimmt war er in Gedanken noch immer bei der Stomatologie. Marietta jedenfalls wunderte sich, daß der

Doktor, als er sie nach aktuellen gesundheitlichen Beschwerden fragte, so intensiv auf ihren Mund blickte. Sie befürchtete schon, sie hätte sich vielleicht zu auffällig die Lippen geschminkt und damit dem Doktor, den sie für einen recht altmodischen Typ hielt, Anlaß zur Kritik geboten.
„Wissen Sie, daß Sie ein blendendes Gebiß haben? Sie gehen regelmäßig zum Zahnarzt, nicht wahr?" platzte der Hafenarzt heraus.
„Früher hat mich meine Mutter halbjährlich zum Schulzahnarzt geschickt. Später, als ich die zweiten Zähne bekam, meinte der Arzt, es genüge, wenn ich alle paar Jahre komme", erklärte Marietta wahrheitsgemäß.
„Ein unmöglicher Leichtsinn!" sagte Dr. Schmidt hinter seinem Schreibtisch und schüttelte den Kopf.
„Ich würde meine Zähne unversehrt mit ins Grab nehmen, behauptet der Zahnarzt, selbst wenn ich hundert Jahre auf dem Buckel hätte."
„Sagen Sie bloß, Sie haben ein Perlmuttgebiß?" rief der Doktor.
„So ist es!" antwortete Marietta.
Der Hafenarzt sprang aus dem Sessel und lief um seinen Schreibtisch herum.
„Würden Sie mal so freundlich sein und Ihren Mund öffnen! Dergleichen kenne ich nämlich nur aus der Fachliteratur."
Marietta öffnete brav den Mund.
„Fabelhaft!" rief der Doktor.

Obwohl der Hafenarzt mit der Zahnheilkunde nur insofern zu tun hatte, als er „verwaltungsmäßig" die zahnärztliche Versorgung der Flottenangehörigen sicherstellen mußte, hegte er eine unwiderstehliche Neigung zu diesem Zweig der Medizin. Das hatte persönliche Gründe. Seine Jugendjahre waren in die Nachkriegszeit gefallen. Die kargen Lebensmittelrationen hatten seinen jugendlichen Appetit kaum stillen können. Glücklicherweise arbeitete seine Mutter, die der Krieg als Witwe hinterlassen hatte, in einer Konditorei in Dresden-Neustadt. So konnte sie ihm einiges

von dem zustecken, was in der Konditorei unter den Tisch fiel. Kuchenreste und Zuckerzeug machten also den Hauptteil dessen aus, was der Schüler und spätere Medizinstudent Schmidt täglich zwischen die Zähne bekam. Wahrscheinlich sprach sich das unter den kariösen Zahnzertrümmerern herum. Die kleinen Biester, deren Population durch den kriegsbedingten Mangel an Kohlehydraten arg dezimiert war, siedelten von ihren mageren Weiden ins Schlaraffenland um. Schmidt hatte die Bedeutung der Prophylaxe noch nicht erkannt und nahm die tägliche Zahnpflege nicht allzu ernst. Die nur selten gestörten Kariösen wurden übermütig, trieben weitverzweigte Stollen unter den Zahnschmelz, bohrten und sprengten sich durchs Dentin in die Pulpa vor, und dort feierten sie rauschende Feste. Schmidts Zahnlandschaft glich bald der Bergbaugegend von Senftenberg. Zu spät erinnerte er sich der Vorsorge. Er bürstete dreimal täglich, spülte mit Parodontal und futterte Kalktabletten. Die bereits in den Tiefen der Pulpa hausenden Mineure ließen sich durch oberflächliche Bekämpfung kaum noch beunruhigen. Also führte der kuchenessende Medizinstudent stärkere Geschütze in die Schlacht. Er ließ medikamentöse Dauerdepots applizieren in die Wurzelkanäle, die schwarzen Restlöcher verfüllen mit Zement und Amalgam, für die hoffnungslosen Fälle genehmigte er die Amputation. Schließlich war der Zahnzerstörung einigermaßen Einhalt geboten. Doch das Gebiß des zwanzigjährigen Studenten bestand jetzt nur noch zu einem geringen Teil aus natürlichem Zahnbein. Es überwogen dentale Kunstbauten aus verschiedenen Metallen, Keramiken und Zement.
Die Kariösen hatten bestimmt nicht nur Schmidts Zähnen erheblichen Schaden zugefügt, sondern auch seiner Seele. Es hinderte nämlich das unansehnliche Gebiß den jungen Studenten, breit und zähneblitzend junge Damen anzulächeln, wie es seine Kommilitonen von der Medizinischen Fakultät taten. Aus Kummer darüber tröstete sich der junge Schmidt mit Kuchen und süßen Sachen, ein Laster, das er aus Rücksicht auf seine kranken Zähne eigentlich bekämpfen wollte. Seine Schwäche erzeugte ein schweres Schuld-

gefühl, und er verschloß den Mund noch fester, wenn attraktive Weiblichkeit ihm nahte. Wieder war Kummer fällig und eine weitere Visite der nächst gelegenen Konditorei. Es geriet der junge Schmidt, wie der psychologisch gebildete Leser leicht erkennen wird, in einen verhängnisvollen Circulus vituosus: Er schämte sich, weil er Kuchen aß, und er aß Kuchen, um seine Scham zu vergessen!
Der bekannte Berliner Psychiater Dr. Schrott, bei dem der junge Schmidt Vorlesungen hörte, befreite ihn schließlich aus dem Verhängnis. Dr. Schrott riet zu einem kompletten Zahnersatz. Das Resultat war verblüffend. Der Student Schmidt lernte endlich, zähneblitzend zu lächeln, und er durfte ohne peinigende Schuldgefühle Kuchen essen. Die Misere seiner Jugend trieb ihn in späteren Jahren an zu besonderem Eifer im prophylaktischen Bereich. Obwohl er sein früheres Schuldgefühl zum Nutzen der Allgemeinheit sublimiert hatte, blieb ein kleines Trauma zurück: In einem neuen Leben wollte er unbedingt mit einem natürlichen Perlmuttgebiß ausgestattet sein, das resistent war gegen kariöse Mineure bis ins Grab.
Es könnte sein, daß jetzt jemand protestiert, weil ich die Persönlichkeit eines verdienstvollen Verkehrsmediziners mit psychoanalytischen Tricks demontiere. Dem ist nicht so. Ich will mich hier weder als Begründer der Stomapsychoanalyse aufspielen, deren Zukunft noch nicht begonnen hat, noch jenem Schweizer Autor nacheifern, der seinen Nationaldichter Gottfried Keller allein deshalb bis auf die Knochen und noch tiefer blamierte, weil der ihm fünf Zentimeter zu klein erschien. Mein indiskreter Blick unter den Zahnschmelz des Neuholmer Hafenarztes (und nicht tiefer!) dient keinem anderen Zweck als der Entschuldigung des Umstandes, daß der wackere Arzt es versäumte, Marietta nach der Ganzheitsmethode zu untersuchen, wie er es sich sonst stets zur Regel machte, sondern sich mit der Besichtigung ihrer prächtigen Zähne begnügte.

„Fabelhaft!" rief der Doktor noch einmal, und Marietta durfte endlich ihren Mund schließen.
Wie immer, wenn Dr. Schmidt jemandem begegnete, der

ein tadelloses Gebiß sein eigen nannte, bemächtigte sich seiner eine tiefe Rührung. Gewissermaßen hielt er einen solchen seltenen Zeitgenossen für eine Vorwegnahme des Menschentyps, den er mit seinen prophylaktischen Maßnahmen massenhaft hervorzubringen sich bemühte. Wäre er selbst Stomatologe gewesen, er hätte sich solchen Idealtyp kaum wünschen dürfen, wollte er nicht brotlos werden. Aber Dr. Schmidt war Allgemeinmediziner und Idealist.
Er blätterte in Mariettas Papieren, und für wenige Sekunden verdüsterte sich seine Miene.
„Ich sehe, Sie haben eine Unterbrechung durchführen lassen?"
„Ja!" sagte Marietta und errötete.
„Haben Sie sich leichten Herzens dazu entschlossen?"
„Überhaupt nicht. Heute bereue ich es", gestand Marietta freimütig.
„Gewissensbisse?" fragte Dr. Schmidt und schaute fasziniert auf Mariettas Mund.
„Mein Verlobter freut sich noch immer auf das Kind. Er weiß nichts von dem Eingriff." Marietta seufzte.
„Da wird es aber höchste Eisenbahn, daß Sie ihm die Wahrheit sagen!" riet der Doktor.
„Das geht nicht. Er ist bei den Falklands unten."
„Heißt das, Sie haben ihn überhaupt noch nicht gesehen seit dem Eingriff?"
„Wie sollte ich denn, wenn er im Südatlantik ist!"
Mariettas Antwort erleichterte den Hafenarzt beträchtlich. Eben noch hatte er daran gedacht, eine gynäkologische Untersuchung zu veranlassen. Nun, da er Marietta auf unverfängliche Weise das Geständnis entlockt hatte, sie hätte seit ihrer Schwangerschaftsunterbrechung keinen Kontakt zu ihrem Verlobten gehabt, glaubte er, darauf getrost verzichten zu können.
„Ein bißchen leichtgewichtig sind Sie!" sagte er, hob den Kopf aus den Papieren und blickte wieder auf Mariettas Mund.
„Wie?" fragte Marietta.
„Die amtlichen Kriterien für die Erteilung der Seetauglichkeit empfehlen ein Mindestgewicht von sechzig Kilo. Sie bringen aber nur fünfundfünfzig auf die Waage."

Marietta erschrak. Sollte wegen lächerlicher fünf Kilo alles umsonst gewesen sein?
„Na ja, wollen wir mal nicht päpstlicher sein als der Papst. Mag sein, der Eingriff hat Sie ein wenig geschwächt. Die fehlenden Pfunde, so meine ich, schaffen Sie sich an der frischen Seeluft bald an. Mit Ihren Zähnen kein Problem!" sagte Dr. Schmidt und sollte recht behalten.

Es war Marietta also eingestellt worden vom FFK Neuholm ohne alle Umstände. Die Unbesorgtheit des Hafenarztes, sein optimistischer Hinweis auf die Heilkraft frischer Seeluft trösteten sie vorerst über ihre Unpäßlichkeiten hinweg. Tatsächlich entwickelte sie in der salzigen Luft, die vom Sund in die Stadt wehte, bald einen erfreulichen Appetit, und ihre Schwindelanfälle ließen nach. Erfreulich war auch noch etwas anderes: Die Arbeitskräftelenkung hatte sich einverstanden erklärt, sie auf der „Seeschwalbe" zu beschäf-

tigen, jenem Trawler, auf dem Willi Guth seinen Dienst als Kältetechniker verrichtete. Freilich mußte sich Marietta einige Zeit gedulden. Das Schiff wurde erst für Ende Oktober vom Patagonienschelf zurückerwartet. Nach einer Werftüberholung, die für den November vorgesehen war, sollte die „Seeschwalbe" anschließend zu den Lofoten auslaufen, um eine von den Norwegern genehmigte Fangquote abzufischen. Bis es soweit war, wurde Marietta der Reservegang von FEL I zugeteilt, jener Fangeinsatzleitung, deren gelegentliche Pannen von dem rechts daumenlosen Exkapitän Adam Million diskret repariert wurden.
Marietta erhielt einen Schlafplatz im Haus der Hochseefischer. Ihre Zimmergenossin war die Kochsmaatin Ruth Holtfrede, die ebenfalls auf die „Seeschwalbe" wartete. Werktags von acht bis siebzehn Uhr kratzte Marietta mit anderen Reservisten den Rost von den Schiffen, die am Löschkai lagen, und versiegelte die blankgekratzten Flächen mit Mennige. So auch an jenem Tag, als die „Seeschwalbe" eintraf mit Willi Guth. Es war ein schwarzer Tag.

10. KAPITEL

*Es bittet den Leser um Entschuldigung für Willi Guth,
der gegen Marietta einen ungerechtfertigten
Vorwurf erhebt*

Mariettas Geständnis, ihr Kind sei verschwunden, machte Willi Guth stark betroffen. Zuerst dachte er, Marietta wäre ein Unglück zugestoßen und sie hätte das Kind verloren, weil sie schwere Lasten hatte heben müssen. Wenn es sich so verhalten hätte, wäre der Verlust zwar nicht minder groß gewesen, doch Willi hätte Marietta gewiß getröstet. Als sie ihm jedoch gestand, wie es sich wirklich verhielt, trat er einen Schritt zurück und war zum Trost nicht mehr bereit.
„Wochenlang habe ich mich auf diesen Tag gefreut. Jetzt möchte ich am liebsten gleich wieder umkehren", sagte er.
„Was blieb mir anderes übrig? Mit meinem dicken Bauch hätten sie mich hier nicht genommen. Es war doch deine Idee, daß ich nach Neuholm komme", antwortete Marietta.
„Aber nicht um diesen Preis! Das muß bei euch in der Familie liegen!"
„Was liegt in der Familie?" fragte Marietta betroffen.
„Daß ihr eure Kinder verratet für den erstbesten Vorteil."
„Was geht dich meine Familie an, du Spinner!" rief Marietta empört.
„Du hast recht, sie geht mich nichts an!" sagte Willi, machte auf dem Absatz kehrt und ließ Marietta stehen.

Sein unmanierliches Auftreten entschuldigen verschiedene Gründe. Wie die meisten Seeleute sehnte auch er sich nach freundlicher Begrüßung, als sein Schiff nach langer Fahrt heimkehrte. Winkende Frauen und Kinder auf der Pier entlohnen die Heimkehrer vielleicht mehr für die überstandenen Strapazen als Heuer und Fangprozente. Kein Seemann ist zudem frei von Egoismus. Er hält sich für einen Märtyrer der Nation, der auf sturmgepeitschten Meeren sein Fell zu Markte trägt, während sich die übrige Menschheit träge in den Betten wälzt. Die Probleme der Landbewohner hält er für Lappalien, verglichen mit dem, was ihm täglich widerfährt. Es erscheint ihm recht und billig, daß jedermann ihn ehrerbietig behandelt und allen seinen Wünschen willfährt. Erst recht erwartet er solche Willfährigkeit von Braut oder Frau. Diesen bestürzenden Egoismus verdanken die Seeleute ihrer Weltabgeschiedenheit, denn obwohl sie in viele Gegenden des Planeten vordringen, kennen sie ihn nicht. Sie hocken in ihren engen Schiffskammern zusammen, ergehen sich über eine Distanz von tausend Meilen in Vermutungen darüber, was an Land wohl passiere, erörtern Ereignisse des letzten Heimaturlaubs, der zehn, zwanzig oder gar hundert Tage zurückliegt. Was sich wirklich ereignet, wissen sie nicht.

Die Informationen darüber tröpfeln in Briefen und Postkarten, die lange unterwegs sind, über die Meere. Nicht selten verschweigen die Absender alle Nachrichten aufregenden Inhaltes. Briefe an Seeleute sind aus Rücksicht auf den Empfänger zumeist Meisterwerke des Verschleierns. Jeder Berufsdiplomat könnte aus ihnen lernen. So zur Ahnungslosigkeit verurteilt, bleibt dem Seemann nichts anderes übrig, als sich eine Traumwelt zu fabrizieren, die, wenn er endlich nach Hause kommt, nie der Wirklichkeit standhält. Viele Seeleuteehen scheitern nicht an der Treulosigkeit der daheimgebliebenen Frauen, sondern an der Weltunkenntnis der Männer. Mag sein, daß lang befahrene Seeleute eingedenk der Beulen, die ihnen die rauhe Wirklichkeit des Landlebens geschlagen hat, zu mehr Realitätssinn fähig sind. Aber selbst so ein abgebrühter Typ wie Kapitän Meier von der „Seeschwalbe", genannt Kuhmeier, leistete sich in reifen Jahren noch eine peinliche Verwechslung von Traum und Wirklichkeit. Willi Guth hingegen war überhaupt nicht abgebrüht.

Daß Marietta ihm seinen Traum verhagelte, den er während Dutzender öder Wachen im Maschinenraum der „Seeschwalbe" gehegt und gepflegt hatte, war vielleicht nicht der einzige Grund seines unmanierlichen Verhaltens seiner Freundin gegenüber. Willi meuterte gegen den allgegenwärtigen Rationalismus. Er ließ ihn im politischen Bereich, dort, wo es um große und größte Probleme ging, gerne gelten, doch im persönlichen Leben, in den Beziehungen zwischen Mann und Frau, Eltern und Kindern, störte ihn jedes Zuviel an Kalkül. Er glaubte gern an glückliche Fügungen. Im Gegensatz zu Dr. Köppelmann aus der zweiten Etage der Reedereiverwaltung hielt er den Zufall für das Salz des Lebens. Ihn reizten ungewohnte Situationen, weil sie ihn herausforderten. Mariettas Brief beispielsweise, ihren Appetit auf saure Gurken betreffend, hatte ihn auf seine zukünftige Vaterrolle eingestimmt. Er hatte sogleich begonnen, sich mit dieser Rolle auseinanderzusetzen, um sie so gut wie möglich zu beherrschen. Nicht eine Sekunde wäre er auf die Idee verfallen, sich die Zeit zurückzuwünschen, die vor Mariettas Gurkenhunger lag. Eine Herausforderung mehr schien ihm besser als eine Herausforderung weniger, auch wenn früher geschmiedete Pläne begraben werden mußten. Es ließen sich ja neue schmieden. Natürlich war ihm klar, daß die schwangere Marietta nicht hätte zur See fahren können, gemeinsam mit ihm, wie beide es geplant hatten. Aber was machte das? Er hätte auch an Land und in Mariettas Nähe arbeiten können, um die Trennung zu vermeiden. Der von ihm variierte Spruch „Wo ein Willi ist, ist auch ein Weg" galt ihm als praktikable Lebensmaxime. Auch den Vers seiner verwitweten Mutter Jacqueline „Gibt Gott Häslein, gibt er auch Gräslein", mit dem sie sich nach dem Tode des Vaters Trost zugesprochen hatte, ließ Willi gelten. Einmal hatte er arglos eine Kollegin gefragt, warum sie ihren Jahresurlaub im regnerischen Herbst nehme und nicht lieber im Sommer. Die junge Frau hob die Schultern, es ginge nicht anders, sagte sie, sie müsse sich dringend eine Schwangerschaft „wegrationalisieren" lassen. Willi fragte nicht nach den Gründen, sondern bestrafte die junge Frau, die vielleicht ein tröstendes Wort erwartet hatte, mit eisigem Schweigen.

Marietta war wie vom Schlag gerührt, als Willi Guth sie auf der Neuholmer Atlantikpier stehenließ wie eine Fremde. Das Tau des einzigen Ankers, von dem sie sich Halt erhofft hatte in Neuholm, schien gebrochen. Es peinigte sie wieder der Brechreiz, der sie während der letzten Tage verschont hatte. Eben stapften einige kofferschleppende Seeleute, flankiert von adrett frisierten Frauen und jauchzenden Kindern, die Gangway hinunter in die lang ersehnte Freizeit. Marietta flüchtete hinter einen Kistenstapel, wo sie sich sicher glaubte vor neugierigen Blicken. Sie stopfte sich einige rosa Pillen in den Mund, die ihr Ruth Holtfrede gegeben hatte. Das Etikett auf der Verpackung versprach Linderung bei Reisekrankheiten und Schwangerschaftserbrechen. Während einer stürmischen Grönlandreise hatte Ruth mit den rosa Pillen erfolgreich ihre Seekrankheit bekämpft.

Während der nächsten Wochen machte sich Willi Guth unsichtbar. Marietta, die gern etwas über seine Absichten erfahren hätte, erkundigte sich auf der „Seeschwalbe" nach seinem Verbleib. Willi hatte seinen Jahresurlaub genommen und hielt sich zu Hause in Görlitz auf. Marietta verwünschte ihren Arbeitsplatzwechsel, den sie ihrem unzuverlässigen Freund zuliebe unternommen hatte. Am liebsten hätte sie in Neuholm gleich wieder gekündigt und wäre zurückgekehrt ins vertraute Deutsch-Sulkau und in die tröstenden Arme Petra Matuscheks. Ruth Holtfrede riet Marietta von der Kapitulation ab. Ein solcher Schritt, so meinte Ruth, würde Marietta bei der Reedereiverwaltung in ein schlechtes Licht setzen, und nie wieder hätte sie die geringste Chance, zur See zu fahren. Immerhin hatten drei Ministerien wochenlang rotiert, ehe sie Marietta attestierten, sie sei ausreichend würdig, gesund und fleißig, um ihre neue Tätigkeit ausüben zu können. Ihretwegen waren Anträge, Genehmigungen und Impfscheine geschrieben worden. Ihr Name fand sich in den Neuholmer Lohnlisten, in der Patientenkartei des Hafenarztes, in den Akten des Personalbüros und des Seefahrtsamtes, in den Beitragslisten der Gewerkschaft und des Jugendverbandes, in den Kladden der Uniform- und Effektenkammer und in der Musterrolle der „Seeschwalbe". Noch ehe Marietta ihre erste Meile auf den Meeren dieser Welt zurücklegte, hatte sie bereits unzählige Spuren in allen Etagen der Neuholmer Reedereiverwaltung hinterlassen. Wahrscheinlich tat Marietta das viele Papier leid, wenn sie ihrer Schwäche nicht nachgab und brav in Neuholm aushielt.

So kratzte sie weiterhin den Rost von den im Fischereihafen liegenden Schiffen tagsüber, und nach Feierabend bummelte sie mit Ruth Holtfrede durch die Stadt. Nach wie vor litt sie unter Schwindelanfällen, deren Häufigkeit und Intensität freilich nachließen. Sie mied Menschenansammlungen, volle Straßenbahnen und das rauschende Nachtleben Stralsunds. Ihr Körper, so hoffte sie, würde die Folgen des Eingriffs bald überwinden. Ruth Holtfrede, die keine andere Erklärung für die gelegentlichen Unpäßlichkeiten der Freundin wußte, unterstützte Mariettas Genesungshoffnung nach Kräften. Sie riet ihr, dem verschwundenen Willi Guth keine heißen Tränen mehr nachzuweinen, weil Kummer die Rekonvaleszenz stören könnte. So gut es ging, hielt sich Marietta an Ruths Rat. Ihr Körper dankte ihr das Ausbleiben ungesunder Aufregungen mit einer erfreulichen Schlafbereitschaft. Immer häufiger fiel Marietta in einen behäbigen Schlummer. Einmal überkam sie das Schlafbedürfnis sogar während der Arbeit. Ruth führte Marietta in die Netzlast des Trawlers, auf dem sie gerade Rost kratzten, bereitete ihr ein bequemes Pfühl aus Netzen und wachte darüber, daß niemand ihren Schlummer störte.

Die Erholung tat Marietta gut. Ihr Gesicht gewann wieder Frische und benötigte keine Notbemalung mehr. Auch legte sie einige Pfunde zu. Die Sehnsucht nach Willi und den Kummer über ihn bekämpfte sie mit Büchern. Ihr Favorit unter den Autoren war in jenen Wochen der Norweger Jonas Lie. Er verschaffte ihr ein wenig Vorfreude auf die Lofoten.

11. KAPITEL

*Es enthält Vermischtes: Willi Guth verläuft sich
in einem selbstgepflanzten Irrgarten, Dr. Köppelmann intensiviert
alle Vorkehrungen, Marietta erfährt ein Wunder*

Im Dezember kehrte die „Seeschwalbe" aus der Reparaturwerft zurück. Marietta und Ruth kündigten ihr Zimmer im Haus der Hochseefischer und zogen um in die Kammer siebenundzwanzig auf der Steuerbordseite des Trawlers. Der Auslauftermin mußte mehrere Male verschoben werden, denn die Stammbesatzung hatte sich während der zurückliegenden Werftzeit in alle vier Winde zerstreut. Die Leute fuhren auf anderen Schiffen oder hatten ihren Jahresurlaub genommen, den sie unmittelbar vor den Weihnachtstagen ungern zu unterbrechen gedachten. Sosehr die zweite Etage der Reedereiverwaltung auch wirbelte, die Komplettierung der Besatzung zog sich hin. Als alles geregelt schien, reiste der Kältemaschinist, allen telegrafischen Aufforderungen zum Trotz, nicht an.

Die zweite Etage entsandte ihren bewährten Pannenhelfer Adam Million in die Lausitz, um den Deserteur aufzugreifen und nach Neuholm zu eskortieren. Die Mission stieß zunächst ins Leere. Jacqueline Guth wollte entweder den Aufenthaltsort ihres Sohnes nicht preisgeben, um ihm nicht das Weihnachtsfest zu vermasseln, oder sie wußte tatsächlich nicht, wo er steckte. Sie erinnerte sich lediglich, Willi hätte irgendwann mit dem Reisebüro telefoniert. Adam Million nahm die Spur auf.

„Herr Guth hat sich ein Ferienzimmer in Hintersiedel, Kreis Ilmenau, vermitteln lassen bei der Familie Meinel!" erklärte hilfsbereit die Angestellte des Görlitzer Reisebüros.

„Oberdorf oder Unterdorf?" fragte Adam mit düsterer Miene.
„Wieso, gibt es im Kreis Ilmenau denn zwei Hintersiedels?" fragte die Angestellte erstaunt.
„O doch!" sagte Adam.
In der ganzen DDR kannte Adam kein besseres Versteck als das vermaledeite Hintersiedel mit seinen Glasens und Meinels, die teils im Oberdorf hausten, teils im Unterdorf. Hätte der Pannenhelfer keine Kenntnis der Eigenarten des thüringischen Fleckens besessen, die Suche nach Willi Guth hätte vermutlich mehrere Tage beansprucht, falls sie überhaupt erfolgreich gewesen wäre. Diesmal ließ sich Adam nicht pausenlos vom Oberdorf ins Unterdorf schikken und zurück. Er stoppte das Lautsprecherauto des mobilen Landfilms, das gerade gemächlich durchs Unterdorf kurvte und einen jugoslawischen Partisanenfilm ankündigte, der abends in der „Linde" laufen sollte. Gegen eine Eintrittskarte, die Adam sofort bezahlen mußte, und gegen das feierliche Versprechen, die abendliche Kinoveranstaltung auch tatsächlich zu besuchen, erklärte sich der Fahrer, der auch die Funktionen des Filmvorführers und des Kassierers ausübte, sogleich bereit, den Feriengast Willi Guth öffentlich auszurufen.
„Herr Willi Guth aus Görlitz, treten Sie sofort vor die Haustür! Fortuna klopft bei Ihnen an, denn Sie haben das Preisausschreiben des Landfilms gewonnen: eine dreimonatige Schiffsreise zu den Lofoten", tönte es etliche Male nach der Kinoreklame.
Willi Guth überhörte den Spektakel. Um den Kummer über seine abgebrochene Vaterschaft zu betäuben, hatte er sich im Oktober entschlossen, einen lang gehegten Plan zu verwirklichen. Endlich wollte er sich seine ersten literarischen Sporen verdienen. Der Roman, der ihm vorschwebte, sollte den Titel erhalten „Ladys, Gentlemen, Schiffbauer". Die Anregung dazu hatte ihm ein Ginglas aus Antwerpen geliefert. In das Glas waren drei Eichstriche geätzt. Die unterste Marke bemaß das erlaubte Ginquantum für Damen, die zweite teilte den Herren ihre Portion zu, der dritte Eichstrich informierte die Antwerpener Schiffbauer, wie weit sie

das Glas füllen durften, ohne in den Verdacht der Maßlosigkeit zu geraten. Willi Guth gedachte, der literarischen Welt zu beweisen, daß ein Schiffbauer nicht nur sämtlichen Ladys und Gentlemen im Trinken über ist, sondern auch in kulturhistorischer Hinsicht. Der Autor wählte sich den britischen Schiffbaurevolutionär Isambard K. Brunel zum zentralen Helden. Alle anderen Romanfiguren, unter ihnen sämtliche gekrönte Häupter des damaligen Europas, sollten im Schatten dieses Genies stehen.
Da dem jungen Autor die mütterliche Wohnung über dem lärmenden Gastzimmer der „Brücke" nicht der rechte Ort schien, wo er sein Vorhaben in Muße verwirklichen konnte, hatte er sich vom Reisebüro ein stilles Ferienzimmer in Hintersiedel reservieren lassen. Er klopfte bei den erstbesten Meinels an, deren Tür ihm gewiesen wurde, und das Glück war ihm hold. Es waren tatsächlich jene Meinels, die ein Gästezimmer ans Reisebüro vermietet hatten.
Willi stellte seine Reiseschreibmaschine auf den Tisch, füllte das mitgebrachte Antwerpener Glas bis zur Marke „Gentlemen" und machte sich ans Werk. Die ersten Romanseiten gelangen ihm spielend. Später verlor der junge Literat ein wenig die Kontrolle über die vielen Handlungslinien, Erzählhyperbeln und Arabesken, die er nach dem Vorbild Henry Fieldings in sein Werk einzuarbeiten sich bemühte. Er schaute hilfesuchend das Antwerpener Glas an, das als leitmotivischer Wegweiser neben der Schreibmaschine stand, und wartete auf Inspirationen. Kann sein, dem jungen Mann ging es nicht anders als seiner zentralen Romanfigur. Brunels Konzept der „Great Eastern", die nicht nur durch ihre Größe Berühmtheit erlangte, sondern auch durch diverse Havarien, war nicht frei von Gigantomanie gewesen. Das leere Glas half Willi jedenfalls nicht aus dem Irrgarten, den er selbst auf den ersten Romanseiten gepflanzt hatte. Darum füllte es der Verirrte wieder, diesmal bis zur Marke „Schiffbauer". So befeuert, hämmerte er neue Hyperbeln in die Tasten, lenkte sein Erzählschiff auf Kurs und Gegenkurs. Aber es ließ sich nicht in den Hafen zwingen, den Willi ihm bestimmt hatte. Derselbe Fluch, der einst auf Brunels Riesendampfer gelastet hatte, legte sich

auf Willis Werk. An dem Tag, als Adam Million eintraf in Hintersiedel, hatte sich Willis Roman vollends in den Fliegenden Holländer verwandelt und taumelte steuerlos umher. Mehrmals schon hatte der Autor den leitmotivischen Becher bis zur obersten Marke gefüllt, den Umstand nicht bedenkend, daß er selbst kein Schiffbauer war. Doch wahrscheinlich hätte das Quantum auch den armen Isambard K. Brunel in den Tiefschlaf geschickt.
Es weckte die schwerhörige Zimmervermieterin Ina Meinel ihren Feriengast mit der frohen Botschaft, er hätte eine Seereise nach Jugoslawien gewonnen und eine Eintrittskarte für den Partisanenfilm „Lofoten". Da Willi keine Anstalten machte, entweder ins Kino zu gehen oder nach Jugoslawien abzureisen, sondern sich verzweifelt den schmerzenden Kopf rieb, öffnete Ina Meinel das Fenster und winkte aufgeregt zur Straße hinunter. Adam Million, im Auto des Kinozigeuners sitzend, hielt Fenster und Türen

des oberen Hintersiedels scharf im Blick. So fand er Willi Guth.
Adam mußte dem flüchtigen Kältemaschinisten nicht lange ins Gewissen reden. Nicht nur das einem Antwerpener Schiffbauer zugemessene Ginquantum hatte Willis Gleichgewicht gestört. Tagsüber, wenn er an seiner Schreibmaschine saß und Isambard K. Brunels heroisches Leben vor Augen hatte, gelang es ihm einigermaßen, Marietta aus seinen Gedanken zu verbannen. Doch nachts, wenn er in Ina Meinels Pensionsbett kroch, um sich von seinen literarischen Irrfahrten zu erholen, schlich sich Marietta, angetan mit einem schlotternden Overall und gelbem Arbeitsschutzhelm, in seine Träume und blickte ihn stumm und regungslos an. Heute, da ihn der Gin schon nachmittags in den Schlaf geschickt hatte, begnügte sich Marietta nicht damit, ihm regungslos zu erscheinen. Auch verzichtete sie auf den Overall und den Helm. Als Willi aus seinem Rausch erwachte, brach es ihm fast das Herz. Er zögerte nicht lange, als Adam Million ihn nach Neuholm einlud.

Dort wartete man gespannt auf die Rückkehr des Pannenhelfers. Um die Zeit nicht zu vertrödeln, erließ Dr. Köppelmann die Order, „ ... durch die weitere Intensivierung aller Vorkehrungen sicherzustellen, daß die Fangreise der ‚Seeschwalbe‘ zu den Lofoten und das geplante Fangergebnis nicht durch weitere störende Ereignisse beeinträchtigt werden".
Die Order kam nicht von ungefähr. Es war Mitte Dezember, und die Erfüllung des Jahresplanes hing am seidenen Faden. Am liebsten hätte Dr. Köppelmann auf die Strategie seines fernöstlichen Kollegen Iwan Melnikow zurückgegriffen, der ein Fischkombinat am Japanischen Meer leitete. Am einunddreißigsten Dezember jeden Jahres baute Melnikow seine gesamte Fangflotte westlich des einhundertachtzigsten Längengrades auf, also direkt neben der Datumsgrenze, und ließ sie dort bis Neujahr fischen. War der Plan des vergangenen Jahres dann noch nicht erfüllt, rauschte Melnikows Flotte mit vollem Rohr ostwärts über den Meridian und zurück ins alte Jahr. Es verblieb Melni-

kow stets eine Galgenfrist von vierundzwanzig Stunden, um seine Planschulden zu tilgen.

Der hilfsbereite Meridian lag vor Melnikows fernöstlicher Haustür, für Dr. Köppelmann aus Stralsund-Neuholm war er zu weit entfernt. Der Hauptfangleiter entsann sich einer Variante, die seinen geographischen Bedingungen angepaßt war. Fische sind sprichwörtlich stumm, im tiefgefrosteten Zustand zudem erinnerungslos. Dr. Köppelmann durfte getrost davon ausgehen, kein tiefgefrorener Dorsch würde sich je erinnern oder gar ausplaudern, ob er im Dezember oder im Januar gefangen wurde. Mehr sei über die Idee des Hauptfangleiters nicht verraten, andere Fischereibetriebe könnten in Versuchung geraten. Nur soviel noch: In der Köppelmann-Variante kam der „Seeschwalbe", die im alten Jahr in ihr Fangrevier auslief und erst im nächsten Jahr zurückerwartet wurde, die entscheidende Bedeutung zu.

Es versteht sich, warum der Stratege alle Vorkehrungen intensivierte, damit der „Seeschwalbe" keine Hindernisse in den Kurs trieben. In der zweiten Etage begann es zu summen wie in einem Bienenstock. Man intensivierte die Vorkehrungen nach drei Richtungen hin.

Ein Sonderstab für materielle Sicherstellung bescherte der „Seeschwalbe" zwei nagelneue Fanggeschirre und ein verstärktes Getriebe für die Hauptwinde. Netzrisse und Windenschäden sollten den Trawler nicht bremsen bei seiner Mission. Für die personelle Sicherstellung bildete sich ein weiterer Stab. Er plünderte den Reservefonds der Schiffsversorgung und stellte der Besatzung fünfzig zusätzliche Kisten Radeberger Pilsener in die Kühllast. Für die Abstinenzler reservierte man spanische Apfelsinen. Angesichts der vielen Paletten mit Proviant, die der Hafenkran zur „Seeschwalbe" hinüberschwenkte, dachte Kapitän Meier, Neuholm läge neuerdings im Schlaraffenland. Vorübergehend legte sich sein Hang zur Melancholie.

Sogar an die kulturellen Bedürfnisse der Besatzung dachten die sicherstellenden Sonderstäbe. Es erhielt der Elektroingenieur, der das Bordkino betreute, zwei Winnetou-Filme zusätzlich und einen heißen italienischen Schwank. Den abwesenden Seeleuten sollte zum Jahresende kein schlech-

teres Filmprogramm geboten werden als den Fernsehzuschauern daheim.
Es warf die zweite Etage also mit der Wurst nach dem Schinken. Der Einsatz lohnte sich. In Anbetracht der Bevorzugung, die die „Seeschwalbe" genoß, entschlossen sich etliche Lords, die während der Weihnachtstage eigentlich hatten zu Hause bleiben wollen, doch noch anzumustern.
Damit keine gesundheitlichen Risikofälle in Richtung Lofoten abdampften, ordnete der Sonderstab für personelle Sicherstellung eine zusätzliche Tauglichkeitsüberprüfung der gesamten Besatzung an. Dr. Schmidt ließ es an gewohnter Gründlichkeit nicht mangeln. Es zog sich die Untersuchung der achtzig Besatzungsmitglieder drei Tage hin. Bereits am ersten Tag sperrte Dr. Schmidt drei Leuten die Reise wegen reparaturbedürftiger Zähne. Am zweiten Tag siebte er noch einmal vier aus. Es wurde fraglich, ob die neue Lücke, die der Doktor in die Besatzung riß, mit Reservisten aufzufüllen war. Dr. Köppelmann läutete persönlich den Hafenarzt an und erklärte ihm, die Bewilligung der beiden zusätzlichen stomatologischen Behandlungsplätze würde er zurückziehen, wenn der Doktor weiterhin seiner dentalen Pedanterie fröne.

Am dritten Tag stand Marietta vor dem Hafenarzt. Die Zahnuntersuchung in der Abteilung Stomatologie hatte sie problemlos überstanden. Dr. Schmidt begrüßte Marietta, die in einem modischen Anorak steckte, mit Handschlag.
„Hatten wir nicht erst unlängst das Vergnügen?" fragte er gutgelaunt.
„Vor sechs Wochen!" antwortete Marietta.
„Ja natürlich, das Perlmuttgebiß!" erinnerte sich der Doktor. Er durchblätterte rasch die Akte, die Schwester Claudia ihm auf den Tisch gelegt hatte, anschließend überprüfte er Mariettas Blutdruck.
„Hervorragend! Und jetzt bemühen wir uns mal auf die Waage, bitte schön!"
Marietta wollte den Anorak ausziehen.
„Nicht nötig. Die Garderobe berechne ich mit einem Kilo",

sagte der Hafenarzt und bewegte munter die Gewichte über die Skala der Personenwaage.
„Habe ich es Ihnen nicht prophezeit?" rief er.
„Was?" fragte Marietta.
„Na, daß unsere herrliche Seeluft den Appetit steigert. Sie haben drei Kilo zugenommen. Glückwunsch!"
Als Marietta schon an der Tür stand, fragte Schmidt: „Wie hat Ihr Verlobter eigentlich die Nachricht aufgenommen?"
„Welche Nachricht?"
„Ich meine den Eingriff", sagte der Doktor.
„Er hat sich von mir getrennt", sagte Marietta leise.
Dr. Schmidt bemerkte, daß er ein für seine Patientin schmerzliches Thema berührt hatte, und war gern zum Trost bereit.
„Nun ja, vielleicht überlegt es sich Ihr Verlobter noch einmal. Sie sind ja noch so jung und können ihm jederzeit seinen Kinderwunsch erfüllen."
„Ich weiß nicht, mir ist so unheimlich zumute!" sagte Marietta.
In dem Moment klingelte das Telefon. Schwester Claudia teilte ihrem Chef mit, Dr. Köppelmann sei am Apparat und sie würde ihn durchstellen. So vergaß der Hafenarzt zu hinterfragen, warum sich Marietta Müller unheimlich fühlte. Er machte eine abschließende Geste in ihre Richtung und wünschte ihr eine gute Reise.

Das waren einige Beispiele der weiteren Intensivierung der Vorkehrungen nach zwei Seiten hin. Man vergaß nicht die dritte. Es ging um die Motivierung der Besatzung. Auch während der bevorstehenden Feiertage und zum Jahresende, während die übrige Nation beschaulich Weihnachtsgänse und Silvesterkarpfen verdaute, sollten die Leute von der „Seeschwalbe" Schwerstarbeit leisten. Kapitän Meier rief seine Besatzung, das heißt den Rest, den Dr. Schmidt von ihr übriggelassen hatte, zu einem Meeting in die Mannschaftsmesse. Dr. Köppelmann persönlich hatte sich als Redner angesagt.
Unter den gekreuzten Flaggen der DDR und der Neuholmer Reederei, gekleidet in eine blaue Uniform mit vier Är-

melstreifen, hielt der Hauptfangleiter eine bewegende Ansprache. Er führte aus, die Hauptfangleitung und das ganze Kombinat würden in diesen Tagen auf die „Seeschwalbe" blicken. Ob sich der traditionsreiche Neuholmer Seefischereibetrieb auch diesmal mit dem Lorbeer eines erfüllten Jahresplanes schmücken dürfe, so fuhr er fort, hinge jetzt in hohem Maße von jedem Besatzungsmitglied ab. Jeder einzelne solle sich als das Zünglein an der Waage fühlen, auf der Erfolg oder Mißerfolg des großen Betriebskollektivs gewogen würden. Der Redner erinnerte daran, daß alle Vorkehrungen und Sicherstellungen getroffen seien, damit die „Seeschwalbe" ihren Auftrag erfüllen könne. Niemand solle leichtfertig einer Schwäche nachgeben, sondern in rauher See tapfer seinen Mann stehen. Der Redner schloß mit den Worten: „Ich erwarte, daß jeder von euch seine Pflicht tut!"

Marietta saß neben Ruth Holtfrede in der letzten Bankreihe. Sie hatte sich zunächst sehr bemüht, der Rede des Hauptfangleiters zu folgen, zumal ein Fotograf der Zeitung „Der Seefischer" sie etliche Male mit seinem Apparat anblitzte. Dann vergaß Marietta den Fotografen. In ihr hatte sich etwas bewegt. Durch den Anorak hindurch befühlte Marietta vorsichtig die Bauchdecke. Sie ertastete in Nabelnähe eine feste Erhebung, die vorher nicht dort gewesen war. In dem Moment blitzte der Pressefotograf sie noch einmal an. Es gelang ihm das Porträt einer beeindruckenden jungen Frau, die konzentriert der Rede des Hauptfangleiters lauscht. Das Foto erschien am nächsten Tag auf der Titelseite der Betriebszeitung.
Monatelang hatte Mario im Dämmerzustand verbracht und seine ganze Energie darauf verwandt, sich zu einem kleinen Menschen zu komplettieren. Es waren ihm auch gewachsen zwei Ohren. Seine nagelneuen Trommelfelle spannten sich, begannen zu vibrieren, stießen den Hammer an, der klöppelte auf den Amboß, die Erschütterung lief durch die Schnecke und gelangte ins Hirn. Er wußte nun, daß es ihn gab. Angeregt lauschte er den Geräuschen in seiner Umgebung. Besonders gern hörte er die Stimme seiner

Mutter. Sie verriet ihm, daß er nicht allein war auf der Welt. Er fühlte sich bewacht und geborgen, legte alle Augenblicke einen kurzen Schlummer ein, um sich abermals von der mütterlichen Stimme wecken zu lassen und das Glück der Zweisamkeit zu genießen. Er schlief und horchte, horchte und schlief.
Das gemächliche Einerlei wurde unterbrochen vom Referat des Hauptfangleiters. Es bescherte Mario zwei neue Erkenntnisse. Erstens existierte außer ihm und seiner Mutter noch eine dritte Person, nämlich Hauptfangleiter Dr. Köppelmann. Zweitens benötigte das FFK Neuholm Unterstützung bei der Erfüllung des Kombinatsplanes. Mario ließ sich nicht zweimal bitten. Als der Hauptfangleiter ausführte, jedermann solle sich als das Zünglein an der Waage fühlen, auf der der Erfolg des Neuholmer Kombinates gewogen werde, krempelte Mario gewissermaßen die Ärmel hoch, spuckte in die Hände und streckte sich. Er stieß dabei an die Bauchwand seiner Mutter.
Es machte Mario während derselben anfeuernden Rede nun die dritte beglückende Erfahrung. Seine Hände, die gegen die Bauchwand seiner Mutter drückten, fühlten plötzlich Gegendruck. Kein Zweifel, draußen war seine Existenz bemerkt worden. Sicherheitshalber drückte Mario noch einmal gegen die Wand, und die Hand draußen drückte zurück. Seine Mutter tauschte mit ihm die ersten verstohlenen Händedrücke. Mario war außer sich vor Glück.
Dr. Köppelmann trat gerade vom Rednerpult zurück, als sich Mario noch einmal reckte und streckte, soweit er konnte. Marietta hielt die Luft an, dann erhob sie sich, um Dr. Schmidt zu informieren, wer sie eben begrüßt hatte. Der Zufall, jener nichtswürdige Kobold, den Dr. Köppelmann und seine zweite Etage so intensiv bekämpften, wollte es anders. Er trat jetzt ein in die Mannschaftsmesse, und Marietta setzte sich wieder.

Wie so oft hatte sich der purzelbaumschlagende Wicht perfekt getarnt, diesmal als Notwendigkeit. Es kam der Zufall also als Wolf im Schafspelz. Er nannte sich Willi Guth und wurde eskortiert von Adam Million, der ihn im thüringischen Hintersiedel aufgelesen hatte. Willis Anwesenheit auf der „Seeschwalbe" war notwendig geworden, weil ein Trawler ohne einen Kältemaschinisten unmöglich seinen Heimathafen verlassen kann. Ein Fischtrawler ohne maschinelle Kühlung ist eine Konserve ohne Deckel. Rein theoretisch hätte man natürlich einen Ersatzmann anwerben können. Praktisch wäre das kaum möglich gewesen. Der Berufsstand der seefahrenden Kältetechniker ist zahlenmäßig nicht groß. Der zweiten Etage gelang es nie, sich eine nennenswerte Anzahl Kältetechniker in Reserve zu halten. Im Dezember neunzehnhundertachtzig war die Reserve auf Willi Guth und zwei verheiratete Kollegen zusammengeschrumpft. Letztere wollte man über die Weihnachtsfeiertage nicht ins europäische Nordmeer schicken. Es blieb der zweiten Etage gar nichts anderes übrig, als Willi Guth zu bewegen, in den sauren Apfel zu beißen. Sein Auftritt in der Mannschaftsmesse der „Seeschwalbe" war also zwangsläufig und überhaupt nicht zufällig. Dennoch, so behaupte ich, wäre Dr. Köppelmann der souveräne Herrscher über alle ereignisbildenden Faktoren gewesen, so hätte er sich Willi Guths Rückkehr aus Hintersiedel niemals wünschen dürfen.

Marietta setzte sich wieder, als sie Willi, von den Spuren seines Kampfes mit einem leitmotivischen Trinkbecher aus Antwerpen gezeichnet, also bleich wie der Tod, erblickte. Ganz genau konnte Marietta später nie erklären, warum sie auf der „Seeschwalbe" blieb, anstatt schleunigst zum Hafenarzt zu laufen, um ihm ihre Schwangerschaft anzuzeigen. War sie sich noch immer nicht sicher? Eingedenk der bangen Stunden im Zentralkrankenhaus mochte ihr eine erneute Schwangerschaft wie das Ergebnis einer unbefleckten Empfängnis erscheinen. Zweifel wären verständlich gewesen. Andererseits hatte ihr Mario, sich reckend und streckend, einen deutlichen Hinweis auf seine Anwesenheit geliefert. Nichts wäre dringender geboten gewesen, als von der „Seeschwalbe" abzumustern und das Kind in der Heimat auszutragen. Was veranlaßte sie also zu dem Wagnis einer Seereise ins Nordmeer?

Als Willi in der Mannschaftsmesse auftauchte, deutete Marietta sein bleiches Gesicht als Folge eines schlechten Gewissens. Leichtfertig hatte er sie des Verrates bezichtigt an dem gemeinsamen Kind und ihr, auf Petra Matuscheks Geschäft mit Felix Amuneit anspielend, eine ungute Familientradition vorgeworfen. Jetzt war ihr durch ein Wunder das verschwundene Kind zurückgegeben worden. Nie wieder sollte Willi ihr Wankelmütigkeit und Verrat vorwerfen. Sie wollte ihm unter den Augen bleiben und ihm tagtäglich beweisen, daß sie die Kraft und den Mut besaß, ihr Kind auch unter widrigen Umständen auszutragen, auch im europäischen Nordmeer. Willi sollte sehen, was er an ihr hatte! Kann sein, in Marietta schlug endlich die Courage ihrer Mutter Petra Matuschek durch, die sich achtzehn Jahre zuvor, ebenfalls schwanger, aus Deutsch-Sulkau hinausgewagt hatte in die Welt und deren widrige Verhältnisse. Heißt es nicht, der Apfel falle nicht weit vom Stamm?

12. KAPITEL

*Es schickt die „Seeschwalbe" in einen Orkan
und berichtet von einem schweren Verdacht,
den Schwester Gertrud gegen Marietta hegt*

Es hatte sich Marietta also viel vorgenommen. Schon auf der Ostsee, als die „Seeschwalbe" nur mäßig schaukelnd durch die Wellen zog, erhielt Marietta einen ersten Eindruck davon, was ihr bevorstand. Der Bootsmann rief die Mannschaft ins Vorschiff zum Empfang frischer Bettwäsche. Auch Marietta und Ruth Holtfrede verließen ihre mittschiffs gelegene Kammer und gingen nach vorn. Marietta dachte, sie fiele in einen Abgrund. Während sich die Wohnkammer nur leicht hob und senkte, glich das Vorschiff einem wild gewordenen Fahrstuhl. Marietta stürzte einige Meter in pfeilschneller Fahrt nach unten, wurde scharf gebremst und wieder angehoben. Auf dem Gipfelpunkt der sausenden Bergfahrt gab es eine kurze Verschnaufpause, dann senkte sich der Boden unter Mariettas Füßen erneut um etliche Meter. Vor der Wäschelast warteten einige andere Besatzungsmitglieder. Marietta mußte sich wohl oder übel in die Schlange einreihen. In Deutsch-Sulkau oder Görlitz hätte sie einen Schwangerenausweis zücken können, und sie wäre bevorzugt abgefertigt worden. Weiß wie die Bettwäsche, die der Bootsmann ihr ausgehändigt hatte, erreichte sie endlich wieder ihre Kammer. „Ich kann mich kaum noch auf den Beinen halten." Sie stöhnte und ließ sich in die Sitzbank fallen.

„Das bißchen Seegang spürt man doch kaum", ermunterte Ruth Holtfrede sie.

„Was denn, es kommt noch schlimmer?" fragte Marietta.
„Bestimmt!" antwortete Ruth.

Marietta versäumte das Abendessen in der Messe. Glücklicherweise erreichte der Trawler bald den Öresund und ruhiges Wasser. Marietta ging hinauf aufs Deck, und in der frischen Luft verlor sich ihre Übelkeit. Eine ihr unbekannte Küste zog in der Dunkelheit vorüber. Der dicke und rotgesichtige Kapitän, den die anderen Kuhmeier nannten, vertrat sich ebenfalls die Füße.
„Na, versuchen Sie die kleine Seejungfrau zu erspähen?" sprach er sie an.
Da wußte sie, die fernen Lichter und Geschäftsreklamen gehörten zu Kopenhagen. Marietta erinnerte sich ihrer glücklichen Kindertage, als sie Andersens Märchen gelesen hatte in der Wohnstube ihrer Eltern, an einem sicheren Ort. Aber sie hatte sich Tapferkeit geschworen.
„Es ist schön hier draußen!" sagte sie zu dem freundlichen Kapitän.
Mein Gott, wenn der wüßte, was mit mir los ist! dachte sie.

Als sie in ihre Wohnkammer zurückkam, saß Willi Guth auf dem Sofa. Ruth Holtfrede ging ihre erste Wache in der Kombüse.
„Ruth sagt, du hättest die Seekrankheit?" fragte Willi mit gesenktem Blick.
„Entweder die Seekrankheit oder Schwangerschaftserbrechen", antwortete Marietta.
„Oder was?" fragte Willi.
„Es hat nicht funktioniert!"
„Nicht funktioniert?"
„Der Eingriff vor einem Vierteljahr. Irgendwas ist schiefgegangen. Du wirst Papa, Willi!"
„Aber es muß doch eine Nachuntersuchung gegeben haben?" fragte Willi ungläubig.
„Negativ! Auch Doktor Schmidt hat nichts bemerkt."
„Unmöglich", sagte Willi, „Doktor Schmidt muß so was bemerken. Mir hat er sogar in den Hintern geschaut. Du bildest dir die Sache bloß ein."

„Die Sache?" rief Marietta empört.
Marietta hatte eigentlich von Willi einen Freudenschrei erwartet nach allem, was vorangegangen war. Aber auch der Kindesvater, ein Fielding-Verehrer und eingeweiht in das von bunten Zufällen durchwirkte Leben der Briten, vertraute einer wissenschaftlichen Autorität mehr als seiner Freundin, mit der er vor sechs Monaten ein Kind gezeugt hatte. Vielleicht hätte selbst Willi bis zu jenem siebzehnten März einundachtzig, als Marietta im Himmel über den Lofoten den unwiderlegbaren Gegenbeweis lieferte, sein eigenes Kind für ein „Phänomen" gehalten, wie Schwester Gertrud und Kapitän Meier. Auch Willi war ein Kind seiner Zeit!
Mario ersparte seinem Vater die Blamage einer Verwechslung von Traum und Wirklichkeit. Es empörten den Sohn die Zweifel seines Vaters so gewaltig, daß er sozusagen mit der Faust auf den Tisch haute. Marietta, die Bewegung in ihrem Bauch spürend, ergriff Willis Hand und führte sie an die Stelle, wo Mario gerade seinem Ärger Luft machte.
„Das ist Wahnsinn!" rief Willi.

„Nein, dein Kind!" verbesserte Marietta ihn.
„Du mußt sofort vom Trawler runter!"
„Wie denn?"
„Du hättest gar nicht erst aufsteigen dürfen!" schimpfte Willi.
„Freust du dich denn überhaupt nicht?" stellte Marietta die alte Mütterfrage.
„Doch! Aber wie geht es jetzt weiter?" fragte der ratlose Autor.

Diese Frage hatte sich Marietta schon vor einigen Stunden gestellt. Dr. Köppelmann hatte die Hoffnung geäußert, die „Seeschwalbe" wäre bis Mitte Februar vollgefischt und würde in der letzten Woche desselben Monats wieder in Neuholm sein. Marietta rechnete mit ihrer Niederkunft für Anfang April. Marietta meinte, wenn sie die Zähne zusammenbisse, würde sie bis Februarende durchhalten.
Ein anderes Problem ließ sich mit etwas Glück ebenfalls lösen. Marietta mußte vermeiden, daß irgendwer an Bord ihren Zustand bemerkte, ehe der Trawler in Neuholm festmachte. Einige Hoffnung setzte Marietta in die an Bord gebräuchlichen blauen Anzüge und Wattejacken. Diese Kleidungsstücke waren nicht zum Flanieren bestimmt, sondern für die Arbeit, und darum weit und geräumig. Der den Hochseefischern abverlangte Fleiß sollte nicht behindert werden durch zu enge Plünnen. Es durfte Marietta getrost hoffen, Mario würde in dem weiten Zeug hinlänglich versteckt sein. Zuversichtlich stimmte Marietta auch, was sie von ihrer Mutter Petra Matuschek wußte. Zu Mariettas Kindergeburtstagen erinnerte sich Petra gern und stolz der Zeit, als sie mit der Tochter schwanger gegangen war. Petra behauptete, niemand habe ihr bis zum siebenten Monat ihren Zustand angemerkt. Es blieben Petra nach der Niederkunft auch nicht die Fischchen auf dem Bauch zurück wie anderen Frauen, deren Haut sich während der Schwangerschaft überdehnt hatte. Ihren Vorteil leitete Petra her von einer Besonderheit ihrer Figur. Obwohl sie rank und schlank war, schwang ihr Becken reichlich aus. Die noch ungeborene Marietta habe sich

zwischen den ausladenden Beckenknochen hübsch lang machen können und deshalb kaum gegen die Bauchdecke der Mutter gedrückt. Mariettas schlanke Erwachsenenfigur ähnelte der ihrer Mutter. So hoffte sie, auch zu den Mahlzeiten in der Messe, wenn die weite Arbeitsschutzkleidung nicht gefragt war, sondern ein leichter Freizeitdreß, würde niemand mißtrauisch werden.
Die schwersten Hürden, die Marietta nehmen mußte, waren ihre Zimmergenossin Ruth Holtfrede und die Bordsamariterin Gertrud. Ruth, die ja bereits die Hälfte wußte, konnte sie zur Not die volle Wahrheit sagen, gegen das Versprechen, daß Ruth anderswo den Mund hielt. Was Schwester Gertrud betraf, die mit einigem medizinischen Wissen ausgestattet schien, mußte sich Marietta noch etwas einfallen lassen.

„Daraus wird nichts! Wir gehen sofort auf die Brücke zum Alten und gestehen alles. Er muß dich in Kopenhagen an Land setzen oder in Helsingør!" protestierte Willi, als Marietta ihn in ihren Plan eingeweiht hatte.
„Uns glaubt doch niemand die Geschichte, so wie sie sich wirklich zugetragen hat. Entweder meinen sie, wir spinnen, oder sie werfen uns vor, wir hätten sie ganz gemein hintergangen. Wer glaubt denn heute noch an Wunder! Es ist doch ein Wunder, nicht wahr, Willi?"
Marietta blickte Willi selig an. Der Fielding-Freund mußte mehrere Male schlucken.
„Irgendwie schon!" gestand er endlich.
„Na, siehst du", rief Marietta und fiel Willi um den Hals.

Dennoch hätte der Kältemaschinist wohl niemals seiner Freundin gestattet, die Reise ins Nordmeer fortzusetzen, wenn Marietta nicht einen Köder ausgeworfen hätte, auf den Willi leider anbiß. Es riet Marietta nämlich ihrem Freund, sich nicht mit der leiblichen Vaterschaft zu begnügen, sondern auch die literarische Vaterschaft für den kleinen Mario ins Auge zu fassen. Marietta meinte, ihre Geschichte gäbe vielleicht den Stoff ab für eine Erzählung. Willi spitzte die Ohren. Er erinnerte sich einer Regel des

Horaz, wonach ein Schriftsteller all das übergehen soll, was er beim besten Willen nicht glänzend darstellen kann. Da Willi seit sechs Monaten erheblich an Mariettas Geschichte beteiligt war, also mitten im Stoff stand, durfte er mit einiger Sicherheit hoffen, sich nicht abermals in einem von der Phantasie gepflanzten Irrgarten zu verlaufen, sondern eine Erzählung zustande zu bringen. Marietta erbot sich, ihn über alle weiteren Vorkommnisse während ihrer Schwangerschaft zu unterrichten, damit es ihm nicht an Material mangele. Zur Bedingung machte Marietta die Fortsetzung der Reise. Der junge Autor überlegte nun nicht lange. Er sagte sich, als Zentralfigur seiner Erzählung wäre Marietta um so wirkungsvoller, je länger sie auf dem Dampfer bliebe. Also opferte Willi Guth seinem wiederentflammten literarischen Ehrgeiz leichtfertig sein Verantwortungsbewußtsein.

Bereits am nächsten Tag floß Willi weiterer Stoff zu für sein neues Opus. Es erreichte die „Seeschwalbe" das Kap Skagen, die Nordspitze Dänemarks. Der Trawler ging auf westlichen Kurs, um aus dem Skagerrak hinauszudampfen in Richtung Nordsee. In jenen Dezembertagen hatte sich in der Irischen See das Zentrum eines Orkanwirbels gelagert. Der damalige Seewetterbericht nannte diesen Wirbel „stark". Er rührte alle Luft- und Wassermassen auf zwischen Reykjavik und Rotterdam, zwischen Liverpool und Stavanger. Je nachdem, wo man sich gerade befand, pfiff und wogte es aus Osten, Süden, Westen, Norden. Am Ausgang des Skagerraks wetterte es aus nordwestlicher Richtung. Wind und Wellen stand die volle Breite des Nordatlantiks zur Verfügung, um Anlauf zu nehmen gegen jedes Schiff, das sich aus dem Windschatten der südnorwegischen Gebirge in die Nordsee vorwagte. Obwohl Trawlerkapitäne selten wetterfürchtig sind, legte sich auf Kapitän Meiers Gesicht ein äußerst bekümmerter Ausdruck, ähnlich dem, den er nach seiner Kollision mit der New-Jersey-Kuh zur Schau getragen hatte. Er schaltete das Kommandogerät ein und befahl der Besatzung, die Panzerdeckel vor die Bulleyes zu legen.

„Panzerdeckel?" fragte Marietta ihre Stubengenossin Ruth Holtfrede, als die Lautsprecherdurchsage beendet war.
„Falls die See unser Fenster einschlägt!" erklärte Ruth. Sie hängte den Panzerdeckel aus der Haltekette und schwenkte ihn vor das kreisrunde Fenster. In der Wohnkammer wurde es finster. Marietta, die sich in engen und dunklen Räumen leicht ängstigte, sauste der Puls. Sie tastete verzweifelt nach dem Lichtschalter.

Wenn schlechtes Wetter naht und sich Kleinmut auszubreiten droht unter Schiffsbesatzungen, wenden erfahrene Steuerleute eine erprobte Methode an. Sie beschäftigen jeden untätigen Mann, damit der erst gar nicht in die Verlegenheit gerät, seinem klopfenden Herzen zu lauschen. Mathießen, der Erste Steuermann, hielt es genauso. Als der Funker ihm die Orkanwarnung gebracht hatte, inspizierte er noch einmal das ganze Schiff, um sich zu überzeugen, ob alles lose Gut festgezurrt war, ob die Panzerdeckel vor den Bulleyes lagen, ob jemand an Seekrankheit litt und willens war, demnächst aus Verzweiflung über Bord zu springen. Mathießen fand viel zu tadeln. Insbesondere ärgerte er sich über den Zustand der Linoleumböden in den Kabinengängen und Messen. Während der zurückliegenden Ausrüstungszeit war viel fremdes Volk an Bord gewesen, Mitarbeiter der Reparaturabteilungen, abschiednehmende Familienangehörige und die Schnorrer von der Hafengang, die unter dem Vorwand, den ausreisenden Seeleuten „Gute Reise!" wünschen zu wollen, durch die Gänge getrampelt waren, um irgendwo einen Schluck Kognak zu ergattern. Bordfremde Eindringlinge scheren sich selten um die vielen Scheuerlappen, die der Bootsmann vor den Schotts auslegt, damit sich jedermann die Schuhe reinigt. Die Fußböden der „Seeschwalbe" sahen wirklich nicht mehr sehr gut aus. Mathießen ordnete eine allgemeine Reinschiffaktion an.
Marietta wurde vorübergehend dem Kommando des Bootsmannes unterstellt. Der hieß sie, die Offiziersmesse zu scheuern und zu bohnern. Als der Auftrag erfolgte, hielt sich die „Seeschwalbe" noch gnädig im Windschatten der

Küste südlich Kristiansands. Marietta besorgte sich einen Blecheimer, einen Lappen, ein scharfes Scheuermittel und einen Pappeimer, gefüllt mit Bohnerwachs. Es war die erste Arbeit, die ihr an Bord der „Seeschwalbe" abverlangt wurde, und Marietta wollte sie mit Sorgfalt erledigen. Der Erfolg stellte sich nur zögernd ein. Derjenige, der hier zum letztenmal Hand angelegt hatte, war weniger akkurat gewesen. Ein dicker Film aus Bohnerwachsresten, Fischtran und eingekneteten Staub war abzulösen. Marietta holte etliche Eimer warmes Wasser aus der Kombüse, gab immer größere Dosen des scharfen Waschmittels hinein und nahm eine harte Wurzelbürste zur Hilfe. Als endlich die Originalfarbe des Linoleums freigelegt war, stellte Marietta den Wassereimer zur Seite. Sie setzte sich in den Sessel, der während der Mahlzeiten für Kapitän Meier reserviert war, und wartete, bis der Fußboden getrocknet war.

Die Plackerei hatte zwar einige Kraft gekostet, aber sie hatte Marietta kaum auf die zunehmende Bewegung des Trawlers achten lassen. Insofern zeitigte die vom Ersten Steuermann verordnete Arbeitstherapie einen schönen Erfolg. Die Zwangspause zwischen Scheuern und Bohnern jedoch erinnerte Marietta wieder daran, daß sie sich nicht in der elterlichen Wohnstube in Deutsch-Sulkau befand. Durch den Fußboden spürte sie das Vibrieren und Beben, das den Trawler durchlief, wenn er wieder mal gegen einen Brecher anrannte und nachher tief in das nächste Wellental eintauchte. Dem Auf und Ab, das Marietta von der Ostsee kannte, gesellte sich jetzt noch eine Pendelbewegung von links nach rechts und von rechts nach links hinzu. Da wegen der vorgelegten Panzerdeckel kein Schimmer Tageslicht durch die Bulleyes drang und die Dampfheizung übermäßig die Luft in der Messe aufheizte, spürte Marietta erneut ein ungutes Gefühl in der Magengegend.

Um sich abzulenken, kniete sie sich schnell wieder auf den Boden. Sie hatte gerade die Hälfte der Messe gebohnert, als der Trawler endgültig aus dem Windschatten Südnorwegens herauskam. Es trafen ihn die langen Atlantikwellen mit voller Wucht. In dem Auf und Ab und Hin und Her starrte Marietta angestrengt den Linoleumboden an, den sie

mit dem Bohnerlappen wienerte, und versuchte sich zu suggerieren, es wäre der Fußboden in Matuscheks friedlicher Wohnstube.
Dem Wassereimer, gefüllt mit warmer Seifenlauge, mangelte es dagegen an Einbildungskraft. Die Adhäsionskraft, die ihn bisher in der Ecke festhielt, wo Marietta ihn leichtsinnig abgestellt hatte, versagte bei der nächsten Krängung des Trawlers. Es rutschte der Wischeimer aus seiner Ecke heraus, durchquerte die halbe Offiziersmesse und stolperte schließlich über die Füße der knienden Marietta. Ein Schwall warmer Seifenlauge ergoß sich über den Fußboden. Angestiftet durch seinen Kollegen, hielt es nun auch den Pappeimer mit Bohnerwachs nicht mehr an

seinem alten Platz. Er nahm Fahrt auf und kollidierte mit seinem herumrollenden Gefährten. Dabei kippte er gleichfalls um. Marietta erhob sich, um die beiden Eimer einzufangen.
Die zylindrische Form der Ausreißer erwies sich als ideale Voraussetzung für eine schnelle Fortbewegung über den sich nach allen Richtungen neigenden Fußboden. Marietta, der noch keine Seebeine gewachsen waren, mußte auf ihre Balance achten und war als Verfolgerin erheblich im Nachteil. Das herumschwabbende Seifenwasser vermischte sich mit dem Bohnerwachs, und beide Komponenten bildeten eine wäßrig-fettige Emulsion. Auf dem glitschigen Untergrund verloren Mariettas Füße die Haftung. Sie gab es auf, die Ausreißer einzufangen, und verwendete alle ihre Mühe drauf, nicht umzufallen und es den rollenden Eimern gleichzutun.
Glücklicherweise ging Willi gerade über den Kabinengang. Aus der Offiziersmesse hörte er eine merkwürdige Schlagzeugmusik. Ein anschwellendes blechernes Geschepper endete mit einem kräftigen Gongschlag. Die Blechtrommel wurde von einem dumpferen Tamtam überlagert, dessen Lautstärke ebenfalls regelmäßig anschwoll. Als drittes Instrument machte Willi eine Pauke aus. Die Paukenschläge ertönten immer dann, wenn sich der Trawler besonders weit zur Seite neigte. Über den Rhythmusinstrumenten lag hauchdünn eine klagende Singstimme. Willi öffnete die Tür zur Mannschaftsmesse, um nachzuschauen, wer dort musizierte.
Marietta, den Rock gerafft und die Beine leicht gegrätscht, rutschte wie ein ungeschickter Skifahrer von der rechten Wand zur linken, prallte dagegen, glitt, als der glatte Boden unter ihren Füßen seine Schräglage veränderte, zurück zur gegenüberliegenden Seite. Um sie herum rollten ein Blecheimer und ein Pappeimer. Marietta blickte ihren Freund fassungslos an.
Willi, der nicht ausschließen konnte, daß sich Marietta Prellungen und Verstauchungen zugezogen hatte, brachte seine Freundin vorsorglich ins Krankenrevier. Es geschah, was Marietta eigentlich hatte vermeiden wollen. Sie trat un-

ter die prüfenden Augen der weit und breit einzigen medizinisch geschulten Kraft.

„Na, was haben wir denn, Mädel?" fragte Gertrud, als Willi diskret das Revier verlassen hatte.
„Nichts", sagte Marietta abwiegelnd, „ich bin bloß ausgerutscht und gegen die Kabinenwand geprallt. Es hat geklungen wie ein Paukenschlag, darum hat Kollege Guth mich hergebracht. Aber ich habe mir wirklich nichts getan. Mir ist nur etwas schlecht wegen des Seeganges."
Schwester Gertrud bestand dennoch auf einer gründlichen Untersuchung. Sie forderte ihre Patientin auf, Rock und Pullover auszuziehen. So gut es ging, zog Marietta den Bauch ein, als sie in Unterwäsche vor die Schwester trat. Gertrud betastete Mariettas Armgelenke, faßte dann ihre Arme und bewegte sie nach verschiedenen Richtungen. Die Gymnastik, mit der Gertrud die Unversehrtheit der Gelenke prüfen wollte, brachte Marietta zuletzt etwas außer Atem. Wohl oder übel mußte sie ihr Zwerchfell entspannen, und ihr Bauch wölbte sich vor. Schwester Gertrud verengte die Augen.
„Sie haben doch hoffentlich an der Tauglichkeitsüberprüfung durch Doktor Schmidt teilgenommen?" fragte sie.
„Natürlich!" antwortete Marietta.
„Und der Doktor hat nichts Außergewöhnliches festgestellt?"
„Nichts, außer einem leichten Untergewicht."
„Merkwürdig", sagte Gertrud und blickte wieder auf Mariettas Bauch.
„Der Hafenarzt hat mir eine Mastkur empfohlen. Aber sie ist mir nicht bekommen", sagte Marietta schnell.
Die Schwester holte aus dem Aktenschrank eine Mappe aus hellgrünem Karton. Mehrere Male durchblätterte sie die eingehefteten Papiere, ehe sich ihr Gesicht entspannte. Es fand die Schwester zwei Eintragungen, die ihr schwarz auf weiß bestätigten, daß sich Marietta während der letzten Wochen gleich zweimal dem Hafenarzt zur Tauglichkeitsüberprüfung vorgestellt hatte. Wahrscheinlich genierte sich Gertrud in diesem Augenblick, weil sie eine knappe Mi-

nute lang die Möglichkeit in Betracht gezogen hatte, dem Hafenarzt wäre Marietta durch die Maschen der verkehrsmedizinischen Vorschriften gerutscht.
„Eine Mastkur also, die Ihnen nicht bekommen ist?" fragte Gertrud teilnahmsvoll. „Und jetzt leiden Sie unter Verdauungsstörungen?"
Marietta, eben noch voller Furcht, die Schwester würde ihr im nächsten Moment auf die Schliche kommen, nickte eilig.
„Mein Gott", sagte die Schwester erleichtert, „einen Augenblick dachte ich schon, bei Ihnen wäre was Kleines unterwegs!"
„Wenn ich ein Kind bekäme, wäre das ein Unglück?" fragte Marietta vorsichtig.
„Wünschen Sie sich denn eins?" wollte Gertrud wissen.
„O ja", sagte Marietta, „und falls mein erstes Kind ein Junge ist, werde ich ihn Mario nennen. Haben Sie Kinder?"
Schwester Gertrud senkte den Blick.

Mariettas Frage warf Salz in eine alte Wunde. Als jungverheiratete Frau hatte sich Gertrud ein Kind gewünscht. Ihr Mann, der den Nachbarskindern das Spielzeug reparierte, hegte diesen Wunsch nicht minder. Mehrere Male hatte Gertrud geglaubt, es wäre soweit, und sie war hoffnungsvoll zum Frauenarzt gelaufen. Doch die Tests, die der Mediziner durchführen ließ, zeitigten alle einen negativen Befund. Ein Spezialist erklärte ihr schließlich, eine Mumpserkrankung im vierzehnten Lebensjahr, die von einer beidseitigen Eierstockentzündung begleitet gewesen war, habe möglicherweise eine Unfruchtbarkeit verursacht. Der Fachmann räumte ein, es bestünde vielleicht noch eine geringe Chance. Gertrud hatte jahrelang auf diese vage Möglichkeit gesetzt, und ihre Einbildungskraft, genährt durch das Fünkchen Hoffnung, hatte ihr üble Streiche gespielt. Einmal glaubte sie fünf Monate lang, sie wäre schwanger. Es stellten sich alle üblichen Merkmale ein. Sie litt an Übelkeit, die Regel blieb aus, ihr Gewicht nahm zu, ja, sie meinte sogar, die Kindsbewegungen zu spüren. Da sie sich ihre Hoffnungen nicht durch die einschlägigen Tests rauben lassen wollte, mied sie den Gang zum Frauenarzt. Um so schwerer war der Schock, als sie erkannte, daß ihr Körper, auf geheimnisvolle Weise beeinflußt durch ihren Kinderwunsch, sie abermals genarrt hatte. Ein Arzt aus der Psychiatrie weihte sie vorsichtig in den komplizierten Mechanismus hysterischer Schwangerschaften ein und tröstete sie, auch an einer kinderlosen Frau ginge das Lebensglück nicht vorüber. Zunächst behielt der Arzt nicht recht. Gertruds Mann, ein Kindernarr, hielt es nicht mehr an ihrer Seite aus. Die Wechselbäder von Hoffnungen und Enttäuschungen hatten ihn zermürbt. Er war Schlosser, beschäftigt in einer Autowerkstatt in Hoyerswerda. Es fehlten ihm das Wissen und die Vorstellungskraft, sich in Gertruds Situation hineinzudenken. Er hielt sie für verrückt. Er zog zu einer Werkstattschreiberin und stillte mit ihr seine Kindersehnsucht. Im Krankenhaus, wo Gertrud in der Unfallchirurgie arbeitete, schwatzten die Kolleginnen ausgiebig über ihren Fall. Die Atmosphäre aus Mitleid und Spott war nicht leicht zu ertragen. Gertrud kündigte schließlich und suchte sich im fernen Stralsund-Neuholm eine neue Lebensaufgabe.

„Kinder sind ein großes Glück. Ich wünsche Ihnen von ganzem Herzen, daß Sie eines Tages Ihren Mario bekommen. Mir waren Kinder nicht vergönnt", gestand Gertrud.
Marietta spürte, daß ihre Frage einen heiklen Punkt im Leben der Bordschwester berührt hatte.
„Es tut mir echt leid", entschuldigte sich Marietta.
Schwester Gertrud strich ihr eine lindernde Salbe auf den rechten Oberarm, der bei den Zusammenstößen mit den Wänden der Offiziersmesse eine leichte Prellung erlitten hatte.
„Wie finden Sie den Namen Mario?" fragte Marietta.
„Hübsch. Aber lassen Sie sich lieber noch etwas Zeit mit dem Kinderkriegen. Vor allen Dingen malen Sie sich niemals Ihre zukünftigen Mutterfreuden zu lebhaft aus. Wenn Sie keine hundertprozentige Sicherheit haben, führt jede voreilige Erwartung zu schweren Enttäuschungen", warnte Gertrud warmherzig.

Es mußte Gertruds freundlicher Tonfall gewesen sein, der Marietta veranlaßte, sich zu offenbaren. Möglich auch, daß Marietta einen Moment hoffte, sie könne sich die lebenserfahrene Schwester zur Verbündeten machen bei ihrem gewagten Unterfangen, ein Kind auf einem Fischtrawler auszutragen.
„Und Sie haben es wirklich nicht bemerkt?" fragte Marietta, während Gertrud ihren Arm massierte.
„Was soll ich nicht bemerkt haben?"
„Daß ich im fünften Monat bin!"
In Gertrud stieg erneut ein schwerer Verdacht auf. Allerdings zielte er diesmal in die falsche Richtung. In Mariettas medizinischen Unterlagen war Hoyerswerda als Geburtsort genannt. Im dortigen Krankenhaus hatte Gertrud gearbeitet. Die halbe Stadt hatte damals ihre seltsamen Einbildungen betratscht und belächelt. Gertrud hielt es für möglich, daß Marietta davon erfahren hatte und sich nun auf ihre Kosten lustig machte.
„Damit scherzt man nicht!" warnte Gertrud.
„Es ist kein Scherz!" rief Marietta.
„In den Unterlagen steht, Sie haben sich erst vor drei Tagen dem Hafenarzt vorgestellt. Es steht nichts von einer Schwangerschaft drin. Daran halte ich mich!"
„Sie meinen, ich bilde mir das alles bloß ein?" fragte Marietta.
„Ich bin sehr enttäuscht von Ihnen! Ich verbitte mir jedes weitere Wort!" rief Gertrud empört und den Tränen nahe. Marietta schlüpfte in ihre Kleider. Als sie sich zur Tür wandte, reichte ihr die Schwester wortlos ein Medikamentenfläschchen. Erst draußen las Marietta das Etikett.

„Hat Gertrud was bemerkt?" fragte Willi, der vor dem Krankenrevier gewartet hatte.
„Ich habe ihr die volle Wahrheit gesagt!"
„Schade", sagte Willi, „nun muß ich meine Erzählung in den Papierkorb werfen, ehe ich sie richtig begonnen habe."
„Nein, die Geschichte geht weiter!" Marietta reichte ihrem Freund das Medikamentenfläschchen.
„Ein Abführmittel?" rief Willi begeistert.

Am liebsten wäre er sofort in seine Kammer gestürzt, um weiter an seinem Opus zu arbeiten. Einen solchen Einfall hätte ihm auch ein bis zur Marke „Schiffbauer" gefüllter Ginbecher aus Antwerpen niemals bescheren können. Er überlegte einen Augenblick, ob er seine Erzählung nicht besser als Reportage zu Papier bringen sollte.
„Wie soll ich das Kind in meinem Buch eigentlich nennen, ebenfalls Mario?" fragte er seine Freundin.
„Ich weiß nicht", antwortete Marietta, „mir wäre Reklame für mein eigenes Kind peinlich. Aber ich kenne viele Eltern, die in diesem Punkt weitaus weniger zurückhaltend sind. Denk nur mal an die Lehrstelle oder an den Studienplatz. Irgendwann kommen diese Fragen auch auf uns zu. Ein wenig Prominenz würde unserem Kind nicht schaden. Vielleicht genügt es, den Namen leicht zu verfremden."
„Was hältst du von ‚Marko'?"
„Nicht schlecht", antwortete Marietta, „du mußt lediglich einen einzigen Buchstaben ändern!"
„Erstaunlich", überlegte Willi, „ein einziger Buchstabe verändert, und schon sind alle Spuren verwischt. Das Lofotenbaby verwandelt sich in ein Rätsel, die Wirklichkeit in einen Traum!"

Es konnten Marietta und Willi nicht länger über die Bedeutung einer Konsonantenvertauschung meditieren, denn in den Weg der „Seeschwalbe" legte sich eine besonders hohe Atlantikwelle. Sie stand Aiwasowskis „Neunter Woge" nicht nach, die man in der Leningrader Ermitage bewundern kann. Der einzige Unterschied bestand darin, die aus den Weiten des Nordatlantiks heranrauschende Welle war nicht wie auf dem Kolossalgemälde erstarrt. Der Trawler scheute vor dem schäumenden und brüllenden Hindernis, bäumte sich auf und erreichte mit beträchtlicher Schräglage das nächste Wellental.
Marietta taumelte in Willis Arme. Er hätte sie halten können, wenn nicht Mathießen, der Erste Steuermann, erschienen wäre. Er kam nicht um die Ecke des Kabinenganges, wie es sich gehörte, nämlich auf zwei Beinen, sondern auf dem Hosenboden rutschend, wie ein Rodler, den ein Sturz

in die Eisrinne geschleudert hat und der nun seine Fahrt ohne Schlitten fortsetzt. Für das nötige Gefälle sorgte die Schräglage der „Seeschwalbe". Auch die Gleitfähigkeit der Bahn war garantiert, denn Mathießen saß in einem kiloschweren Batzen Bohnerwachs, der durchtränkt war mit seifenhaltigem Wischwasser: Zwei lautstarke Herolde polterten dem Steuermann voran, ein zerbeulter Blecheimer und ein anderer aus Pappe. Der herannahenden Prozession hielt Willi Guth, die verängstigte Marietta in den Armen, nicht stand. Es riß ihn mit seiner geliebten Last gleichfalls von den Füßen, und er und seine Freundin schlossen sich der Rutschpartie des Steuermanns an. Die Fahrt endete glücklicherweise nach einigen Metern, weil sich der Trawler endlich bequemte, seine normale Lage einzunehmen.
Mathießen erhob sich ächzend und tastete vorsichtig nach seinem Hinterteil. Über die Herkunft und Beschaffenheit des geschmeidigen Materials, das ihm anhaftete, schien sich der Steuermann nicht ganz im klaren zu sein. Nachdem er die rückwärtige Untersuchung beendet hatte, führte er seine Hand unter die Nase, war allerdings auf Abstand bedacht. Erst als er den charakteristischen Bohnerwachsduft witterte, verwandelte er sich wieder in den schneidigen Steuermann der „Seeschwalbe".
„Wer hat Ihnen erlaubt, Ihre Arbeit in der Offiziersmesse zu verlassen?" fuhr er Marietta an.
„Das Mädel ist gestürzt, und ich habe sie zu Gertrud gebracht!" mischte sich Willi ein.
„Vorher hätte sie wenigstens das Bohnerzeug wegräumen können, ich habe mir beinahe sämtliche Knochen gebrochen!" Der Erste tobte.
„Vielleicht war der Zeitpunkt für die Reinschiffaktion nicht ganz glücklich gewählt, Steuermann! Ist das Zeug an Ihrer Hose wirklich Bohnerwachs?" fragte Willi schadenfroh.
Mathießen roch noch einmal an seiner Hand. Als er Willis spöttischen Blick bemerkte, lief sein Gesicht rot an.
„In zehn Minuten ist die Messe aufgeklart, oder es geschieht ein Unglück!" sagte Mathießen, ehe er sich trollte.

Willi besorgte ein paar trockene Lappen, und gemeinsam befreiten er und Marietta den Fußboden in der Messe von seiner gefährlichen Glätte. Daß es dem lang befahrenen Steuermann nicht besser ergangen war als ihr, der Neuaufsteigerin, tröstete Marietta. Sie holte sich den schlittenlos rodelnden Mathießen noch etliche Male vor ihr inneres Auge. Als sie sich nach getaner Arbeit vom Fußboden erhob, spürte sie trotz des Seeganges keinen Schwindel mehr. Zum ersten Male während der Reise hatte sie Hunger. In dem Moment wußte sie, sie würde durchhalten.
„Du lachst ja?" fragte Willi, der sie beobachtete.
„Ich komme um vor Hunger!" sagte Marietta.
Willi führte sie zum Kühlschrank in der Pantry, aus dem sich die Freiwachen auch zwischen den Mahlzeiten verproviantieren konnten; und da der Leser jetzt möglicherweise ebenfalls Appetit bekommen hat, endet hier das Kapitel.

13. KAPITEL

*Es lädt den Leser
zu einem Weihnachtsfest
auf hoher See ein*

Am nächsten Tag war Weihnachten. Der Orkanwirbel war nach Südosten gezogen, und die aufgewühlte See beruhigte sich allmählich. In der Mannschaftsmesse schmückten Schwester Gertrud und der Bootsmann den Tannenbaum mit aufgeräufeltem Netzgarn. Der Steward füllte achtzig buntbedruckte Pappteller mit spanischen Apfelsinen, Nüssen und anderem Naschzeug. Ruth Holtfrede holte ihre Galagarderobe aus dem Kleiderschapp, eine dunkelblaue Samthose und eine zitronengelbe Bluse. Marietta beobachtete die Vorbereitungen für die Weihnachtsfeier mit gemischten Gefühlen.
„Warum ziehst du dich nicht um?" fragte Ruth.
„Keine Lust!" antwortete Marietta.
„Du, das nehmen dir die Lords übel, wenn du dich um die Feier drückst. Mit wem sollen denn die Männer tanzen, mit Schwester Gertrud etwa?"
„Ich muß dir was gestehen!" sagte Marietta.
Sie beichtete Ruth, was sich in den letzten Tagen ereignet hatte, erwähnte den verstohlenen ersten Händedruck, den sie mit ihrem Kind getauscht hatte, und verteidigte ihren waghalsigen Entschluß, dennoch auf dem Trawler zu bleiben und nicht von Willis Seite zu weichen.
„Mädel, hast du Mut!"
„Verpetzt du mich auch nicht?" fragte Marietta.
„An mir soll es nicht liegen", antwortete die Kochsmaatin, „aber irgendwann muß dein Zustand jemandem auffallen.

Die Lords sind jung, die können wir vielleicht noch täuschen, obwohl ich mir bei einigen nicht ganz sicher bin. Aber Kuhmeier hat bereits mehrere erwachsene Töchter, vielleicht ahnt er, daß sein Nachwuchs nicht vom Klapperstorch stammt! Und was ist mit Schwester Gertrud und ihren Röntgenaugen?"
„Gertrud können wir abhaken", sagte Marietta.
Die Kochsmaatin machte ein verdutztes Gesicht, als sie erfuhr, daß die Schiffsschwester Marietta mit einem Abführmittel kurierte.
„Wie konnte ihr das passieren? Sie ist immerhin eine Frau in den Vierzigern und Krankenschwester!" fragte Ruth.
Marietta kicherte. „Manche von den Älteren beurteilen uns nach Zeugnissen, Impfscheinen und Attesten. So übersehen sie leicht, was wirklich in uns steckt!"
Ruth dachte einen Moment nach.
„Wenn die Täuschung perfekt sein soll", sagte sie schließlich, „dann mußt du dich absolut unauffällig benehmen. Du darfst dich um keine Arbeit drücken, jedenfalls nicht mehr als die anderen, und du darfst die Weihnachtsfeier nicht auslassen. Deine Abwesenheit könnte leicht Mißtrauen erwecken."
„Tanzen? Ob ich das noch bringe?" fragte Marietta.
„Das bißchen Gehopse in der Mannschaftsmesse ist ein Klacks gegen das, was dich im Produktionsdeck erwartet, wenn der Dampfer erst mit der Fischerei begonnen hat. Wollen wir nicht lieber den Alten verständigen?"
Marietta schüttelte energisch den Kopf.

Nachher hielten die beiden Frauen eine heimliche Modenschau ab, um die Garderobe auszusuchen, die Marietta sowohl gut kleidete als auch ihren Bauch versteckte. Sie entschieden sich für die Kordhose, die Marietta von Jacqueline Guth erhalten hatte, und für einen hüftlangen und nur lose anliegenden Pullover. Damit der Hosenbund nicht auf Mariettas Kind drückte, überknöpfte die praktische Kochsmaatin den offenen Bund mit einem Gummiband. Der weite Pullover machte die Manipulation unsichtbar. Ruth bemalte Mariettas Augenlider mit einem auffälligen Grün, um

von dem nachdenklichen Mütterblick, den Ruth im Auge ihrer Kollegin zu bemerken meinte, abzulenken. Leider ähnelte Marietta nun etwas einem Vamp. So vorbereitet, stiegen die beiden Frauen ins Hauptdeck hinauf.
Die Weihnachtsfeier in der Messe war schon eine gute halbe Stunde im Gange. Die ersten Gläser Wein waren geleert, und in einer Ecke sangen die Matrosen der zweiten Wache alternierend Weihnachts- und Jugendlieder, „... Freie Deutsche Jugend, bau auf! ... und das nicht nur zur Sommerzeit, nein auch im Winter, wenn es schneit! ... Bau auf, bau auf!" Als Marietta und Ruth die Messe betraten und sich der Besatzung zeigten, die bis auf die Wachgänger in der Maschine und auf der Brücke vollständig versammelt war, verstummten die Gespräche und der Gesang. Nach

einer kurzen Kunstpause ertönten mehrere anerkennende Pfiffe. Überall rückten die Lords zusammen, um den beiden Frauen einen Platz anzubieten. Ruth Holtfrede setzte sich zum Kombüsenpersonal.
Marietta stand einen Moment unschlüssig zwischen den Tischen. Der stämmige Fischmehler, den sie Mondo nannten, versuchte, sie an seine Seite zu ziehen. Erst jetzt entdeckte Marietta ihren Freund Willi. Er saß im Hintergrund und schaute betreten zur Seite.
„Warum hast du dich um Himmels willen so aufgedonnert, in deinem Zustand?" fragte er vorwurfsvoll, als sich Marietta neben ihm niederließ.
„Soll ich hier etwa im Umstandskleid herumschleichen? Das wäre das Ende deiner Geschichte, verehrter Autor!" flüsterte Marietta zurück.

Angesichts der vielen Männer, die interessiert zu Marietta hinüberstarrten, ihn aber keines Blickes würdigten, fühlte sich Willi Guth unbehaglich. An diese Konsequenz hatte er am wenigsten gedacht, als ihn sein schriftstellerischer Ehrgeiz dazu verleitete, die Anwesenheit seiner schwangeren Freundin auf einem Fischtrawler zu dulden. Er kannte unter seinen Kollegen etliche, die ausdauernd um jeden Weiberrock buhlten, zumal wenn sich die Reise in die Länge zog. Unmöglich konnte er es Marietta allein überlassen, sich etwaigen Nachstellungen zu erwehren. Willi überlegte, wie wohl der Mann jener Frau, deren Niederkunft vor eintausendneunhunderteinundachtzig Jahren den Anlaß lieferte für das heutige Fest unterm Tannenbaum, während der langen Wanderung über unsichere Straßen es geschafft hatte, alle Wegelagerer, zum Beispiel die italienischen Söldner des Cyrenius, in Schach zu halten. Wahrscheinlich, so überlegte Willi, hatte die biblische Schwangere ein dezentes Umstandskleid getragen, und auch der glutvollste Römer, der am Wege lauerte, hatte sich seitwärts in die Büsche geschlagen. Was aber hätte derselbe Mann aus Italien getan, wenn da Marietta gekommen wäre, in Kordjeans und im modischen Pullover, den mütterlichen Blick verbergend gemacht durch grüne Bemalung der Augenlider? Ein

Umstandskleid war auf der „Seeschwalbe" gewiß fehl am Platz. Auf die Folgen einer solchen Gewandung hatte ihn Marietta unmißverständlich hingewiesen. Was konnte ihr dann helfen, die schmachtenden Männer von ihr abzulenken?
War im Falle der biblischen Schwangeren nicht ein Wunder im Spiel gewesen? Willi erinnerte sich eines Sternes, der damals über dem Nahen Osten aufgegangen war, freilich erst nach der Geburt des Kindes. Vielleicht, so sagte sich Willi, gelänge es ihm, der Geburt seines Sohnes ein Wunder voranzuschicken. Wie der Stern beschaffen sein sollte, den er aufgehen lassen wollte, wußte Willi im Moment noch nicht. Er hielt sich für einen Dichter und hoffte auf den glücklichen Einfall.
Zu der Zeit, als Willi überlegte, wie er Marietta beschützen sollte, und die „Seeschwalbe" gerade die Ausgänge des Hardangerfjords passierte, erhob sich Kapitän Meier aus seinem Stuhl und gebot allen seinen Leuten Ruhe.
„Janmaaten! Doktor Köppelmann hat euch erklärt, warum diese Reise wichtig ist. Es tut mir leid, daß wir am heutigen Abend nicht bei unseren Familien sein können. Das Schlimmste steht uns jedoch noch bevor. Übermorgen dampfen wir über den Polarkreis. Wir werden einige Zeit ohne die Sonne auskommen müssen. So laßt uns heute die Herzen wärmen an dem Lichterbaum, den Schwester Gertrud und der Bootsmann uns geschmückt haben. Ich wünsche jedem eine frohe Weihnacht, eine glückliche und gesunde Heimkehr, uns und unseren Kindern allzeit Frieden!"
Johannes Meier hob sein Glas, nahm einen ordentlichen Hieb gegen die Melancholie, und alle taten es ihm nach.
„Und jetzt Musik!" forderte der Kapitän.
Er drängte sich durch die Stuhlreihen in Mariettas Richtung. Soweit es seine Korpulenz zuließ, versuchte er eine galante Verbeugung. Der Recorder spielte den Schneewalzer. Das Stück hatte der Kapitän eigens beim Bootsmann bestellt. Wahrscheinlich war es die einzige Musik, nach der Johannes Meier tanzen konnte.
„Bange?" fragte er, als er Marietta gemächlich rechtsherum schob.

„Weshalb?" fragte Marietta.
„Nun, Ihre Augen sind nicht mehr ganz trocken."
„Ihre Rede, Kapitän!"
„Die Polarnacht hätte ich wohl lieber auslassen sollen. Aber es gibt sie leider wirklich!"
„Mir gefiel, was Sie über unsere Kinder gesagt haben!"
„Meine drei Töchter und vier Enkel haben mir viel Freude gebracht, Freude und Kummer. Aber das steht Ihnen ja noch bevor."
„Ja", sagte Marietta, „mir steht es bevor."
Der Kapitän dachte an seine Familie und daran, was er am heutigen Weihnachtsabend missen mußte, und auch seine Augen glänzten. Wie die meisten lang befahrenen Seeleute hatte er dicht am Wasser gebaut.
Indessen schaute Willi nervös in die Runde. Von Kuhmeier drohte Marietta keine Gefahr. Aber bald würde der Alte Atemnot verspüren und seine Tanzpartnerin einem anderen Tänzer überlassen. Mondo aus der Fischmehlstation saß schon in den Startlöchern. Genauso kam es. Der Kapitän, der, an seine Kinder denkend, kein Wort mehr gesprochen hatte, verneigte sich vor Marietta und wollte sie an ihren Platz zurückführen. Mondo stellte sich dem Paar in den Weg und fragte: „Gestatten Sie, Kapitän?"
„Wenn es der jungen Dame recht ist!"
„Bitte!" sagte Marietta.
„Aber nicht nur rechtsherum!" forderte der Fischmehler und ließ seine Zähne blitzen.

Willi empörte es, was Mondo dem Mädchen abverlangte. Das war kein Tanz mehr, sondern eine artistische Vorstellung, die jedem Varieté zur Ehre gereicht hätte. Mondo konnte sich nicht nur elegant bewegen, er bewies auch erstaunliche Körperkraft. Mehrere Male wirbelte er Marietta bis zur Decke der Mannschaftsmesse empor, fing sie auf, als wäre sie nicht schwerer als ein dreijähriges Kind, und stellte sie schwungvoll auf die Füße zurück. Marietta schien an der wirbelnden Bewegung sogar Gefallen zu finden. Willi registrierte, wie Eifersucht ihn ankam. Zu einer solchen Vorstellung, wie Mondo sie bot, würde er niemals fähig sein. Er erinnerte sich, was man unter der Trawlerbesatzung über Mondos bewegtes Leben erzählte. Mondo war Gehilfe eines Bärenbändigers gewesen. Mit einem kleinen Zirkus war er bis an die türkische Grenze hinuntergezogen, hatte an Zigeunerfeuern gesessen, mit glutäugigen Schönheiten getändelt und mehrere Narben davongetragen, die von den Messern seiner Nebenbuhler herrührten. Als sich der Zirkus nach dem Tode des Prinzipals auflöste, versuchte sich Mondo als Tänzer in einem Folkloreensemble. Er übernahm die Tanzfiguren, die besondere Körperkraft erforderten. Der Bootsmann wollte gesehen haben, wie Mondo einmal zwei Tänzerinnen auf den Schultern trug und gleichzeitig zwei Tänzer, die an seinen ausgestreckten Armen hingen, um sich herumwirbelte. Wegen einer mißratenen Romanze hatte Mondo später das Ensemble verlassen müssen, sein Wandertrieb regte sich wieder, und er war zur Neuholmer Fischereiflotte gestoßen. In der Fischmehlstation spielte er mit zentnerschweren Säcken, als wären sie mit Luft gefüllt.

Etwas plötzlich erschöpfte sich Mondos Tanzlust, und er brachte Marietta zurück an ihren Platz. Vor Willi klopfte er mit den Fingerknöcheln auf den Tisch und lächelte hintergründig.
„Glückwunsch, Willi!"
„Ich dachte schon, du tanzt mir mein Mädel krank!" knurrte Willi.
„Es war herrlich!" Marietta strahlte.
„Mute dir mal lieber nicht zuviel zu!" warnte Mondo und senkte seinen Bärenbändigerblick in Willis Augen.
Willi wurde verlegen. Glücklicherweise wandte sich Mondo gleich wieder an Marietta. Er lüpfte einen unsichtbaren Hut, verneigte sich leicht und sagte: „Habe die Ehre, Madame! Bis zum nächsten Mal."
„Wollen wir nicht lieber nach unten gehen?" fragte Willi besorgt, als sich der Bärenbändiger entfernt hatte.
„Jetzt geht es doch erst richtig los. Zum Tanzen habe ich später keine Gelegenheit mehr." Marietta griff nach ihrem Weinglas.

„Und das da?"
Willi warf einen erklärenden Blick auf Mariettas Bauch.
„Das da lernt beizeiten den Takt halten. Meine Mutter hat das Tanzen auch nicht aufgegeben, bis man ihr ihren Zustand ansah. Mir hat es nicht geschadet. Im Gegenteil! Schon als Baby kribbelte es mir in den Beinen, wenn ich Musik hörte", sagte Marietta und blickte einen Moment zu Mondo hinüber, der am anderen Ende der Messe Platz genommen hatte.
„Du bist verrückt!" sagte Willi.
„Und du hast keine Ahnung, was Frauen alles aushalten können! Mach dir keine Sorgen mehr, Willi! Liebst du mich eigentlich?"
Sie umfaßte seinen Nacken und schaute ihn forschend an.

Willis Kenntnisse über das andere Geschlecht waren kaum durch praktische Erfahrungen getrübt. Er hatte sie hauptsächlich aus Büchern bezogen. Auch jetzt überflog sein geistiges Auge einige tausend Buchseiten, um Beispiele zu finden, die ihm Mariettas Behauptung von der außergewöhnlichen Belastbarkeit einer liebenden Frau bestätigten. Willi staunte, denn er mußte sein Gedächtnis nicht lange strapazieren. Moll Flanders, Roxana, Amelia, Lämmchen Pinneberg und Holly Golightly fielen ihm fast gleichzeitig ein. Ihre Schöpfer galten ihm als unanfechtbare Autoritäten. Willi schämte sich, daß er seiner Marietta eben noch weniger Stehvermögen zugetraut hatte als beispielsweise Fielding seiner Amelia.

„Ich liebe dich, Marietta!" sagte er.
„Jetzt kann passieren, was will!" flüsterte Marietta.
Nach Mondos artistischer Tanzeinlage wollten auch andere Lords beweisen, daß sie zu ähnlichen Leistungen, wenn nicht gar zu besseren fähig waren. Wahrscheinlich hätte sich Marietta von allen siebenundsiebzig Männern herumwirbeln lassen müssen, wären nicht Ruth Holtfrede und Schwester Gertrud gewesen, die ihr einen Teil der Aufgabe abnahmen. Mondo hielt sich zurück. Einmal forderte er Marietta auf, als der Recorder einen sentimentalen Elvis-Ti-

tel spielte, bewegte seine Partnerin allerdings kaum von der Stelle. Ein anderes Mal klatschte er sie ab, als der angetrunkene Mathießen mit ihr einen wilden Galopp probierte. Mondo verwandelte den Galopp sofort in eine geruhsame Gangart.
Um zwanzig Uhr trat Willi seine Wache im Kühlmaschinenraum an. Der Chief hatte ihn beauftragt, den vorderen Laderaum hinunterzukühlen, da in den nächsten Tagen mit Fisch zu rechnen war. Willi ließ Marietta ungern allein zurück.
Als er um Mitternacht seine Wache beendet hatte, schaute er noch einmal in die Messe. Bis auf den harten Kern der Deckmatrosen, der bei Bordfesten nie auseinanderlief, ehe nicht alle Flaschen ausgetrunken waren, lagen die meisten Leute längst in den Kojen. Auf dem Weg in seine eigene Kammer klopfte Willi an Mariettas Tür, um ihr eine gute Nacht zu wünschen. Mehrere Stimmen riefen drinnen gleichzeitig: „Herein!" Willi hatte gehofft, seine Freundin läge nach den Strapazen des Abends längst in der Koje.
Die winzige Kammer war blau von beißendem Zigarrenrauch. Auf dem Tisch stand eine halbausgetrunkene Kognakflasche. Drum herum hockten Marietta, Ruth und Mondo. Der Fischmehler paffte eine seiner kubanischen Zigarren, von denen es hieß, Mondo hielte mit ihnen die Kakerlaken auf der „Seeschwalbe" kurz.
„Das geht zu weit!" sagte Willi.
„Welche Maus piepst hier?" fragte Mondo, und wieder senkte sich sein unergründlicher Bärenbändigerblick in Willis Augen.
„Mit dem Kraut bringst du hier nicht nur die Kakerlaken um", sagte Willi und bemühte sich, dem Blick Mondos zu entrinnen.
„Wieso, ist jemand nicht gesund?"
Als Mondo nicht gleich Antwort erhielt, legte er fordernd seine Hände hinter die Ohren. Marietta senkte den Kopf. Ruth Holtfrede deutete in Willis Richtung ein Achselzucken an.
„Mir macht der Qualm nichts aus", sagte Marietta schließlich.

„Bist du auch der Meinung, daß der Qualm deiner Freundin nicht schadet, Willi?" fragte Mondo, Willi nach wie vor scharf im Auge haltend.
Willi hätte jetzt gern das Wunder veranstaltet, das er sich auf Seite einhundertsiebenundsiebzig seines Werkes vorgenommen hatte. Hilfesuchend starrte er auf das geöffnete Bulleye, als erwartete er, über dem Nordatlantik würde in ebendiesem Moment der Stern von Bethlehem erscheinen oder es käme wenigstens ein kleiner Eismeteorit in die Kammer geflogen, genau auf Mondos glimmende Havanna zielend und sie mit außerirdischem Schmelzwasser löschend. Es erstrahlte kein neuer Stern, es schweifte auch kein Meteorit heran. Willi kam kein rettender Gedanke.
„Marietta erwartet ein Kind", sagte er.
In demselben Moment flog die brennende Havanna, die von Willi berechnete Flugbahn des Eismeteoriten in der Gegenrichtung benutzend, zum Bulleye hinaus und verzichte im Meer.
„Endlich bekommt man das mal gesagt", brummte Mondo, „ich dachte schon, ich hätte mich geirrt."
„Wie hast du es bemerkt?" fragte Ruth.
„Ich erkenne es an den Augen."
„Hoffentlich besitzt hier an Bord nicht noch jemand deine Fähigkeiten", sagte Ruth.
„Unwahrscheinlich! Ich habe es bei einer alten Zigeunerin gelernt, in der Pußta bei Szeged. Die Mädels ahnten meistens noch nicht, ob überhaupt, da wußte die Alte bereits, ob es ein Mädel wird oder ein Junge", sagte Mondo.
„Verrätst du uns?" fragte Willi.
„Wenn Marietta durchhält, schweige ich wie ein Fisch. Leistet sie sich die geringste Schwäche, bin ich der erste, der zu Kuhmeier rennt. Aber warum sollte sie es nicht durchhalten?" sagte der Bärenbändiger gelassen.
„Hast du schon was Ähnliches erlebt?" wollte Willi gern wissen.
„Klar, beim Zirkus. Die Zampini-Schwestern schlugen auf dem Hochseil noch ihre Saltos, als die eine im fünften Monat war und die andere im sechsten. Deshalb die Nummer schmeißen? Ihr kennt den Zirkus schlecht!"

Obwohl Mondos Worte zuversichtlich klangen, betrübten sie Willi. Eben noch hatte er seine und Mariettas Geschichte für einmalig gehalten.
„Wie habt ihr eigentlich Messer-Schmidt reingelegt?" fragte Mondo.
„Vor fünf Tagen wußte ich noch nichts von meinem Zustand!" sagte Marietta.
„Eine reife Leistung!" bemerkte Mondo und lüpfte wieder seinen unsichtbaren Hut.
„Wird es ein Junge oder ein Mädchen?" wollte Willi wissen.
„Ich verrate nicht jedes Geheimnis. Wenn euch was anderes drückt, seid ihr willkommen. Ich stelle euch unter meinen persönlichen Schutz. Gesunde Feiertage!" sagte er und verschwand aus der Kammer.
„Heißt er wirklich Mondo?" wandte sich Marietta an Ruth.
„Ach wo. Christoph Schulze oder so ähnlich. Beim Zirkus klang das nach nichts."

Willi blickte nachdenklich auf die Tür, hinter der Mondo verschwunden war. War das nun ein Wunder, oder war es keins? Na ja, man hätte vielleicht noch ein beeindruckendes purpurnes Nordlicht aufflammen lassen können, aber solche Erscheinungen zählen am Polarkreis wirklich nicht zu den Wundern. Das Wunder ist der Mensch! Nicht wahr, Mondo?

14. KAPITEL

*Es zerstört Mariettas Hoffnung
auf eine pünktliche Heimkehr und endet
mit Marios Geburt*

Ein scharfer Pfiff weckte Marietta. Sie richtete sich in der Koje auf und rieb sich die Augen. Jemand schaltete die Deckenbeleuchtung ein. Marietta erkannte den Produktionsmeister ihrer Wache.
„Hei geit, Mädel! Anspringen! Der Fisch ist da!" rief er.
Wenige Minuten später stand Marietta im Produktionsdeck. Eine graugrüne Masse aus schleimigen Fischleibern ergoß sich aus den Bunkerschotts auf die Sortierbänder. Die Leute sollten den Beifang auslesen. Marietta zögerte, ehe sie in das zappelnde und sich windende Getier griff. Die kalten Fischaugen und die in Todesnot aufgesperrten Mäuler ängstigten sie. Es wehte ein süßlicher Geruch aus den Bunkerschotts. Marietta mußte etliche Male schlucken, um ihren rebellierenden Magen zu beruhigen. Sie griff schließlich mit zwei gespreizten Fingern in die schleimige Masse. Aber der Fisch, dessen letzter Lebenswille aufflackerte, entwand sich ihrem zögerlichen Zugriff.
„Nimm die ganze Hand, Mädel! Sie beißen dich nicht!" rief hinter ihr der Produktionsmeister.
Der Ekel kam sie noch einmal an, als sie vom Sortierband, das vor ihr auf und ab fuhr, einen dunklen Fisch auslesen mußte, der „Ratte" genannt wurde, weil sein Körper keine Schwanzflosse besaß, sondern in einen nackten Rattenschwanz auslief. Wenn nicht andere Leute neben ihr gestanden hätten, die gleichmütig arbeiteten, einander vielleicht mal einen besonders grotesken Meeresbewohner mit

der Frage zuwarfen, ob er dem Kapitän mehr ähnele oder seinem Ersten, wäre Marietta davongelaufen und hätte sich in ihre Kammer eingeriegelt.

Nachher wurden die Verarbeitungsmaschinen angefahren. Aus der Köpfmaschine stürzten abgesägte Dorschschädel, die Mäuler wie zu einem letzten stummen Schrei geöffnet. Die blutigen Leiber glitten in den Filetierautomaten, und der spie die Filetlappen in rascher Folge auf ein Förderband. Die ratternde Enthäutungsmaschine gab sie weiter in eine Vorratswanne.

Der Meister wies Marietta den Platz am Packtisch zu. Er zeigte ihr, wie sie die Filets aus der Wanne zu nehmen und mit dem Schlachtmesser die anhaftenden Gräten zu entfernen hatte. Dann waren die gesäuberten Filets in eine Gefrierschale aus Aluminium zu packen. Damit die Ware dicht lag, mußte die gefüllte Schale hart auf den Packtisch aufgestoßen werden. Es kam der Deckel darauf, und zuletzt mußte Marietta die fünfzehn Kilo schwere Schale in ihren gestreckten Armen wenden und zum Gefriertunnel tragen. Wegen des Maschinenlärms erreichte nur ein Teil der Erklärungen ihre Ohren. So gut es ging, tat sie ihrem Lehrer die Handgriffe nach, und als der meinte, sie hätte alles einigermaßen begriffen, überließ er Marietta ihrem Schicksal.

Die Mahnung des Meisters, Marietta müsse nicht nur sauber arbeiten, sondern auch schnell, war im Lärm untergegangen. Die sich rasch füllende Packwanne erhob diese Forderung um so nachdrücklicher. Marietta steigerte ihr Tempo, damit die Wanne nicht überlief. Der Enthäutungsautomat warf gnadenlos neues Material nach. Im Gegensatz zu dem Mädchen, das er bediente, kannte er weder Gelenkschmerzen, Erschöpfung noch Solidarität.

Als ihre Handgelenke schon empfindlich schmerzten, mußte Marietta noch einmal Tempo zulegen. Sie hackte mit dem Messer die Gräten ab, stampfte die Ware fest, wendete das fünfzehn Kilo schwere Gefäß, stürzte damit zum Gefriertunnel, griff eine leere Schale, rannte zurück zum Packtisch. Eine Stunde lang schien es, als gelänge Marietta in ihrer Partie gegen den Automaten wenigstens ein Remis.

Aber es bedeckten sich die Laufgrätings unter Mariettas Füßen mit einem Seim aus Fischabfällen, und die Sohlen der Gummistiefel griffen nicht mehr. Der Umstand, daß Marietta im Gegensatz zu ihrem stählernen Gegenspieler, der unlösbar mit dem Deck verschraubt war, nun auch noch um ihren sicheren Stand bangen mußte, entmutigte sie. Entmutigung hemmt bekanntlich die Bereitschaft zur Arbeit mehr als Erschöpfung. Die Maschine hatte nun die Chance, Marietta zu besiegen.
Mondo erschien im Niedergang zur Fischmehlstation und schaute dem Treiben im Produktionsdeck zu. Mariettas Nöte entgingen ihm nicht. Er schnippte den Glutpfropfen aus seiner Zigarre und stellte sich neben Marietta an den Packtisch. Schweigend arbeitete er eine Weile neben Marietta her.
Die anderen Leute blickten aufmerksam zum Packtisch hinüber. Normalerweise wurde weiblichen Besatzungsmitgliedern nichts geschenkt. Die hatten die gleiche Arbeit zu leisten wie die Männer auch. Kavaliersgesten gestattete man sich bestenfalls auf Bordfesten. Das Produktionsdeck kannte keine Kavaliere. Die demonstrative Hilfe, die Mondo der Packerin angedeihen ließ, deutete demzufolge auch niemand als Kavalierstat, sondern als unmißverständlichen Wink, daß Mondo die Schirmherrschaft über Marietta übernommen hatte. Die Männer, die mit der Möglichkeit geliebäugelt hatten, demnächst mit Marietta anzubändeln, dürften in dem Moment ihre Absicht fallengelassen haben.
Als die Packwanne leer war, verschwand Mondo in der Fischmehlstation. Die Arbeit fiel Marietta jetzt weniger schwer. Der Meister machte seine Inspektionsrunde und stellte sich einen Augenblick neben seine Packerin, um ihr bei der Arbeit zuzuschauen.
„Brav, mein Mädel!" sagte er, als er sah, daß die Ware in der Packwanne nicht überlief.
Nachher kehrte er noch einmal zurück und breitete ein grobmaschiges Netz über die schmierigen Grätings, damit Marietta nicht ausglitt.

Am Ende der Wache hatte Marietta etliche Tonnen Fisch geschleppt. Sie hatte keine Pause einlegen, dem erschöpften Körper keine Ruhe gönnen können. Sie hatte die Wache durchgestanden. Ihre erste Wache dauerte von Mitternacht bis sechs Uhr morgens, um zwölf Uhr mußte Marietta noch einmal ran und bis zum Abendessen arbeiten. In ihrem bisherigen Leben hatte sie ihr natürliches Schlafverlangen auf einen Hieb stillen können. Nun mußte sie ihren Schlaf portionieren in einen Teil am Vormittag und einen Teil am Abend. Sie begriff bald, zweimal sechs Stunden Freiwache bedeuteten keinesfalls zweimal sechs Stunden Schlaf. Auf die sechsstündige Freiwache verteilte sich auch die Befriedigung weiterer elementarer Bedürfnisse, also essen, trinken, Toilette besuchen, Körperpflege treiben, Wäsche waschen, Knöpfe annähen, Kammer ausfegen, Versammlungen besuchen, Freund lieben, Feind hassen. Die Wachen im Produktionsdeck waren ausschließlich dem Fisch gewidmet, es sei denn, der Fisch blieb aus. Doch Kuhmeier kannte südwestlich von Moskenesøy einen fündigen Grund. Es kam kein Hol an Bord, der nicht mindestens fünfzig Zentner wog. Niemand war traurig darüber. Der Fisch brachte die „Seeschwalbe" der Heimreise näher, und Heimreise bedeutete Erlösung.
Marietta schlurfte nach jeder Wache in den Frauenduschraum, ließ kaltes Wasser über ihre Haut laufen, kleidete sich an und überlegte, ob sie zuerst schlafen oder ihren nagenden Hunger stillen sollte. Wenn sie immer wieder der Mahlzeit den Vorzug gab, geschah es Mario zuliebe, den sie ungern hungern lassen wollte. In ihrer Müdigkeit vergaß sie manchmal, ihren anschwellenden Bauch durch lose Gewandung zu tarnen. Ihre Vergeßlichkeit hatte keine Folgen. Nach vier Wochen harter Fischerei blickten die Männer müde an ihr vorbei. Marietta verlor jedes Zeitgefühl, wußte nicht, ob es Tag war oder Nacht, verwechselte die Wochentage. Gelegentlich raffte sie sich auf und verschenkte zwei Stunden Schlaf, um ihre Wäsche zu waschen. In einer Versammlung, als die Gewerkschaftsgruppe den Wettbewerb auswertete, schlief sie nach wenigen Minuten ein. Ihr Meister rüttelte sie wach und übergab ihr

lachend eine Urkunde nebst Buchprämie. Sie dankte verlegen und wußte nicht, wofür man sie auszeichnete. Urkunde und Buch blieben nachher vergessen in der Messe liegen, und Willi mußte ihr beides in die Kammer nachtragen. Erst jetzt begriff sie, die Schiffsleitung hatte sie zur Bestarbeiterin erklärt.
Manchmal berieten sich Mondo und Willi in ihrer Gegenwart. Sie überrechneten den bisherigen Fangertrag und prophezeiten die baldige Heimreise. Die Stimmen der beiden Männer drangen wie durch eine Wand aus Watte an ihr Ohr.
Ende Februar verschaffte ihr der Atlantik etwas Erholung. Die „Seeschwalbe" ritt einen Nordweststurm ab, und die Fischerei ruhte. Längst waren Marietta die Seebeine gewachsen. Die Bewegungen des Trawlers regten sie nicht auf. Sie holte etlichen Schlaf nach und gönnte sich eine Kinovorstellung in der Messe.
Die vom Wetter erzwungene Verschnaufpause warf andererseits ein Problem auf. Die Besatzung hatte erwartet, der Trawler würde Anfang März nach Hause dampfen. Auch Marietta hatte es gehofft. Mit jedem Sturmtag schwand diese Hoffnung. Willi und Mondo bemühten sich zwar, Optimismus zu verbreiten, und behaupteten, länger als fünf Tage hielte das Unwetter nicht an. Doch Marietta bemerkte, Mondos Bärenbändigerblick hatte seine Festigkeit verloren. In seinen Augen nistete der Zweifel. Auch der Umstand, daß Willi jede neue Seite seiner Erzählung gleich wieder zerriß und aus dem Bulleye warf, verhieß nichts Gutes. Willi stand sichtlich unter Hochspannung. Nur Ruth Holtfrede gab sich noch gelassen.
„Na und", sagte sie, „dann kriegt Marietta ihr Baby eben hier an Bord. Unsere Großmütter brauchten auch keinen Kreißsaal!"
Aber schon drei Tage später, als sie in den Frauenduschraum trat und die hochschwangere Marietta gerade unter der Dusche stand, erlitt Ruth einen Weinkrampf.
Marietta berechnete noch einmal ihre Chancen. Sie setzte den fünften März als letzten möglichen Heimreisetermin an, der es ihr gerade noch gestattet hätte, pünktlich in Neu-

holm einzutreffen, um sich der Obhut der Ärzte anzuvertrauen. Verstrich dieser Tag, war der Punkt überschritten, den die Briten „point of no return" nennen.
Diese letzte Frist verstrich, und Marietta wußte nun, sie würde ihr Kind nicht zu Hause zur Welt bringen. Sie sprach kaum noch. Die Leute vermuteten eine Liebestragödie in dem Personendreieck Marietta, Willi, Mondo. Wenn jemand die beiden Männer über Mariettas Sprachlosigkeit ausholen wollte, war auch ihnen der Mund vernagelt.

Um die Monatsmitte legte sich der Sturm, in der Nacht zum siebzehnten März wich der Nebel.
„Hei geit, Mädel! Anspringen! Der Fisch ist da!" Der Meister weckte Marietta in gewohnter Weise.
Schon beim Ankleiden spürte Marietta ein lästiges Ziehen in der Rückengegend. Der Schmerz legte sich bald, aber als sie zum Produktionsdeck hinunterstieg, meldete er sich erneut. Zwei Stunden lang hackte Marietta mit dem Schlachtmesser die Grätenreste von den Filets, hob und wendete Hunderte schwerer Aluminiumkassetten, rannte vom Packtisch zum Gefriertunnel und zurück, behielt den Enthäutungsautomaten, der sie mit neuer Ware bediente, im Auge. Als der ziehende Schmerz schließlich in Zehnminutenabständen auftrat, gab Marietta auf. Sie hockte sich auf einen Stapel Gefrierschalen, beugte den Oberkörper nach vorn und weinte vor sich hin. Der Meister und ein Maschinenfahrer trugen sie ins Krankenrevier und weckten Schwester Gertrud.

Gertrud, die während der zurückliegenden Wochen stets zur Seite geblickt hatte, wenn Marietta ihr begegnete, sorgte sich aufopferungsvoll um ihre Patientin. Sie half Marietta, sich zu entkleiden, führte sie unter die Dusche, holte ein frisches Nachthemd aus Mariettas Kammer, bezog das Bettzeug der Schlingerkoje mit blütenweißer Wäsche und verabreichte ihrer Patientin ein Beruhigungsmittel.
„Das ist ein Ding", sagte die Schwester und blickte kopfschüttelnd auf Mariettas gewölbten Bauch, ehe sie die Bettdecke darüberbreitete.

„Die Wehen haben eingesetzt", sagte Marietta und verzog leicht das Gesicht.
In Schwester Gertruds Herz senkte sich aufrichtiges Mitgefühl. Angesichts der stöhnenden Patientin schien ihr der Verdacht, den sie bisher gegen Marietta gehegt hatte, nicht gerechtfertigt zu sein. Nein, so sagte sich Gertrud, das Mädchen hatte wirklich keinen Ulk beabsichtigt, als es um die Weihnachtszeit mit dem absurden Geständnis herausrückte. Die bedauernswerte junge Frau litt zweifelsfrei schon damals an einer hysterischen Schwangerschaft, an Einbildungen, die sie mit der Realität verwechselte. Gertrud seufzte. Warum nur hatte sie seinerzeit so schroff auf die Worte ihrer Patientin reagiert, warum hatte sie nicht die Kraft und die Herzensbildung aufgebracht, die junge Frau schonend von dem verhängnisvollen Irrtum zu überzeugen? Besaß sie, Gertrud, nicht die besten Erfahrungen und Voraussetzungen für eine solche Aufgabe?
„Seit wann wünschen Sie sich das Kind?" fragte Gertrud und lächelte Marietta ermutigend an.
„Seit mein Freund mir vorgeworfen hat, die Frauen meiner Familie verraten ihre Kinder eines materiellen Vorteils wegen", sagte Marietta.
„Aha! Und wann genau erhob ihr Freund diesen Vorwurf?"
„Ein paar Wochen nach der – dem Eingriff!"
„Aha! Es gab also einen Eingriff! Und wann?"
„Im September", antwortete Marietta.
„Aha!" sagte Gertrud noch einmal und schwieg einen Augenblick, weil sie rechnete.
„Also im September. Hatten Sie danach Verkehr mit Ihrem Freund?"
„Ich habe mich nicht getraut wegen des Kindes."
„Wegen welchen Kindes?" fragte Gertrud und blickte Marietta fest an.
Marietta wunderte sich über die Begriffsstutzigkeit der Schwester.
„Ich meine das Kind, das ich heute bekomme", antwortete sie.
„Sie bekommen kein Kind!" sagte Schwester Gertrud und strich Marietta tröstend das feuchte Haar aus der Stirn.

„Ich kenne Leute", sagte Marietta, „die reden einem gern ein Kind in den Bauch. Daß es auch den umgekehrten Fall gibt, ist mir absolut neu."
„Woher wollen Sie denn das Kind haben? Im September gab es den Eingriff, und nachher hatten Sie keinen Verkehr mehr mit Ihrem Freund. Oder hatten Sie vielleicht Kontakt zu einem anderen Mann?"
„Wofür halten Sie mich!" protestierte Marietta.
„Mein liebes Kind", sagte Gertrud besänftigend, „es hat keinen Sinn, sich aufzuregen. Ihre Nerven sind durch Ihre mehrmonatige Hysterie ohnehin schon überbeansprucht. Jetzt gilt es, leidenschaftslos den Tatsachen ins Auge zu sehen. Der medizinischen Wissenschaft ist kein Fall einer geschlechtslosen Zeugung bekannt. Sie sind keine Blume, mein Kleines, die vom Wind befruchtet wurde."
„Der Eingriff ist mißlungen!" sagte Marietta trotzig.
„Waren Sie beim Kurpfuscher oder in einem ordentlichen Krankenhaus?"
Marietta nannte den Namen des Krankenhauses.
„Aha! Und denen trauen Sie einen Fehler zu? Mädel, Sie suchen eine Erklärung für etwas, was es nicht gibt!" rief Gertrud beschwörend.
Marietta spürte eine bleierne Müdigkeit. Ein Gedanke, den sie gerade fassen wollte, löste sich im Nichts auf. Das Beruhigungsmittel begann zu wirken.
„Ich werfe niemandem einen Fehler vor. Im Gegenteil! Auf diese Weise durfte ich ja mein Kind behalten." Marietta gähnte. „Ich bin ja so müde."
„Weichen Sie nicht aus, Kleines! Natürlich werfen Sie uns dutzendweise Fehler vor, dem Zentralkrankenhaus, dem Medizinischen Dienst, unserem hochverehrten Hafenarzt Doktor Schmidt und mir. Ja, auch mir! Wenn ich auch nur ein kleines Licht im Gesundheitswesen bin, der Vorwurf kränkt mich. Begreifen Sie überhaupt, was Sie anrichten?" sagte Gertrud.
„Wenn – Marko da ist, werdet ihr alle – ziemlich alt aussehen!" flüsterte Marietta mit schwerer Zunge.
„Nanu, Sie wollten Ihr Traumkind doch Mario nennen?" korrigierte Gertrud sie.

„Mario heißt er – in der Erzählung – seines Vaters! Oder – umgekehrt? Hütet euch vor voreiligen – Verurteilungen! Marko – oder Mario, man muß genau – auf den Buchstaben achten! Wirklichkeit – und Traum – liegen – dicht – nebeneinander!" sagte Marietta kaum noch hörbar.
„Sie ist nicht mehr bei Sinnen", sagte Gertrud und blickte bekümmert auf ihre schlafende Patientin.

Gegen zehn Uhr, als über dem blauen Nordmeer eine strahlende Sonne schien, so daß man es bei oberflächlicher Betrachtung leicht mit der Adria hätte verwechseln können, und sich Kapitän Meier aus den bekannten Gründen verspätet aus der Koje erhob, betrat Schwester Gertrud, die eben ihr Frühstück eingenommen hatte, das Krankenrevier, um nach Marietta zu sehen. Die Patientin, nur mit dem Nachthemd bekleidet, saß im Schneidersitz auf dem Fußboden und zerschnitt mit einer blitzenden OP-Schere ein Bettuch in kleine quadratische Teile.
„Um Himmels willen! Was machen Sie da?" rief Gertrud und entwand Marietta die gefährliche Schere.
„Babywindeln!" rief Marietta.
Jetzt schien es Gertrud völlig klar, die Hysterie ihrer Patientin strebte dem Höhepunkt entgegen. Sie trieb Marietta unverzüglich in die Schlingerkoje zurück, ehe sie selbst zur Brücke lief, um den Kapitän zu verständigen. Unterwegs überlegte sie, wie sie dem dickfälligen Seemann das komplizierte Krankheitsbild Mariettas auf eine ihm verständliche Weise erläutern konnte. Es fielen ihr die Worte „Windbauch" und „psychosomatisches Phänomen" ein.

An die Vormittagsstunden des siebzehnten März erinnerte sich Marietta später nur noch lückenhaft. Ein paar Minuten stand Kuhmeier am Fußende der Krankenkoje und redete wirres Zeug. Wann der Kapitän gegangen war, hatte sie nicht bemerkt. Die Wehen waren zu der Zeit schon ziemlich heftig. Irgendwann blieb die Hauptmaschine stehen, und eine unheimliche Stille breitete sich aus. Marietta erschrak vor ihren eigenen Wehlauten. Willi beugte sich einen Augenblick über sie und erzählte etwas von einem

Hubschrauber und einem Krankenhaus in Bodø. Schwester Gertrud drängte ihn zur Tür zurück. An Kjelsberg konnte sie sich genau erinnern. Sie hatte an diesem Vormittag nur besorgte Gesichter gesehen. Kjelsberg aber lachte. Dann schien es ihr, als würde sie mit dem Lift in den Himmel fahren. Ein eisiger Luftzug drang unter die Wolldecken, in die Kjelsberg und Schwester Gertrud sie verschnürt hatten. Über ihr dröhnte ein gewaltiger Donner. Zwei Männer, die wie der Doktor orangefarbene Overalls trugen, ergriffen die Bergungstrage und setzten sie ab. Jemand streifte Marietta ein Kopfhörerpaar über die Ohren, und sie hörte eine Stimme „Welcome on board!" sagen. Kjelsberg warf die Decken zur Seite. Die Fruchtblase war geplatzt. Einen Moment war es Marietta peinlich, daß sie den Hubschrauber versaute. Der Doktor riß ein Zellstofftuch aus der Verpackung und schob es ihr unter den Hintern. Als die nächste

Wehe einsetzte, winkte Kjelsberg dem Kopiloten zu. Der kletterte aus seinem Sitz, packte Marietta unter den Achseln und richtete ihren Oberkörper auf. Durch ihre eigenen Schreie hindurch hörte sie in den Kopfhörern jemanden „Bravo, Axel, bravo!" rufen. Ihr Körper entspannte sich, und als sie die Augen öffnete, hielt Kjelsberg ihr Baby in den Händen. „Welcome on board!" rief die Kopfhörerstimme noch einmal. Kjelsberg wischte Marios Gesicht sauber, setzte eine Klemme in die Nabelschnur und legte Marietta das Kind auf den nackten Bauch. Nielsen hielt ihm sein Mikrofon hin, und in den Kopfhörern hörte sie zum ersten Male Marios Stimme. Sie schlief für einen Moment ein. Es knackte in den Kopfhörern.
„Tanker ‚Muromez' aus Murmansk grüßt die Mama!"
„Hallo, Mariet! H. M. S. ‚Sheffield' is on the air! Three cheers to you and your baby!"
„Hier sind drei Jungs von einem Ålesunder Kutter. Wir trinken auf Mariettas Wohl! Skål!"
„Gottes Segen wünscht die Pfarrgemeinde von Moskenesøy!"
Es knackte noch einmal in den Hörern.
„Marietta von ‚Seeschwalbe', Marietta von ‚Seeschwalbe', bitte kommen!"
Nielsen reichte ihr das Mikrofon.
„Ja, ‚Seeschwalbe'?"
„Hier ist Meier. Bist du gesund, Kind?"
„Danke, Kapitän."
„Wir sind alle mächtig stolz auf dich. Nur Schwester Gertrud hat es umgehauen."
„Es tut mir leid, Kapitän!"
„Dir muß nichts leid tun. Ich tue mir leid. Wie konnte mir das bloß passieren?"
„Was ist Ihnen denn passiert?"
„Ich habe die Wirklichkeit für eine Einbildung gehalten. Du hast mir eine große Lehre erteilt. Respekt, Marietta! Neuholm weiß Bescheid. Hoffentlich verwechseln die nichts!" rief der Kapitän.

Drittes BUCH

Es behandelt
die Folgen einer Geburt

1. KAPITEL

*Es bringt
Adam Million wieder
ins Geschäft*

Es ist der siebzehnte März neunzehnhunderteinundachtzig. Über dem Fischereihafen von Stralsund-Neuholm wölbt sich ein blauer Frühlingshimmel. In der Grünanlage vor der Reedereiverwaltung blühen die ersten Krokusse. Adam Million steht an seinem Fenster in der zweiten Etage und genießt das bunte Bild. Kein böses Ziehen, kein warnender Juckreiz an seiner alten Narbe, dort, wo noch heute sein Daumen sitzen würde, wenn Dr. Schmidt ihn nicht vor etlichen Jahren amputiert hätte, deuten auf ein Unheil hin.
Vom Hafentor nähert sich ein Krankenauto. Sein Blaulicht ist eingeschaltet, das Martinshorn gellt. Das Auto bremst scharf vor dem Tor der Reedereiverwaltung. Zwei weißgekleidete Männer eilen in das Gebäude.
„Nanu, noch eine Geburt?" fragt Adam.
„Ich werde mich erkundigen", sagt Mathilde Drews und verläßt das Zimmer.
Das Telefon läutet. Adam langt nach dem Hörer, läßt dabei das Krankenauto unter seinem Fenster nicht aus den Augen. Eben tragen die beiden weißgekleideten Männer jemanden aus dem Portal. Die Arme der Person hängen kraftlos herunter.
„Hier Million", meldet sich Adam am Telefon.
„Hier Köppelmann. Adam, sag alle Termine ab. Ich brauche dich für eine Spezialaufgabe, dringend!"
„Und worum handelt es sich?"

„Um das Baby!" sagt der Hauptfangleiter.
„Doktor Schmidt wird sich die schöne und verdienstvolle Aufgabe kaum nehmen lassen, sich um Mutter und Kind zu kümmern", sagt Adam.
„Schau mal aus dem Fenster!" fordert der Hauptfangleiter.
„Ich sehe einen Wagen vom Rettungsdienst. Doktor Schmidt wird jemanden ins Krankenhaus einliefern wollen."
„Ja, sich selbst."
Das Auto fährt mit gellendem Martinshorn davon.
„Hat er keinen Stellvertreter?" fragt Adam, dem entschwindenden Krankenwagen nachblickend.
„Adam, das Ding, das heute bei den Lofoten passiert ist, ist heiß!"
„Wieso ,Ding', wieso ,heiß'? Eine Geburt ist doch ein durch und durch erfreuliches Ereignis! Ich würde eine Meldung an ADN formulieren, an den Rundfunk oder ans Fernsehen!" sagt Adam sorglos.
„Bist du wahnsinnig! Der Vorfall könnte uns erhebliche Kritik eintragen, weil unsere Kriterien für die Auswahl des seemännischen Personals nicht wasserdicht sind. In dreißig Minuten bringst du mir eine Konzeption, wie du dir die lautlose Bereinigung der Panne vorstellst. Alle Nachrichten darüber sind ab sofort Verschlußsache. Das ist eine Weisung! Ende."

Adam blickt verblüfft auf den Telefonhörer, ehe er ihn einhängt. Mathilde Drews kommt zurück.
„Doktor Schmidt ist über seiner Unterschriftenmappe zusammengebrochen. Die Nerven!" meldet Adams Sekretärin.
Adam seufzt. „Ich hätte den Doktor nicht behelligen dürfen."
„Wer", fragte Mathilde, „wenn nicht der Doktor sollte für das Baby zuständig sein? Etwa wir, die Fangeinsatzleitung?"
„Natürlich wir. Doktor Köppelmann hat das Lofotenbaby soeben zur Panne erklärt. Wir sind wieder im Geschäft!" sagt Adam.

„Immerhin eine angenehmere Aufgabe als eine Bestattung in Hintersiedel!" tröstet ihn Mathilde.
„Dafür aber völlig neu und ungewohnt. Mir fehlen jegliche Erfahrungen!" Der Pannenhelfer denkt einen Augenblick nach. „Nehmen wir mal an, du wärst die Mutter dieser Marietta Müller, also die Großmutter des Lofotenbabys, was würdest du jetzt tun, Mathilde?" fragt er schließlich.
„Ganz einfach! Zuerst würde ich der jungen Mutter ein Glückwunschtelegramm schicken, dann Babywäsche und Windeln besorgen, sechs Garnituren mindestens, ein Wikkeltuch, Strampelanzug und Mützchen, vielleicht noch ein Kissen. Man müßte ferner in Erfahrung bringen, ob die Kollegin Müller genügend Leibwäsche, Oberbekleidung und Kosmetik ins Krankenhaus mitgenommen hat!"
„Unwahrscheinlich. Ich habe nie erlebt, daß ein Rettungshubschrauber einen Koffer an Bord hievt. Sie nehmen immer nur den Mann oder die Frau!" sagt Adam.
„Also unbedingt Wäsche und Oberbekleidung für die Mutter. Kennt jemand ihre Konfektionsgröße?" fragte Mathilde.
„Ruf Schwester Claudia an! Wenn Messer-Schmidt auch Mariettas Schwangerschaft im sechsten Monat übersehen hat, gemessen und gewogen hat er sie bestimmt!"

Während Mathilde Drews mit Schwester Claudia telefoniert, notiert sich Adam ihre Vorschläge und formuliert ein Glückwunschtelegramm nach Bodø. Wegen der knappen Devisenmittel ist es kurz, dafür herzlich:
„Liebe Kollegin Müller! Im Namen aller Kombinatsangehörigen gratuliere ich Ihnen zur Geburt Ihres Sohnes. Ich werde alles veranlassen, daß es Ihnen und Ihrem Mario an nichts Nötigem fehlt. Gestatten Sie mir, die Patenschaft über Ihren Sohn zu übernehmen.   Dr. Köppelmann (Hauptfangleiter)"
„Laut Unterlagen des Medizinischen Dienstes mißt sie eins zweiundsechzig und wiegt fünfundfünfzig Kilo", sagt Mathilde Drews am Telefon.
„Welche Konfektionsgröße ist das?" fragt Adam.
„Ungefähr achtundachtzig mittel."
Adam notiert auch das.

„Haben wir was vergessen?" fragt er.
„Die Verwandtschaft wäre zu benachrichtigen."
„Natürlich. Besorg die Adressen und informiere Louise Schneider und Karl Schulze-Süwerkamp. Louise soll Blumen bestellen und einen Wagen. Noch was?"
Mathilde überlegt.
„Die standesamtlichen Formalitäten!"
„Das Wichtigste! Ohne Papier läuft nichts. Welches Standesamt ist eigentlich zuständig?"
Die Frage ist teuflisch. Adam kennt keinen Präzedenzfall. Noch nie war ein DDR-Baby in einem norwegischen Hubschrauber geboren worden, der sich zur Stunde der Geburt im Luftraum über internationalen Gewässern aufhielt. Es fällt Adam zuletzt eine juristische Lektion ein, die er vor dreißig Jahren an der Seefahrtsschule gehört hat. Gemäß einer Vorschrift aus der Kaiserzeit sollte für außerhalb der Reichsgrenzen geborene Babys deutscher Eltern das Standesamt Berlin C 2 zuständig sein.
„Ich brauche einen Reiseauftrag nach Berlin. Reisegrund: Standesamtliche Registrierung eines im internationalen Luftraum geborenen Kindes!" sagt Adam.
„Dazu benötigen die Standesbeamten ein schriftliches Zeugnis der Hebamme, des Arztes oder eines anderen Zeugen, an welchem Ort und an welchem Tag Marietta Müller von einem männlichen Kind entbunden wurde!" warnt Mathilde.
„Im Notfall lege ich denen das Baby auf den Schreibtisch", sagt Adam sorglos.
„Dazu müßtest du Mario erst einmal haben. Wie willst du ihn aber zu uns einreisen lassen, wenn er keine Papiere besitzt, nicht mal einen Geburtsschein, also auch keinen gültigen Namen?" fragt die Sekretärin.
„Du hast ja so recht, Mathilde! Vielleicht rücken die Standesbeamten einen Geburtsschein heraus, wenn ich ihnen Kuhmeiers Telegramme vorlege. Laß dir die Abschriften sicherheitshalber vom Notar bestätigen!"
Adam und Mathilde sehen noch einmal ihre Notizen durch, ob sie wirklich an alles gedacht haben.
„Wer soll die Babywäsche und die Garderobe für die Mut-

ter einkaufen? Vergiß nicht, die Sendung kann mehrere Tage unterwegs sein, ehe sie in Bodø eintrifft. Außerdem brauchen wir eine Ausfuhrgenehmigung!" erklärt Mathilde.
„Mit den Einkäufen beauftrage ich Herrn Magnussen in Bodø. Vor Ort läßt sich das am schnellsten regeln!" erklärt Adam.
Jener Herr Magnussen steht einer norwegischen Schiffsmaklerei vor. Seine Firma hat wiederholt Neuholmer Schiffen geholfen, die wegen Notreparaturen norwegische Häfen anlaufen mußten. Im letzten Jahr war es Herrn Magnussen sogar gelungen, dem Trawler „Seeadler", dessen Schraube mit dem Fanggeschirr unklar gekommen war, kurzfristig und preiswert zu einem Ersatzpropeller und einem Platz in einem Trondheimer Schwimmdock zu verhelfen.
„Der Ankauf von Damenunterwäsche und Babywindeln gehört nicht gerade zu den Spezialitäten der Schiffsmaklerei Magnussen!" gibt Mathilde Drews zu bedenken.
„Der alte Herr Magnussen arbeitet prompt und diskret. Was den geschäftlichen Vorgang angeht, unterscheidet sich der Ankauf eines Schiffspropellers nicht vom Kauf eines Büstenhalters. Was sollte da schiefgehen?"

Eine halbe Stunde später begibt sich der mit der diskreten Reparatur der Lofotenaffäre beauftragte Pannenhelfer ins Allerheiligste des Hauptfangleiters, um sich die geplanten Maßnahmen absegnen zu lassen.
„Ein Glückwunschtelegramm? Nur über meine Leiche! Meinetwegen kannst du ihr telegrafisch ein Disziplinarverfahren ankündigen!" sagt Dr. Köppelmann und zerknüllt den vorbereiteten Text.
„Wenn du der Kleinen nicht hilfst, werden es andere tun. Dann hängt die Sache genau dort, wo sie deiner Meinung nach nicht hängen sollte, nämlich an der großen Glocke. Es könnte sich jemand dafür interessieren, warum der verantwortliche Leiter die sozialistische Gesetzlichkeit mißachtet", warnt Adam.
Dr. Köppelmanns rechte Hand mit dem zerknüllten Glückwunschtext schwebt zögernd über dem Schlund des mächtigen Abfallpapierbehälters, den sich der Hauptfangleiter

unlängst hatte aus Mahagoniholz zimmern lassen, weil der alte Papierkorb aus Weidenruten den täglichen schriftlichen Ausschuß nicht mehr fassen konnte.

„Ich bin mir keiner Schuld bewußt. Wer hat denn die Fangunterbrechung verursacht, die Devisenausgaben für den Hubschrauber, die Gebühren für das Krankenhaus und so weiter? Ich oder sie?"

„Das ist Ansichtssache. Die Kleine wurde bis zum Einsetzen der Geburtswehen im Produktionsdeck beschäftigt. Stell dir mal vor, die junge Mutter steht vor dem Richter, hält in dramatischer Gebärde ihr Baby in die Höhe und klagt gegen dich als den verantwortlichen Leiter. Dir ist doch wohl klar, wie die Sache für dich ausgeht. Justitia ist eine Frau!"

Der Glückwunsch in Dr. Köppelmanns Hand, der eben noch über dem Papiergrab aus Mahagoni schwebte, wandert zurück auf die Schreibtischplatte. Noch einmal überfliegt der Hauptfangleiter den Text.

„Kannst du mir nicht wenigstens die Patenschaft ersparen?" fragt er.

„Die Patenschaft ist eine Versicherungspolice. Falls die Angelegenheit irgendwo Staub aufwirbelt und man nach dem Schuldigen sucht, eins können sie dir nie vorwerfen, du hättest dich nicht sofort schützend vor Mutter und Kind gestellt, wie es sich gehört!" sagt der Pannenhelfer.

Dr. Köppelmann unterzeichnet Glückwunsch und Patenschaft, adoptiert das Lofotenbaby für das FFK Stralsund-Neuholm. Rasch überfliegt er die übrigen Anträge. Er begehrt noch einmal auf.

„Daß sie Plünnen braucht, sehe ich ja ein. Aber wieso Kosmetik? Das riecht nach Luxus!"

„Bißchen Babyöl und Puder muß sein. Denk an die Gesundheit deines Patenkindes!" sagt Adam.

2. KAPITEL

*Es bringt
den Schiffsmakler Magnussen
in Verlegenheit*

Die Firma Magnussen residiert in einem kleinen Kontor, das sich der Makler nach dem Krieg, als Handelsschiffahrt und Seefischerei aus der Agonie erwachten, in seinem Wohnhaus eingerichtet hat. Aus den beiden Kontorfenstern bietet sich ein schöner Blick über den Saltenfjord und den Fischereihafen. Die Hauptarbeit der Maklerei leistet der siebzigjährige Firmeninhaber, ein ehemaliger Kapitän der norwegischen Handelsflotte, noch immer allein. Lediglich Thea, eine unverheiratete Tochter um die Fünfzig, unterstützt ihn. Sie erledigt ihm den Schriftverkehr mit den Geschäftspartnern, bedient Telefon und Fernschreiber.
Am siebzehnten März neunzehnhunderteinundachtzig verlief der Geschäftsbetrieb ruhig. Thea hatte einige Rechnungen an die Adresse einer niederländischen Reederei ausgefertigt. Mehr war nicht zu tun, denn kein Schiff, das die Dienste der Maklerei hätte beanspruchen können, beabsichtigte an diesem oder am nächsten Tag Bodø anzulaufen.
Am frühen Abend, als es draußen schon stockfinster ist, sitzt Magnussen in seinem Wohnzimmer und sieht sich die Aufzeichnung eines Skispringens am Holmenkollen an, die im Fernsehen läuft. Durch den Applaus, den die Zuschauer einem Klingenthaler Springer zollen, hört Magnussen, wie im Kontor nebenan der Fernschreiber zu ticken beginnt. Eine Order geht ein.
Eine Reederei, mit der er seit Jahrzehnten geschäftlich zu-

sammenarbeitet, bittet ihn, noch am heutigen Tage einige Einkäufe zu erledigen. Magnussen könnte den Auftrag einfach dem telefonischen Bestelldienst des nächst gelegenen Schiffsversorgers übergeben. Aber die speziellen Artikel, die der Partner anfordert, müssen mit Augenmaß und modischem Geschmack ausgesucht werden. Deshalb entschließt sich der Makler, die Einkäufe persönlich zu erledigen. Ein bißchen bedauert der alte Herr, daß seine Tochter, die ihn hätte beraten können, jetzt nicht anwesend ist.
Da in Bodø bald die Geschäfte schließen, ist Eile geboten. Magnussen zwängt sich in seinen kleinen Austin, und einige Minuten später betritt er das Warenhaus Kristensen. Die Bevölkerung Bodøs zählt knappe dreißigtausend Seelen. Die meisten Leute kennen den alten Herrn Magnussen, und die Verkäuferinnen reden ihn mit seinem Namen an. Seine Kaufwünsche lassen sich jedoch nicht problemlos befriedigen, denn die Konfektionsgröße, die der alte Herr in der Abteilung für Damenunterwäsche und Trikotagen nennt, ist hierzulande unbekannt.
Eine gute Schiffsmaklerei erfüllt die Aufträge ihrer Kunden auch dann, wenn die Lage hoffnungslos erscheint. Da die Konfektionsgröße achtundachtzig mittel den Verkäuferinnen nichts sagt, nennt Magnussen Gewicht und Körpergröße der jungen Dame, die er mit Leibwäsche auszustatten wünscht. Mit einer vagen Handbewegung deutet er Oberweite und Hüftschwung an. Sein Disput mit den jungen Verkäuferinnen lockt die Etagendirektrice herbei.
Hermine Sverdrup möchte das Geschäft nicht an den unzureichenden Angaben über die figürliche Beschaffenheit der Freundin des alten Herrn scheitern lassen. Sie taxiert ihre Verkäuferinnen mit raschem Blick und befragt sie nach Gewicht und Körpergröße. Der Handelslehrling im zweiten Ausbildungsjahr Anne Kobbervig kommt den von Herrn Magnussen gemachten Angaben am nächsten.
„Aber ein bißchen Hüftweite und Oberweite müssen wir wohl hinzurechnen. Die junge Dame wurde heute erst von einem Baby entbunden", bemerkt Magnussen, die Figur Anne Kobbervigs taxierend.
Die Direktrice errötet. Der seit zwei Jahrzehnten verwit-

wete Schiffsmakler, ein aktives Mitglied im Gemeindekirchenrat, scheint ein Doppelleben zu führen. Es irritiert Hermine Sverdrup vor allem die Eile des alten Casanovas, denn er blickt wiederholt auf seine Armbanduhr. Doch sie ist Geschäftsfrau und am Umsatz des Hauses Kristensen beteiligt. Unbewegten Blickes offeriert sie Magnussen einige Wäschegarnituren, die der Konfektionsgröße des Lehrlings Anne Kobbervig entsprechen, plus Zugabe an Hüft- und Oberweite.
Magnussen möchte keinen Fehlkauf riskieren. Er kennt die Devisennöte der ausländischen Reederei, die ihn mit den Einkäufen beauftragt hat. Darum entfaltet er jedes Hemd und jedes Höschen und hält es dem Handelslehrling Anne Kobbervig vor den Bauch, um die Übereinstimmung der Stücke mit der Figur ihrer späteren Benutzerin zu kontrollieren. Es errötet nun auch Anne Kobbervig. Mehrere Kunden bleiben stehen und sehen befremdet dem Schauspiel zu.
Aus der benachbarten Babyausstattungsabteilung schlendern vier Männer herbei. Sie tragen die orangefarbenen Anoraks des fliegenden norwegischen Rettungsdienstes. Soeben haben sie eine regendichte Babytragetrasche erworben, die sie lautstark begutachten. Es weht ihnen eine leichte Alkoholfahne voran. Unsicherheiten in der Artikulation sind unüberhörbar. Herr Magnussen, der gerade einige besonders hübsche Dessous vor Anne Kobbervigs Körper hält, begeistert die angetrunkenen Rettungsdienstler augenblicklich.
„Sieh mal, Axel! Der alte Herr muß ein schmuckes Muttchen zu Hause haben, er läßt sich keine Liebestöter andrehen!" sagt der eine.
„Bravo", ruft der Mann mit dem Äskulapstab am Ärmel, „das blaue Hemdchen hätte ich auch genommen!"
Erst jetzt wird es Herrn Magnussen bewußt, daß er keinen Schiffspropeller einkauft. Er erinnert sich seiner ehrenamtlichen Tätigkeit im Gemeindekirchenrat und blickt bestürzt auf die Dessous in seinen Händen.
„Die Artikel sind für einen Trawler aus Stralsund bestimmt, Frau Sverdrup!" entschuldigt er sich bei der Direktrice.

„Für einen deutschen Fischtrawler, gewiß! Ich habe nie etwas anderes angenommen, Herr Magnussen!" sagt Hermine Sverdrup mit mokantem Lächeln.
Der Schiffsmakler geht noch einmal die Bestelliste durch und hakt die erstandenen Stücke ab. Es fehlen noch zwei Büstenhalter. Auch die hält er seinem Modell an.
„Anprobieren!" rufen die Männer vom Rettungsdienst.
„Lassen Sie die Artikel einpacken. Die Rechnung bitte an meine Maklerei! Ich wäre Ihnen sehr verbunden, wenn Sie mir Fräulein Kobbervig noch eine Weile ausleihen würden!" sagt Magnussen zur Direktrice.
„Wofür?" fragt Hermine Sverdrup bestürzt.
„Ich muß noch Oberbekleidung für dieselbe Person einkaufen", sagt der siebzigjährige Makler.
„Für denselben deutschen Fischtrawler!" korrigiert ihn die Direktrice mit einem Anflug von Ironie, den sie ei-

nem guten Kunden gegenüber gerade noch für vertretbar hält.

Ehe sich Herr Magnussen in Anne Kobbervigs Begleitung in die Etage für Damenoberbekleidung bemüht, steuert er erst einmal den Verkaufstresen für Babyartikel an. Diesmal hat er keine Probleme mit hierzulande unbekannten Konfektionsgrößen.

„Schau mal, Axel", ruft der angetrunkene Pilot vom Rettungsdienst, „der alte Knabe hat seinem Frauchen noch ein Kind gemacht!"

Seine Einkäufe verstaut Herr Magnussen in seinem Austin. Das Kaufhaus Kristensen hat seinetwegen eine Viertelstunde länger geöffnet als sonst. Auf der Fahrt zum Hospital macht der Makler einen Umweg über die Station der Nordlandbahn. Ein Blumenkiosk ist noch geöffnet, und Herr Magnussen ersteht einen hübschen Rosenstrauß.

In der Geburtsklinik läßt er sich die Zimmernummer der Patientin geben, deren Namen man ihm aus Stralsund gekabelt hat. Es wundert sich der mit weiblicher Ober- und Unterbekleidung, mit Babywäsche, Kosmetik und einem Rosenstrauß beladene Schiffsmakler, ehemals Kapitän der norwegischen Handelsmarine, über die vielen Männerstimmen hinter der Tür, die ihm die Stationsschwester gewiesen hat. Als er die Tür öffnet, erblickt er zuerst vier orangefarbene Männer, dieselben, die vorhin in Kristensens Kaufhaus seine Einkäufe mit rüpelhaften Kommentaren begleitet haben. Diesmal sind sie sprachlos.

„Im Namen der Schiffsmaklerei Magnussen sowie im eigenen Namen", sagt der alte Herr auf deutsch, nachdem er sich zwischen den Rettungsdienstlern hindurch an Mariettas Bett herangekämpft hat, „gratuliere ich Ihnen herzlich zu Ihrem Kind. Ihre Reederei beehrt sich, Ihnen durch meine Person einige kleine Präsente zukommen zu lassen, deren Besorgung, wie die hier anwesenden Herren gewiß bezeugen können, nicht ganz problemlos war."

Bereits eine Viertelstunde, nachdem der Rettungshubschrauber sie neben dem Hospital abgesetzt hatte, waren

Marietta und ihr Baby versorgt worden. Sie erhielt ein bequemes Bett, und daneben stellten die Hebammen ein Babykörbchen. Marietta durfte Mario in Ruhe betrachten, und wenn sie es wünschte, durfte sie ihn sich an die Seite legen. In demselben Zimmer war eine norwegische Mutter untergebracht, deren Stunde schon früher gekommen war. Die Norwegerin zeigte Marietta ein kleines dunkelhaariges Wesen.
„Ingrid!" sagte die stolze Mutter.
„Sehr hübsch!" sagte Marietta.
Ingrids Mutter schaute Marietta einen Moment verwundert an und fragte etwas auf norwegisch. Es wurde Marietta bewußt, sie lag in einem Krankenhaus, in dem niemand ihre Sprache verstand. Um Ingrids Mutter dennoch mit einem Kompliment zu beglücken, griff Marietta auf eine der wenigen englischen Vokabeln zurück, die sich seit ihrer Schulzeit in ihrer Erinnerung erhalten hatten. Sie berührte mit dem Zeigefinger Ingrids Näschen und sagte „Beautiful!", worauf Ingrids Mutter sogleich an Marios Nase stupste und ebenfalls „Beautiful!" rief. So ging es eine Weile hin und her. Wahrscheinlich hatte die Norwegerin im Englischunterricht nicht besser aufgepaßt als Marietta, denn das Gespräch der beiden Mütter erstarb allmählich, weil eine einzige Vokabel für eine längere Unterhaltung nicht reicht.
Als Mario gerade mal wieder quäkte, fiel Marietta ein Schlaflied ein, das Petra Matuschek ihr früher oft vorgesungen hatte. Es sang Marietta: „Schlafe, mein Prinzchen, schlaf ein!" Nach einigen Takten sang Ingrids Mutter mit, freilich nicht Sopranlage und auf deutsch, sondern norwegisch und Altstimme. Das Duett klappte so vorzüglich, daß sich nach einiger Zeit die Tür öffnete und der Stationsarzt gähnend ins Zimmer blickte. (Falls der Leser an dieser Stelle ebenfalls Müdigkeit verspürt, will ich ihm gern sein Nickerchen gönnen, kann ihm jedoch im Moment noch nicht ins Traumland folgen, weil ich die Geschichte noch bis zur späten Abendstunde und zu einem folgenschweren Telefonat des Schiffsmaklers Magnussen mit dem Lokalreporter Jonas Kielland vorantreiben muß!)

Obwohl das Wiegenlied so ziemlich das ganze Krankenhaus in einen erquickenden Schlummer versetzt hatte, an dem sich zuletzt auch die norwegische Altstimme im Nachbarbett mit ruhigen Schnarchtönen beteiligte, fand Marietta keinen Schlaf. Es überdachte Marietta nämlich ihre Lage. Der einzige Besitz, den sie von der „Seeschwalbe" ins Krankenhaus mitgenommen hatte, waren ihr Nachthemd und das Seefahrtsbuch. Das Nachthemd hatten ihr die Hebammen fortgenommen. Das Hemd, das sie jetzt trug, gehörte dem Krankenhaus. Sie besaß keine einzige Krone, nicht mal einen Kamm und eine Zahnbürste, und falls sie jemanden darum bitten wollte, würde derjenige sie nicht verstehen. Die Vokabel „beautiful" und ein deutsches Wiegenlied ermöglichten ihr nur ein Minimum an Verständigung. Die ermutigenden Worte, die der Kapitän der „Seeschwalbe" ihr über den UKW-Kanal zugerufen hatte, vermochten Mariettas Stimmung kaum zu heben. Wie wollten die Männer draußen auf dem Trawler ihr jetzt helfen? Wußten sie überhaupt, wo sie sich aufhielt? Marietta, tief im Binnenland aufgewachsen, kannte nicht das geheimnisvolle Zusammenspiel von Reedereien, Kapitänen und Schiffsmaklern, das die seefahrenden Nationen in Jahrhunderten entwickelt hatten. Sie wußte auch nichts von der Existenz gewandter Krisenmanager vom Schlage eines Adam Million.

Daß ein einziges Telex von Neuholm nach Bodø genügte, um sie innerhalb von zwei Stunden aus allen Verlegenheiten zu befreien, ging über den Erfahrungshorizont der kleinen Verkäuferin aus dem Neißetal. So befürchtete Marietta, sie würde den weiten Weg von Bodø nach Hause barfuß und im Nachthemd laufen müssen. Als Ingrids Mutter aus dem Schlummer erwachte, rannen heiße Tränen über Mariettas Gesicht. Die Bettnachbarin strich ihr übers Haar und stimmte noch einmal „Schlafe, mein Prinzchen, schlaf ein!" auf norwegisch an. Aber Marietta versagte die Stimme.

Gegen siebzehn Uhr kam ein Fleuropbote mit einem Strauß holländischer Tulpen. Zwischen den Blüten steckte Köppelmanns Glückwunschtelegramm. Gegen zwanzig

Uhr kamen die Männer von „Viking 10". Jeder küßte sie auf die Stirn, und alle gemeinsam schenkten sie ihr eine regendichte Babytragetasche. Zuletzt erschien ein betagter Weihnachtsmann in Zivil, beladen mit sechs großen Einkaufstüten der Firma Kristensen und einem Rosenstrauß. Er hielt eine freundliche Rede in deutscher Sprache und breitete seine Geschenke vor Marietta aus.
Marietta mußte den Empfang allerdings schriftlich quittieren. Herr Magnussen bescherte Marietta die Erfahrung, daß in Norwegen nichts anderes herrschte als überall: Ordnung!
Dennoch schläft sie am Abend des siebzehnten März ohne Sorgen ein. Es hat sie niemand vergessen.

Die Hubschraubercrew lädt Herrn Magnussen zu später Stunde zu einem weiteren Trinkgelage in „Nils' Pub" ein. Die Rettungsdienstler haben sich geschworen, den Tag zu feiern wie den Weihnachtstag. Der endet bekanntlich erst um Mitternacht. Sie lassen den Schiffsmakler, den sie vorübergehend für einen Sittenstrolch gehalten haben, an ihrer Freude über eine andere Verwechslung teilnehmen. Dr. Kjelsberg zeigt Magnussen den schriftlichen Einsatzbefehl, der ihm am Vormittag in die Hand gedrückt wurde: „Bergung eines Seemannes vom Trawler ‚Seeschwalbe', Rufzeichen DAZF, Position vierzig Meilen westlich Moskenesøy, Symptome Leibkrämpfe und Atmungsstörungen."
„Na und?" fragt Magnussen.
„Das Baby!" sagt Kjelsberg.
Nun hat Magnussen auch seinen Spaß.

Als der Makler um Mitternacht heimkommt, brennt in seinem Haus noch Licht. Thea sitzt im Wohnzimmer und raucht nervös eine Zigarette. Der Aschenbecher quillt über.
„Was hast du heute bei Kristensens angestellt, Papa?" fragt Thea ohne Vorwarnung.
Magnussen seufzt.
„Ich fürchte, du weißt es längst!"

„Allerdings! Und welche Erklärung fällt dir dazu ein?"
„Ein Auftrag aus Stralsund, kaum etwas anderes als im letzten Jahr, als wir ihnen den Schiffspropeller rangeschafft haben!"
Er reicht Thea die Bestelliste aus Stralsund-Neuholm.
„Papa, das wird uns in Bodø niemand glauben!" sagt Thea.
„Ich weiß", sagt Magnussen, „hast du die Telefonnummer von Jonas Kielland?"
Thea nennt sie ihrem Vater. Obwohl es nach Mitternacht ist, ruft Herr Magnussen einen befreundeten Lokalreporter an, den er gelegentlich mit maritimen Nachrichten versorgt.
„Du, Jonas, ich habe eine interessante Meldung für dich ...", beginnt der Makler.
„Sag mir lieber erst, was heute abend bei Kristensens passiert ist! Meine Frau war ganz aus dem Häuschen!" fällt Kielland ihm ins Wort.
Es erklärt der unschuldige Schiffsmakler dem gespannten Reporter, was sich wirklich zugetragen hat.
„Mach eine kleine Meldung draus, nichts Großes. Ein paar lobende Worte über Dr. Kjelsberg und die Piloten. Den Namen der Frau laß fort. Es genügt, zu erwähnen, daß sie zur Besatzung eines deutschen Trawlers gehört. Ist ja alles nicht ungewöhnlich! Kjelsberg erzählte mir, es sei seine siebente Geburt im Hubschrauber gewesen. Erst vor einem halben Jahr hat er eine Frau von Vaerøy nach Bodø begleitet. Da ist ihm dasselbe passiert!"
„Klar", sagt Jonas Kielland, „die Meldung geht raus. Aber erst morgen! Die heutige Ausgabe ist schon im Umbruch. Lassen wir die Tratschen ruhig noch einen Tag spinnen, um so mehr sind sie blamiert, wenn sie die Wahrheit erfahren."
„Danke, Jonas. Gute Nacht!"

Die kleine Meldung im Tagesanzeiger von Bodø, in die Welt gesetzt, um den guten Ruf des Schiffsmaklers Magnussen wiederherzustellen, wird jemandem in die Hände fallen, dem ich schon jetzt herzlich wünsche, sie mögen ihm verdorren. Für heute ist endgültig Feierabend, geneigter Leser! Es ist zwei Uhr morgens, wir schreiben bereits den achtzehnten März.

3. KAPITEL

Es verschafft dem Lofotenbaby eine amtliche Geburtsurkunde, schickt einen Kindergarten in den Dornröschenschlaf und verwandelt ein defektes Regenrohr in ein modisches Kleidungsstück

Es reist am achtzehnten März eine kleine Delegation von Stralsund-Neuholm nach Deutsch-Sulkau, um Mariettas Eltern das erfreuliche Ereignis mitzuteilen, das sich am Vortage zugetragen hat im Himmel über den Lofoten. Zunächst aber macht die Abordnung, bestehend aus Adam Million, Louise Schneider und Karl Schulze-Süwerkamp, halt in Berlin. Auch dem erfreulichsten Ereignis haftet der Makel des Unglaubwürdigen an, ehe es nicht amtlich beurkundet ist. Das Standesamt in Berlin C 2, in das Adam einige Hoffnungen gesetzt hat, ist unauffindbar. Der Pannenhelfer versucht es beim Standesamt Mitte. Die Kollegin, die das Ressort „Geburten" verwaltet, zeigt sich für Lofotenbabys nicht zuständig, sondern ausschließlich für brave Kinder, die in den Grenzen des Stadtbezirks in die Welt gekommen sind. Der ratlose Mann im dunkelblauen Uniformmantel tut der Standesbeamtin leid, und sie denkt scharf nach, ob sie ihm nicht dennoch helfen kann. Es fällt ihr die Adresse einer kompetenteren Behörde ein. Die heißt schlicht „Standesamt I, Berlin – Hauptstadt der DDR" und liegt nur wenige Straßen entfernt.
Die hier amtierende Pförtnerin fragt die Neuholmer nach ihren Wünschen.
„Wir möchten ein Baby registrieren lassen!" sagt Louise Schneider.
„Den Geburtsort, bitte!" sagt die Frau hinter dem Fenster.

Louise blickt hilfesuchend Adam an, der sich am Hinterkopf kratzt.
„Es geschah zwischen den Lofoten und Bodø. Ich würde sagen, mehr auf Bodø zu!"
„Wer sind die Lofoten?" fragt die Pförtnerin.
„Eine norwegische Inselgruppe."
„Ich verstehe", sagt die Frau, „es handelt sich um eine Geburt auf dem Wasser!?"
„Nein, in der Luft!" berichtigt Adam sie.
Die Pförtnerin greift zum Telefon und wählt eine Nummer.
„Hallo, Marianne, hast du nicht neulich das Kind bearbeitet, das in der Linienmaschine von Havanna nach Schönefeld geboren wurde?"
Die Fragestellerin horcht eine Weile in den Hörer hinein, dann wendet sie sich an Adam.
„Versuchen Sie es bei Kollegin Steinbeiß, Zimmer hundertelf, erste Etage links!"

Im Zimmer einhundertelf sagt Adam noch einmal seinen Vers auf.
„Wenn ich recht verstehe", fragt die Expertin für Luftgeburten, „passierte es in einem Rettungshubschrauber?"
„Genauso war es", bestätigt Adam, der sich nun endlich an der richtigen Stelle glaubt.
„Das heißt", resümiert Marianne Steinbeiß, „der Geburtsvorgang hatte eingesetzt, und der Kapitän des betreffenden Schiffes rief ein Krankentransportmittel herbei, um die Mutter in die nächste Klinik bringen zu lassen. Ist es so richtig?"
„Wir verstehen uns blendend!" sagt Adam erfreut.
„Das Krankentransportmittel", hakt die Expertin nach, sich als Systematikerin entpuppend, „hätte im Prinzip auch ein Sanitätsauto sein können?"
„Kaum", sagt Adam, „es sei denn, jemand hätte den Vestfjord zwischen Moskenesøy und Bodø gepflastert!"
„Verkneifen Sie sich Ihre Ironie", sagt die Systematikerin, „ich versuche lediglich herauszufinden, ob es sich bei dem

Hubschrauber um ein Flugzeug handelt oder ob er den Krankentransportmitteln zugerechnet werden muß."
„Der Hubschrauber gehört dem norwegischen Rettungsdienst!" sagt Adam ungeduldig.
„Dann bin ich für Ihr Baby nicht verantwortlich!"
Sie erklärt den enttäuschten Neuholmern, sie registriere ausschließlich Geburten in Passagiermaschinen des Linien- und Charterdienstes.
„Und wer, bitte, registriert Geburten in Krankentransportmitteln?" fragt Louise Schneider.
„Dafür gibt es keinen speziellen Mitarbeiter. In diesem Fall ist von der Geographie auszugehen, also vom Geburtsort!"
„Der Geburtsort ist der Vestfjord, ein Seegebiet vor der Küste Norwegens", sagt Adam.
„Für Geburten auf See ist Kollege Suerbier zuständig, Zimmer zweihundertsieben, zwote Etage rechts", sagt die Expertin für Luftgeburten.

Die Tür von Zimmer zweihundertsieben ist verschlossen. Es beschließen die Neuholmer Pannenhelfer, auszuschwärmen nach drei Richtungen in das labyrinthische Verwaltungsbüro, um den Spezialisten für Seegeburten zu suchen. Eine Raumpflegerin, beladen mit Eimer und Besen, hält sie auf.
„Wollen Sie zum Kollegen Suerbier?" fragt sie freundlich.
Adam verrät der neugierigen Frau sein Begehren.
„Oh, da wird sich der alte Herr aber freuen. Seit zwanzig Jahren hatte er nämlich keine Kundschaft mehr. Jetzt hilft er in der Registratur aus, im Keller unten, und kommt nur noch gelegentlich nach oben, um seinen Goldfisch zu füttern. Moment mal!"
Sie schwebt, ein hilfsbereiter Engel, ans nächste Wandtelefon und wählt die Registratur.
„Walter, du bekommst Arbeit!" ruft sie fröhlich.
Nach einigen Minuten hören die Neuholmer Pannenhelfer ein seltsames Geklapper hinter der nächsten Biegung des Korridors. Es hört sich an, als käme jemand sehr eilig auf drei Beinen gelaufen. Endlich steuert Herr Suerbier um die Ecke. Das, was die Neuholmer Delegation für ein drittes

Bein gehalten hat, entpuppt sich als Krückstock, gearbeitet aus der Wirbelsäule eines Haifisches. Herr Suerbier hat die Stütze bitter nötig, denn sein Alter ist das eines Methusalems. Die Unterarme des alten Herrn stecken in Röhren aus schwarzem Satin, wohl um die blütenweißen Hemdsärmeln vor dem Aktenstaub zu schützen. So etwas kennt Adam Million nur aus alten Filmen.
„Herzlich willkommen!" ruft der Standesbeamte den Neuholmern entgegen, ehe er eilig sein Büro aufschließt.
Die Wände sind mit Fotografien einstmals berühmter Passagierdampfer geschmückt. Adam erkennt die „Queen Mary", die „Normandie", die „Bremen". Der Standesbeamte hat die alten Liner fast alle überlebt. Nur die „Völkerfreundschaft" weilt zu dieser Zeit noch nicht im Dampferhimmel. Ihr Foto prangt über dem Schreibtisch.

„Es kann nicht wahr sein!" sagt Herr Suerbier und schaut andächtig auf Adams Marinemantel.
„Wieso nicht?" fragt Adam.
„Der letzte Seemann trat vor knapp zwanzig Jahren durch diese Tür. Es war ein Offizier der ‚Völkerfreundschaft'!"
„Und was wollte er hier?"
„Eine Geburt im Ärmelkanal beurkunden lassen, südlich von Folkstone!"
„Und jetzt ist es bei den Lofoten passiert!" sagt Adam.
Herr Suerbier schluckt etliche Male, ehe er sich die schwarzen Röhren aus Satin von den Armen zieht und den Kleiderschrank öffnet. Er bindet sich eine Krawatte um, und seine Hände zittern. Zuletzt schlüpft er in ein dunkles Jakkett und nimmt hinter dem Schreibtisch Platz. Er scheint tatsächlich ein bißchen aus der Übung zu sein, denn gleich erhebt er sich wieder, verneigt sich vor Louise Schneider, beglückwünscht sie für etwas, was er nicht näher benennt, und schüttelt ihr kräftig die Hand. Dann wiederholt er die Verbeugung, Glückwunsch und Händedruck vor Karl Schulze-Süwerkamp.
„Und Sie sind der Kapitän des glücklichen Schiffes?" wendet er sich an Adam.
„Kapitän a. D. Adam Million in Vertretung von Johannes Meier, Kapitän auf der ‚Seeschwalbe', zur Zeit bei den Lofoten", sagt Adam, gleichfalls eine Verbeugung andeutend.
„Sie haben, nehme ich an", fragt der alte Herr, wieder hinter dem Schreibtisch Platz nehmend und ein feierliches Gesicht aufsetzend, „gewiß das Schiffstagebuch mitgebracht, respektive einen Auszug mit den die Kindesgeburt betreffenden Eintragungen?"
„Ich kann leider nur mit zwei notariell beglaubigten Telegrammen des Kapitäns dienen!" sagt Adam, noch einmal eine Verbeugung andeutend, und reicht dem Standesbeamten die Telegrammabschriften.
Herr Suerbier versenkt sich kopfschüttelnd in die Texte, beschaut sogar die unbeschriebenen Rückseiten der Blätter, zeigt immer deutlichere Anzeichen von Bestürzung.
„O tempora, o mores", sagt er schließlich seufzend, „so leid

es mir tut, ich muß den Vorgang der Luftsachbearbeiterin abtreten!"
Adam hat in dem Moment das Bedürfnis, einen zerbrechlichen Gegenstand zu zerschlagen, und er blickt in die Runde nach einem geeigneten Objekt.
„Das betreffende Baby", mischte sich der ehemalige Schauspieler und nunmehrige Leichenbestatter Karl Schulze-Süwerkamp ein, „ist nach Ansicht von Kollegin Steinbeiß, die wir bereits konsultierten, keine Luftgeburt, insofern sie nämlich auf besagtem Schiff einsetzte und auf dem Helikopter lediglich vollendet wurde, welcher unmöglich den Flugzeugen zuzurechnen ist, sondern den Sanitätswagen, woraus folgt, daß dem Geburtsort, also dem Vestfjord, die entscheidende Rolle zukommt und nicht dem Transportmittel!"
„Der Vestfjord ist", bemerkt der alte Herr, „soweit ich mich erinnere, ein Seegebiet von mindestens fünfzig mal einhundertfünfzig Meilen, viel zu groß, um als Geburtsort zu taugen. Ich benötige genauere Angaben!"
Adams Augen haben sich an einem kugelrunden Glasgefäß festgesogen, in dem ein einsamer Goldfisch schwimmt. Noch nie war das kleine Tier seinem Ende so nahe wie in diesem Augenblick. In letzter Sekunde reißt sich Adam zusammen.
„Eine Geburt", so erklärt er ruhig, „zieht sich bekanntlich eine Weile hin. Andererseits fliegt ein Hubschrauber nicht gerade im Schneckentempo. Die Geburt begann südwestlich der Insel Moskenesøy und endete in Bodø. Zwischen beiden Orten liegt der Vestfjord in seiner vollen Breite. Er kommt demnach nur komplett als Geburtsort in Betracht!"
„Hat es wirklich so lange gedauert?" wendet der Standesbeamte sich an Louise Schneider.
„Bestimmt!" sagt Louise mit fester Stimme.
Der Experte für Seegeburten holt aus der Schreibtischschublade einen abgegriffenen Weltatlas und schlägt die Seite „Europa – Nordblatt" auf. Sein Zeigefinger wandert von Moskenesøy nach Bodø.
„Haben Sie eine Ahnung, wie viele Meilen ein Hubschrauber in der Stunde läuft?" fragt er Adam.

„Mindestens hundert!" vermutet der Pannenhelfer.
„Donnerwetter, dann quert er den Vestfjord tatsächlich in nur einer halben Stunde. Selbst die ‚Bremen' hätte die mehrfache Zeit benötigt. In Anbetracht der großen Geschwindigkeit bin ich geneigt, den gesamten Vestfjord als Geburtsort anzuerkennen, sofern meine Vorgesetzten ihr Einverständnis erklären", sagt der Standesbeamte.
Adam fällt ein Stein vom Herzen, und dem Goldfisch im kugelrunden Glas ist das Leben gerettet.
„Wenn ich die verehrten Eltern jetzt um ihre Geburtsurkunden und den Trauschein bitten dürfte?" wendet sich der würdige alte Herr an Louise Schneider und Karl Schulze-Süwerkamp.
„Wir sind nur die Pannenhelfer!" sagt Karl.
Der Standesbeamte schaut ratlos über den Brillenrand.
Adam reicht ihm schnell ein mehrfach gestempeltes Dokument mit den Personalangaben Mariettas.
„Wer ist der Vater?" erkundigt sich Herr Suerbier.
„Unbekannt", sagt Adam.
„O tempora, o mores!" bemerkt der alte Herr noch einmal.

Eine halbe Stunde später, nachdem sich der Standesbeamte den Vestfjord als Marios Geburtsort von seinen Vorgesetzten hat absegnen lassen, erhält Adam die Urkunde, um die er so heiß hat kämpfen müssen.
„Woher haben Sie eigentlich den wundervollen Krückstock?" fragt er den Seegeburtsdezernenten.
„In Rio gekauft. Ich hatte gerade mein rechtes Bein verloren!"
Der alte Herr zieht sein rechtes Hosenbein in die Höhe, und zum Vorschein kommt ein solides Rundholz, am unteren Ende bekleidet mit einem Wollsocken und einer Schuhattrappe.
„Es passierte an der Ankerklüse, als die Kette ausrauschte. Ich war Schiffsjunge damals."
„Und danach war es aus mit der Seefahrt!" sagt Adam.
„Mitnichten, Herr Kollege! Ein paar Jahre später habe ich mein Patent gemacht. Ich erhielt das Kommando über einen Bremer Segler und fuhr den Salpetertörn, Bre-

men – Valparaiso und zurück, bis zur Verschrottung des Kastens!"
„Kennen Sie zufällig Kapitän Liebeskind aus Stralsund?" erkundigt sich Adam.
„Natürlich! Ihm gehörte das zweite Holzbein in der Salpeterfahrt!"
„Das waren noch Zeiten, was?" sagt Adam und blickt auf die Stelle, wo sein rechter Daumen hätte sitzen müssen.

Es war die standesamtliche Hürde also genommen, und Adam und seine Gehilfen setzten nach einem stärkenden Mittagessen in einem hauptstädtischen Hotel ihre Reise fort nach Deutsch-Sulkau. Es reisen die drei Neuholmer heute nicht durchs Land als Leichenbitter, sondern sie rollen über die Cottbusser Autobahn heiteren Herzens, da sie das Gegenteil dessen zu tun beabsichtigen, was ihnen sonst unvorhergesehene Ereignisse an betrüblichen Pflichten auferlegten, nicht den Abgang eines nahen Verwandten wollen sie vermelden, sondern einen Zugang. Das Kind ist geboren, die Geburtsurkunde vorhanden, die Blumen liegen bereit im Kofferraum des Dienstautos, das Louise Schneider mit gewohnt sicherer Hand chauffiert, und in Karl Schulze-Süwerkamps Brieftasche steckt das Konzept einer kleinen Rede, bestimmt für ein Elternpaar, das zur Stunde noch nicht weiß, daß es sich seit gestern mit der Würde der Großelternschaft zieren darf. Alles ist vorbereitet für einen glücklichen Höhepunkt im Leben der Kindergärtnerin Petra Matuschek und ihres Ehemannes Gregor.
Der Kindergarten Deutsch-Sulkaus ist am Nachmittag des achtzehnten März nicht zu verfehlen, denn auch hier scheint eine warme Frühlingssonne, und Petra Matuscheks Schützlinge tummeln sich draußen auf der Spielwiese, ein zwitscherndes und buntes Völkchen, unüberhörbar und unübersehbar für jemanden, der ins Dorf einfährt. Louise stoppt den Wagen, Karl entnimmt seiner Brieftasche das Redekonzept, und Adam versteckt die Blumen hinter seinem Rücken. Gemeinsam betreten die drei Glücksboten das Gelände der Tagesstätte. Louise fragt die Kindergärtnerin, die das Spiel der Kleinen beaufsichtigt, nach der Leiterin.

„Ich bin es selbst!" sagt Petra, die angesichts der feierlichen Gesichter in Unruhe gerät.
Karl Schulze-Süwerkamps großer Auftritt kann beginnen. Er schiebt Louise zur Seite und neigt sein graues Haupt vor Petra. Er, der ehemalige Theatermann, eingeweiht in die gängigen dramaturgischen Regeln, will nicht gleich mit der Tür ins Haus fallen. Er möchte seine Zuhörerin erst ein wenig neugierig stimmen, dann die Spannung allmählich steigern, erst zuletzt, wenn der Adressatin seiner Botschaft der Atem stockt, gedenkt er, den geschürzten Knoten zu lösen. In diesem Moment soll Adam Million, so sieht es ein Regieeinfall Karls vor, die hinter dem Rücken verborgenen Blumen der glücklichen Großmutter präsentieren.
„Es ist geschehen...", beginnt der dramaturgisch beschlagene Glücksbote, sonst Redner bei leidvollen Anlässen, und will fortfahren: ... über dem Vestfjord zwischen der norwegischen Insel Moskenesøy und der Stadt Bodø!
Aber schon fällt ihm Petra, die Augen vor Schreck geweitet, ins Wort.
„Ist meine Tochter verunglückt?"
„Etwas anderes ist geschehen über dem Vestfjord zwischen...", will Karl den Faden wieder aufnehmen.
„Ist sie krank?" unterbricht ihn Petra sofort.
„Sie ist noch ein bißchen geschwächt", erklärt Karl, „aber übermorgen darf sie das Krankenhaus verlassen. Es ist geschehen..."
„Was denn, um Himmels willen!" ruft Petra so laut, daß die Kinder vom Klettergerüst herabsteigen und neugierig herbeilaufen.
Karl ärgert sich, weil Petra ihm seinen sorgfältig vorbereiteten Auftritt verpatzt hat. Nun kommt er prompt zur Sache.
„Ihre Tochter wurde von einem gesunden Knaben entbunden über dem Vestfjord zwischen Moskenesøy und Bodø!"
Petra schaut den Glücksboten einen Moment verdutzt an.
„Es liegt eine Verwechslung vor!" sagt sie schließlich und lächelt entspannt.
„Wie kommen Sie denn darauf?" fragt Louise.
„Nun ja", sagt Petra, „der Familienname Müller ist nicht gerade selten, und bestimmt beschäftigt das Stralsunder Un-

ternehmen noch andere Kolleginnen, die Müller heißen. Eine voreheliche Geburt – meine Tochter tut so etwas nicht!"
Adam, der Mariettas Personalakte kennt und demzufolge weiß, daß die siebenunddreißigjährige Kindergärtnerin, eine ansehnliche Person, wie er registriert, mit achtzehn Jahren genau das getan hat, was sie ihrer heute ebenso alten Tochter zuzubilligen nicht geneigt ist, kann sich nur wundern. Um die Debatte zu beenden, holt er den Blumenstrauß hinter dem Rücken hervor.
„Sie sind seit gestern tatsächlich Großmutter. Es besteht nicht der geringste Zweifel. Meinen herzlichen Glückwunsch!" sagt er und versucht, die Tulpen zu übergeben.
„Die Blumen gehören einer anderen Großmutter. Ich weiß es mit absoluter Sicherheit", beharrt Petra und hebt abwehrend die Hände.
Nun wird es Adam zu bunt.
„Wir beschäftigen mehrere Kolleginnen", sagt er, „die denselben Familiennamen tragen, aber nur eine Marietta Müller, geboren im Jahr zweiundsechzig in Hoyerswerda, Tochter von Petra Matuschek, geborene Müller, derzeit wohnhaft in Deutsch-Sulkau. Sie sind doch eine geborene Müller, nicht wahr?"
„Ich überhöre die Anspielung. Wenn meine Tochter meinen Mädchennamen trägt und ich den Vater erst nach der Geburt des Kindes heiratete, so hat das stichhaltige Gründe, die Sie nichts angehen!" sagt Petra.
„Aber Großmutter sind Sie trotzdem!" sagt Adam.
„Ich lasse mich nicht von jedem Unbefugten zur Großmutter machen. Ich wiederhole, es ist prinzipiell unmöglich. Das Wort eines Bürgers muß ja wohl noch gelten", trumpft Petra auf, die sich ihrer Sache aus Gründen, die dem Leser wohlbekannt sind, noch immer sicher ist.
Die drei Boten aus Neuholm müssen befürchten, einen Tulpenstrauß umsonst gekauft zu haben, und sehen sich betroffen an. Zuletzt erinnert sich Adam an den Besuch im Standesamt I, Berlin – Hauptstadt der DDR, und an den hilfsbereiten Experten für Seegeburten. (Dem zu danken wir alle, die wir in die Geburt des Lofotenbabys verstrickt

waren, beinahe vergessen hätten. Ich hole es an dieser Stelle nach: Danke, Herr Suerbier!) Es greift Adam Million also in die Brieftasche und holt ein Papier hervor.
„Hier ist die Geburtsurkunde Ihres Enkels. Er heißt Mario!"
„Mario?" fragt Petra erbleichend.
„Genauso, Mario!" wiederholt Adam.
Petra schluchzt auf, und ein Sturzbach heißer Tränen rinnt über ihr Gesicht. Weil die Spielwiese der Kindertagesstätte droht überschwemmt zu werden, reicht Louise Schneider der Großmutter des Lofotenbabys eilig ein Taschentuch. Adam nutzt die Sekunde, da sich Petra wehrlos zeigt, und schiebt ihr die Tulpen unter den Arm. Es vergißt die Beschenkte, sich zu bedanken. Statt dessen öffnet sie erneut die Schleusen. Das bunte Völkchen der Kinder gerät in Panik, da es befürchten muß, ein herber Schicksalsschlag habe seine Zieh- und Leihmutter auf eine nie wiedergutzumachende Weise ins Elend gestürzt. Die Kleinen drängen verängstigt an Petra heran, halten sich an ihren Rockzipfeln fest und beteiligen sich mit vielstimmigem Plärren am Kummer ihrer Hirtin.

Leider ist keine Kamera zugegen. Darum halte ich die Zeit an. Die Gestalten auf der Spielwiese erstarren wie weiland der Hofstaat im Schloß des Dornröschens. Vor uns steht eine Frau in den Dreißigern, den Mund halb geöffnet zu einem stummen Schrei. Unter ihrem rechten Oberarm klemmt ein Tulpenstrauß, die Blüten erdwärts gerichtet. Nur das linke Auge ist sichtbar, über dem rechten schwebt ein Taschentuch. An der Nasenspitze hängt ein Tropfen, bereit, in die Tiefe zu stürzen, was ihm infolge stillstehender Zeit jedoch nicht gelingt. Die Frau ist umgeben von einer Schar Kinder. Die Mäuler der Kleinen sind geöffnet, kreisrund einige, andere in der Hochachse oval, wiederum andere in horizontal gedehnter Rundung. Eine weitere Frau und zwei Männer stehen dabei. Der eine Mann hat tröstend die rechte Hand auf die Schulter der Tulpenträgerin gelegt. Wenn wir ganz genau hinsehen, bemerken wir, dieser tröstenden Hand fehlt der Daumen.

Vielleicht nimmt sich ein Maler dieses Sujets an und verfertigt ein Gemälde. Der Titel könnte lauten: „Petra M. erhält die Nachricht von der Geburt ihres Enkels." Sollte das Bild jemals gemalt werden, ich melde mich, einen erschwinglichen Preis vorausgesetzt, schon heute als Käufer an.
Damit sich der Künstler gründlich in den Vorwurf vertiefen kann, lasse ich alle auf der Deutsch-Sulkauer Spielwiese versammelten Personen noch eine Weile stehen, und ich sehe mich währenddessen nach etwas Bewegtem um.

Da kommt es schon! Nach meinem Geschmack kommt es viel zu schnell und hält sich nicht an die laut Straßenverkehrsordnung zulässige Höchstgeschwindigkeit. Es wälzt sich schlingernd durch die engen Kurven der Landstraße

nach Deutsch-Sulkau, die Pneumatik der Bremsen pfeift, es röhrt der Diesel, aus den himmelwärts gerichteten Abgasrohren quellen schwarze Wolken, das Ungetüm reißt trockene Äste aus den Kronen der Chausseebäume, es nimmt Anlauf vor der nächsten Steigung, erreicht die Höhe, droht abzuheben von der Piste, doch seine fünfzehn Tonnen Eigengewicht sorgen für Erdschwere, es sinkt zurück in die ächzenden Federn, es röhrt und hetzt weiter. Was jagt den Mercedessattelzug mit dem TIR-Abzeichen am Heck und dem polnischen Landeskenner? Will jemand den wackeren Tadeusz von den Menteln, Sattelzugpilot und gelegentlich mit kleinen Privatgeschäften befaßt, aus diesem Buch vertreiben, weil nicht alles, was Tadeusz tut, rechtens ist, oder ist gar der Zoll hinter ihm her? Nehmt ihn mir nicht fort, ihr Zöllner, heute transportiert Tadeusz keine heiße Ware! Es fährt heute Tadeusz meine Fracht, rechtens erworben, mir lieb und teuer, zollamtlich unbedenklich!
Jacqueline Guth, des Lofotenbabys zweite Großmutter, wollte dringend von Görlitz nach Deutsch-Sulkau hinüber, um eine Nachricht zu überbringen, doch der Linienbus war abgefahren, der eigene Wagen in der Werkstatt. Es sprang Tadeusz in die Bresche, und er startete seinen Sattelzug. Gäbe es ihn nicht, etliche Personen stünden noch in hundert Jahren als Salzsäulen in Deutsch-Sulkau herum!
Jetzt passiert der donnernde Sattelzug das Ortseingangsschild des Dorfes, dem Leser hinlänglich bekannt. Tadeusz fährt zu schnell. Da ist schon die erstarrte Figurengruppe vor dem Kindergarten, und Tadek muß voll auf die Bremse treten. Acht Zwillingsreifen blockieren, schieben den Straßenschotter vor sich her, es riecht nach verbranntem Gummi, aus den Ventilen der Bremspneumatik pfeift Druckluft. Die Katastrophenbremsung, denn um eine solche handelt es sich, wirft Tadeusz nach vorn, und sein Oberkörper drückt schwer auf den Hupenring am Lenkrad. Das zweistimmige Boschhorn brüllt laut genug, um Dornröschen und ihren Hofstaat vor Ablauf der berühmten hundert Jahre zu wecken.

Petra Matuschek, eben noch erstarrt, bewegt sich wieder. Der unschöne Tränentropfen an der Nasenspitze gehorcht der Schwerkraft und fällt herab. Adam nimmt die tröstende Hand von Petras Schulter, und er blickt hinüber zu dem LKW-Mammut, dessen Diesel eben verröchelt. Die Kinder schließen die Mäuler, laufen zum Zaun, um Tadeks Gefährt zu bestaunen. Ein letztes Mal entweicht Druckluft aus den Bremsventilen. Es öffnet sich die Beifahrertür in luftiger Höhe, und herab springt Jacqueline Guth, Tadeusz' kostbare Fracht. Jacqueline, im Kellnerinnendreß, schwenkt ein Telegramm.
„Stell dir vor, Petra", ruft sie begeistert, „ich bin Großmutter geworden!"
„Merkwürdig", Petra schluchzt noch einmal auf, „mir ist eben dasselbe passiert! Wie heißt denn dein Enkelkind?"
„Mario! Hübscher Name, nicht wahr?" Jacqueline strahlt.
„Doch nicht etwa geboren in ...?" Petra schaut hilfesuchend auf Karl Schulze-Süwerkamp.
„Zwischen Moskenesøy und Bodø!" hilft Karl aus.
„Genau dort!" ruft Jacqueline.
„Wie denn", fragt Petra, „der Vater meines Enkels wäre dein Sohn?"
„Geniert es dich? Mein Willi ist immerhin ein Schriftsteller", sagt Jacqueline.
Petra fällt der erstaunten Jacqueline in die Arme.

Auch Adam Million ist angenehm überrascht. Wenn ein Literat, so überlegt er, tatsächlich der Erzeuger des Lofotenbabys ist, gibt es einen famosen Sündenbock. Ewig ließe sich der Zwischenfall im Lofotenhimmel, so vermutet der Pannenhelfer, ohnehin nicht geheimhalten. In den Ministerien für Fischerei, Verkehr und Gesundheit gäbe es garantiert Aufruhr. Jedes beteiligte Ministerium würde dem anderen die Schuld anlasten, und ein endloser Papierkrieg wäre die Folge. Wie wäre es, so überlegt Adam, wenn man den Schwarzen Peter einfach dem Ministerium für Literatur zuschieben könnte? Die Kollegen von Fischerei, Verkehr und Gesundheit wären fein heraus! Man müßte diesen Willi Guth lediglich veranlassen, sein delikates Erzeugnis in phantastische Prosa zu verwandeln. Zur Not könnte man ihm, überlegt der Pannenhelfer, jemanden zur Seite geben, damit die Geschichte schnell aufs Papier kommt. Adam kennt einen kleinen Literaten, der sich im maritimen Milieu leidlich auskennt, vielleicht beißt der an. Klar, denkt der Krisenspezialist, zwei Autoren sind besser als einer. Wenn es ihnen an den Kragen geht, kann sich der eine hinter dem anderen verstecken!

„Nun was ist", spricht Tadeusz von den Menteln den nachdenklichen Pannenhelfer an, „machen wir ein Geschäft? Ich habe schönen Mantel aus feinem Lamm mit bunte Stickerei, wie Ihre Frau lieben wird!"
„Wenn es Sie wirklich gäbe, würde ich Sie augenblicklich dem Staatsanwalt wegen Schmuggels anzeigen!" sagt Adam.
„Es gibt mich nicht?" fragt Tadeusz verblüfft.
„Natürlich nicht! Sie sind ausschließlich die Erfindung des Doppelliteraten, wie alle, die wir hier versammelt sind, und wie das Baby auch!"
„Sind wir nun Großmütter, oder sind wir keine?" fragen Petra und Jacqueline.
„Ihr seid es", sagt Adam ungerührt, „wenngleich aus Gründen, die ich nicht genauer erklären möchte, immatriell!"
Nachher sitzen die Neuholmer Pannenhelfer in Matuscheks Wohnstube und trinken mit den beiden Großmüttern und einem Großvater, der eigentlich keiner ist, auf das Wohl des Lofotenbabys und seiner tapferen Mutter. Nur Louise Schneider und Tadeusz enthalten sich geistiger Getränke. Sie fühlen sich als Kraftfahrer verpflichtet, die von der StVO gebotene Abstinenz einzuhalten. Petra ist schon ein bißchen beschwipst. Wenn hin und wieder eine Träne in ihr Auge tritt, so geschieht es diesmal nicht aus Kummer, sondern aus Freude darüber, daß niemand anders der Vater ihres Enkels ist als der ehemalige Deutsch-Sulkauer Aushilfsbibliothekar Willi Guth.
„Und dennoch ein Wunder! Prost, Schwiegersohn!" ruft Petra und hebt das Glas in die nordwärtige Richtung, dorthin, wo die Lofoten liegen.

Eine Stunde vor Mitternacht erreicht Adam endlich wieder sein Haus in der Stralsunder Gartenstadt. Seine Frau Elisabeth ist noch wach.

„Hast du das neue Regenrohr für die Veranda mitgebracht?" fragt sie ihn.

„Taugt das alte nicht mehr?" fragt Adam müde zurück.

„Der Frost hat es gesprengt. Ich hatte dich gestern bereits daran erinnert", sagt Elisabeth vorwurfsvoll.

„Vergessen! Dafür habe ich was anderes besorgt!"

„Für mich?"

„Du wirst dich freuen!" sagt Adam.

„Was denn?" fragt Elisabeth.

Sie springt aus dem Bett und zieht das buntbestickte Prachtstück über das Nachthemd.

„Paßt er?" fragt Adam.

„Wie angegossen!" Elisabeth strahlt und dreht sich vor dem Spiegel der Frisiertoilette.

Der Leser weiß bereits, wie spät es ist, und die Erfahrung lehrt ihn, ein Kapitelschluß ist fällig.

4. KAPITEL

*Es heißt Mutter und Kind in der Heimat
willkommen und bringt beide in die Schlagzeilen
der Regenbogenpresse*

Es ist der zweiundzwanzigste März, und das Lofotenbaby ist fünf Tage alt. Noch immer hält sich das sonnige Frühlingswetter. Gestern ist in Neuholm ein Telex des Maklers Magnussen eingegangen. Es enthielt die Nachricht, Mutter und Kind seien bei guter Gesundheit und die Maklerei habe auftragsgemäß den Rückflug gebucht via Kopenhagen nach Berlin. Heute sollen Marietta und Mario eintreffen. Adam Million und Louise Schneider sind zur Begrüßung in die Hauptstadt gefahren.
Die Einreiseabteilung des Flughafens ist den Neuholmer Pannenhelfern bestens bekannt. Schon in den frühen siebziger Jahren, als die Trawler der Reederei immer entferntere Fangplätze aufsuchten, flogen ganze Schiffsbesatzungen über den Atlantik. In Havanna lösten sie die Seeleute ab, die monatelang vor der amerikanischen Ostküste Heringe gejagt hatten und darum an Heimweh litten. Der fliegende Besatzungswechsel verlief anfangs nicht ohne Überraschungen, und Adam mußte als diskreter Helfer herbeigerufen werden. Die erste Heimreise durch die Luft unternahmen die Leute des Trawlers „Kormoran".

Die Austauschbesatzung, zu diesem Zweck mit Reisepässen versehen, war ohne Störungen ausgeflogen und hatte in Kuba den Trawler übernommen. Tags darauf landete die abgelöste Stammbesatzung in Berlin. Die einreisenden Seeleute präsentierten ihre Seefahrtsbücher. Es schüttelten die

Grenzbeamten ihre Köpfe. Sie meinten, die ihnen vorgewiesenen Seefahrtsbücher erlaubten ihren Eigentümern zwar die Ein- und Ausreise über die Seegrenze des Landes, gewährten ihnen jedoch nicht das Recht, die Landesgrenzen durch die Luft zu überqueren. Die Grenzorgane verlangten ordentliche Reisepässe. So saß die zurückkehrende Trawlerbesatzung im Transitraum fest und wartete mit schwindendem Mut auf ihren Einlaß in die Heimat. Adam Million, als Nothelfer herbeigerufen, versuchte einige Zeit, den Behörden eine Sondergenehmigung abzutrotzen. Doch jene verwiesen auf die gültigen Gesetze, die zu umgehen sie sich nicht das Recht anmaßten. Um ein ordentliches Gesetzgebungsverfahren in die Wege zu leiten, das den Sonderfall der achtzig Hochseefischer von der „Kormoran" berücksichtigte, fehlte die Zeit. Nach zwei Stunden glich die Einreiseabteilung des Flughafens einem Campingplatz. Auf der einen Seite der Abfertigungsbalustrade lagerten die Seeleute, auf der anderen ihre Frauen und Kinder, die hergekommen waren, um ihre Männer und Väter zu begrüßen. Adam blieb nichts anderes übrig, als den gesetzlichen Erfordernissen zu genügen und schnellstens achtzig Reisepässe zu organisieren. Telefonisch schilderte er dem Innenministerium seinen Fall, und tatsächlich machten sich von dort zwei Mitarbeiter mit einem Koffer voller Blankopässe und diversen Stempeln auf den Weg. Auch erklärte sich die zuständige Abteilung bereit, der wartenden Schiffsbesatzung, der es im Einreiseraum an Sitzmöbeln mangelte und die darum auf dem Boden hockte, zu etwas Bequemlichkeit zu verhelfen. Kurzerhand erhielt der Gasthof im alten Dorf, der vom Flugplatz etliche hundert Meter entfernt lag, den exterritorialen Status zugesprochen, und die Fischer wurden mit zwei Flugplatzbussen hingeschafft. Der Tanzsaal desselben Gasthofes blieb Inland. Es saßen die Männer also in der exterritorialen Gaststube, und im inländischen Saal warteten die Frauen und Kinder. Ein symbolischer Kreidestrich trennte beide Gebiete. Hin und wieder mußte Louise Schneider, die den Kreidestrich bewachte, ein naseweises Kind abfangen, das genehmigungslos über die Demarkationslinie hüpfen wollte.

Zum Glück trafen die beiden Bevollmächtigten mit den Pässen bald ein. Aber es gab erneuten Zeitverzug. Ein Paß ohne Foto ist wertlos. Niemand hatte an einen Fotografen gedacht. Louise trat ihren Aufsichtsposten an Karl Schulze-Süwerkamp ab und fuhr in die Stadt, um einen Fotografen aufzutreiben. Der Adlershofer Lichtbildner Friedrich Winkler betrachtete die Angelegenheit als Katastrophenfall. Er packte seine Praktica und eine mobile Dunkelkammerausrüstung zusammen und folgte der Pannenhelferin umgehend in den Schönefelder Dorfkrug.
Es baute Herr Winkler seine Kamera diesseits des Kreidestrichs auf, und jenseits desselben postierte der Kapitän der „Kormoran" einen Stuhl, auf den sich nacheinander die achtzig Mitglieder der Besatzung niederließen zwecks Ablichtung. Eine gewisse Drängelei blieb nicht aus, was, wie immer wenn geschoben und gestoßen wird, auch den eifrigsten Dränglern keinen Vorteil brachte, weil Friedrich Winkler nachher das entwickelte Negativ von hinten nach vorn ins Kopiergerät schob und so die letzten schließlich die ersten waren. Wessen Foto fertiggestellt war, der erhielt seinen Paß ausgehändigt, zeigte ihn dem Grenzabfertiger am Kreidestrich, der drückte den vorgeschriebenen Sichtvermerk hinein, und der glückliche Besitzer durfte sich zu Hause fühlen.

Es kennt sich der Pannenhelfer Adam Million also aus mit den Gebräuchen auf dem Flugplatz. Er hat viele Bekannte hier, und man verspricht ihm, die junge Mutter und ihr Kind bevorzugt abzufertigen. Adam und Louise erhalten sogar Zugang zum Vorfeld, um Hilfe zu leisten, falls erforderlich. Endlich landet die Maschine aus Kopenhagen. Die Gangway wird herangefahren, und die Triebwerke verstummen. Adam und Louise müssen nicht lange warten. Unter den ersten Passagieren, die eben die Maschine verlassen, entdecken sie eine junge schlanke Frau, begleitet von einer Stewardeß, die eine Babytransporttasche vor sich her trägt. Herr Magnussen hat Marietta adrett eingekleidet. Nur ihren Füßen fehlt die Umhüllung, die sich für lange Reisen ziemt. Marietta kommt in Pantoffeln daher.

„Verdammt", sagt Adam zu Louise, „Mathilde Drews hat an alles gedacht, bloß nicht an die Schuhe!"
Adam schüttelt Marietta die Hand und bewillkommnet sie im Namen des FFK Stralsund-Neuholm. Dann läßt er sich von der Stewardeß die Babytragetasche reichen und lugt hinein.
„Ein prächtiges Kerlchen. Warum haben Sie ihn Mario genannt? Im Kombinat nennt man ihn inzwischen Olaf Lofotke!" scherzt der Krisenmanager.
Die Stewardeß führt Marietta und ihr Empfangskomitee zu einem Extratürchen des Flughafengebäudes. Die Tür trägt die Aufschrift „Very important persons only". Aber auch hinter der Prominentenpforte wartet jemand, der Einblick in die Reisepapiere nehmen möchte. Marietta präsentiert ihr Seefahrtsbuch. Es gilt heute auch für die Einreise durch die Luft, und ohne Umstände erhält die Mutter des Lofotenbabys den Sichtvermerk. Adam und Louise zeigen ihre Dienstausweise und dürfen ebenfalls passieren. Unglückli-

cherweise wirft die Behörde einen Blick in die Tasche an Adams rechter Hand.
„Moment mal", ruft die Behörde, „da ist ja jemand drin!"
„Ja, Olaf Lofotke!" sagt Adam und kramt aus seiner Brieftasche Marios Geburtsurkunde.
„Hier heißt er nicht Olaf Lofotke, sondern Mario Müller. Außerdem ist das eine Geburtsurkunde und kein Reisedokument. Geboren im Vestfjord, Norwegen? Wie kam der Junge überhaupt dahin?" fragt die Behörde mit gerunzelter Stirn.
„Na, wie schon!" Louise lacht den jungen Mann an.
Der Mann in der Uniform errötet. Er bittet um Geduld, denn er müsse erst Instruktionen einholen für diesen ungewöhnlichen Fall.
„Nehmen Sie doch so lange im VIP-Room Platz. Es wird etwas dauern, fürchte ich", sagt die freundliche Stewardeß.
Sie behält recht. Es kommen zwar nacheinander etliche Personen in Uniform und in Zivil, die neugierig und nicht ohne Rührung in Mariettas Tragetasche schauen und sich über Marios Methode, das Licht der Welt zu erblicken, ausführlich berichten lassen, aber sie verschwinden wieder, um in den einschlägigen Gesetzessammlungen jene Vorschrift zu suchen, die den Wunsch eines vor fünf Tagen unverhofft im Himmel über den Lofoten geborenen Säuglings ohne Reisepaß berücksichtigt, sich in der Lausitz seßhaft zu machen. So gründlich die hilfsbereiten Gesetzeshüter auch in den Registern blättern, sie finden den rettenden Paragraphen nicht. Was sie zunächst nur insgeheim befürchteten, verdichtet sich zur bestürzenden Gewißheit: Die Juristen des Landes hatten Marios Geburt nicht vorgesehen.
Nach einer Stunde ist Mario verärgert, daß man ihn nicht hineinläßt in das Land seiner Väter. Er protestiert lautstark.
Ein Herr im schwarzen Blazer, an dessen Handgelenk ein Aktenköfferchen angekettet ist, blickt aufgestört über den Rand der „Financial Times", in die er bisher vertieft war.
„Schaff Herrn Friedrich Winkler herbei!" flüstert Adam der getreuen Louise Schneider zu, ehe er sich selbst erhebt, um das Innenministerium anzuläuten.
Adams Notruf wird erhört. Die beiden Bevollmächtigten des Ministeriums, die Adam schon einmal vor zehn Jahren

aus der Verlegenheit geholfen haben, finden sich ein. An Ort und Stelle fertigen sie dem Lofotenbaby einen Dienstpaß aus. Aber der ist nicht gültig, solange das Konterfei seines Inhabers fehlt. Louise Schneider und Herr Winkler verspäten sich.
„Herr Winkler hat vor fünf Jahren seinen Beruf gewechselt!" meldet Louise schließlich, und sie läßt den Kopf hängen, was ihr sonst selten passiert.
„Vielleicht kann man dieses Bild nehmen!" sagt Marietta.
Sie reicht Adam ein Foto, aufgenommen mit einer Sofortbildkamera. Es zeigt Marietta im geliehenen Nachthemd eines norwegischen Krankenhauses, im Arm ihren Sohn Mario, der müde in die Kamera blinzelt. Die Bevollmächtigten des Ministeriums meinen, zur Not ließe sich die Aufnahme verwenden, man müsse Mario allerdings herausschneiden und ihn auf das Format eines Paßbildes zurechtstutzen.
„Wer hat denn das Foto aufgenommen?" erkundigt sich Adam.
„Ein Herr aus Hamburg", sagt Marietta.
„Ein Bekannter?" fragt Adam.
„Nein, ein Tourist, der sich zufällig in Bodø aufhielt."
Adam spürt ein leises Ziehen in seiner rechten Hand, dort, wo einst sein rechter Daumen saß. Der verschwundene Kamerad hat sich seit Tagen nicht gemeldet.

Am neunzehnten März war im Tagesanzeiger von Bodø eine kleine Meldung erschienen, die den Zweck verfolgte, den guten Ruf des Schiffsmaklers Magnussen, der durch den öffentlichen Einkauf von Damenunterwäsche gelitten hatte, wiederherzustellen. Die Zeitung unterrichtete ihre Leser unter der Rubrik „Maritimes", eine junge Frau, angestellt auf einem deutschen Fischtrawler, habe unerwartet früh zu kreißen begonnen und sie sei deshalb von einem Hubschrauber des Rettungsdienstes übernommen worden. Dr. Axel Kjelsberg, der den Hubschrauber begleitete, habe seine Patientin von einem gesunden Knaben entbunden, zur Zeit befänden sich Mutter und Kind wohlauf im Hospital von Bodø und in Obhut des Maklers Magnussen, der ihnen im Auftrag der Reederei, die er vertritt, jegliche Unterstützung gewähre.

Jonas Kielland, Freund des Maklers und Verfasser der Meldung, hatte den Vorgang fair und ohne tendenziöse Absicht beschrieben. Seinem Kollegen Wulf P. Hartmann, Reporter einer in Hamburg erscheinenden Familienillustrierten, mangelte es dagegen an journalistischer Unschuld.

Wulf P. Hartmann war nach Bodø gefahren auf Veranlassung eines norwegischen Reisebüros, das ihm die Spesen bezahlte. Als Gegenleistung erwartete man, er würde in seiner Illustrierten die Werbetrommel rühren für den Nordlandtourismus, denn die nächste Saison stand ins Haus. Der Hamburger Zeitungsmann unternahm Barkassenfahrten durch den Vestfjord und den Saltenfjord, er dinierte in Touristenhotels, machte Notizen und Spesen. Im Frühstückszimmer seines Hotels, nachdem er gerade das schwedische Büfett geplündert hatte, vertiefte er sich in die lokale Presse und entdeckte Jonas Kiellands Notiz.

Die deutsche Geburt im norwegischen Himmel schien ihm ein trefflicher Aufhänger zu sein für seinen Artikel zur Belebung des Nordlandtourismus. Es ließ sich die deutsch-norwegische Verbundenheit nicht ohne Rührung beschreiben, auch die Schönheiten der Fjordenlandschaft konnte man preisen und das vorzügliche norwegische Gesundheitswesen.

Nach beendetem Frühstück machte sich Wulf P. Hartmann auf den Weg zum Schiffsmakler Magnussen, um Einzelheiten zu erfahren. Der Makler hörte sich die Absichten des Hamburger Zeitungsmannes geduldig an, verweigerte jedoch jegliche Auskünfte. Indiskretionen über seine Geschäfte mit ausländischen Partnern gingen dem alten Herrn gegen den Strich. Der Reporter beschwor den Makler, ihm doch wenigstens den Heimathafen des Trawlers zu nennen, mit dem die junge Frau nach Norwegen gefahren war. Magnussen schwieg.

Wulf P. Hartmann kaufte Blumen auf Spesen und fuhr zum Hospital. Er stellte sich dem Stationsarzt als Tourist und Landsmann der hier einliegenden jungen Mutter vor, der

Grüße aus der Heimat überbringen wolle. Man zeigte ihm ohne Umstände Mariettas Tür.
Es machte der Zeitungsmann zuerst dem Baby einige artige Komplimente, dann lobte er die Mutter, ihre Standhaftigkeit, auf ihrem Schiff ausgehalten zu haben bis zuletzt, wie es sich für jeden braven Seemann ziemt. Marietta, gerührt durch die freundlichen Worte, zumal deutsch gesprochen, bedankte sich für die Blumen, und sie vergaß, Wulf P. Hartmann nach den Gründen seines Interesses zu befragen. Statt dessen berichtete sie arglos, warum ihr selbst die Schwangerschaft lange verborgen geblieben war, wie andererseits, als sie ihren Zustand entdeckte, ihr niemand hatte glauben wollen.
Wulf P. Hartmann hörte höflich zu und schaute verstohlen auf seine Uhr. Er machte keinerlei Notizen. Was Marietta ihm berichtete, paßte wohl nicht in seine geplante Story.
„Wünschen Sie ein Erinnerungsfoto von Ihrem Prachtjungen?" fragte er unvermittelt.
„Gern! Aber läßt es sich so schnell entwickeln? In drei Tagen fliege ich bereits nach Hause!" sagte Marietta.
„Ach was, das dauert keine Minute!" sagte der Reporter.
Es hieß Wulf P. Hartmann sein Modell, den Säugling in die Arme zu nehmen, er rückte noch ein wenig an Mutter und Kind herum, bis das Arrangement demjenigen nicht unähnlich war, das Raffael gewählt hatte, als er die Sixtinische Madonna malte, wenngleich Marietta kein lachsfarbenes Kleid trug mit blauem Umhang, sondern nur ein weißes Nachthemd mit dem Aufdruck „Krankenhaus Bodø". Der Zeitungsmann blitzte zuerst mit einer kleinen Kamera, dann mit einer größeren. Der zweite Apparat schnurrte nach abgefeuertem Blitz und förderte ein Sofortbild ans Tageslicht.
„Das grenzt ja an Zauberei!" sagte Marietta und schaute teils auf das Foto, teils auf Hartmanns Wunderapparat.
„Wieso, haben Sie eine solche Kamera noch nie gesehen?" fragte er.
„Nur im Fernsehen", gestand Marietta.
„Nanu, stammen Sie aus Ostfriesland?" scherzte der Reporter.

„Nein, aus Deutsch-Sulkau, Kreis Görlitz!" berichtigte Marietta.
„Aus der DDR?" fragte Wulf P. Hartmann und bemühte sich um Beiläufigkeit.
Marietta nickte, und der Reporter schoß eine Serie Blitze in ihre Richtung ab.
„Ich dachte, Ihr Trawler ist in Cuxhafen oder Vegesack beheimatet?" fragte er nach dem zehnten Blitz und wieder ganz beiläufig.
„In Stralsund-Neuholm!" sagte Marietta.
„Hat mich gefreut, Sie kennengelernt zu haben!" sagte Hartmann, den letzten Blitz abfeuernd.
„Wohin kann ich das Geld für das Foto überweisen?" fragte Marietta.
„Das Foto ist selbstverständlich ein Geschenk. Das zeichnet uns Deutsche aus, zu Hause marschieren wir getrennt, in der Fremde aber helfen wir uns gegenseitig, nicht wahr?" Wulf P. Hartmann legte seine Visitenkarte auf den Nachttisch neben Mariettas Wochenbett und verabschiedete sich.

Adam Millions verschwundener Daumen beginnt noch einmal zu rebellieren, als Marietta ihm die in Bodø empfangene Visitenkarte reicht. „Wulf P. Hartmann, Journalist, Wandsbeker Str. 3, 2 Hamburg 71" steht auf dem blütenweißen Karton.
„Ist Ihnen nicht gut?" fragt Marietta, als sie die Blässe in Adams Gesicht bemerkt.
„Sollte Sie noch einmal ein Journalist besuchen, schmeißen Sie ihn kurzerhand raus!" knurrt Adam.
„Er war sehr freundlich, und über das Erinnerungsfoto habe ich mich gefreut."
„Hoffentlich bleibt es das einzige Erinnerungsfoto!" sagt der Pannenhelfer.
In dem Moment erhält Marietta aus der Hand des Bevollmächtigten einen nagelneuen Dienstpaß, ausgestellt auf den Namen ihres Sohnes. Das eingestempelte Visum gestattet dem Lofotenbaby die korrekte Einreise. Es drückt die Grenzbehörde den Sichtvermerk hinein, und Mario ist zu Hause.

Als Marietta, eskortiert von den Neuholmer Helfern, in die Flughafenhalle tritt, laufen Petra und Gregor Matuschek herbei, die geduldig auf die Tochter und den Enkel gewartet haben.
„Willkommen daheim!" ruft Petra und beugt sich dann über Mariettas Tragetasche.

Es scheint alles geregelt zu sein. Die Großeltern, die junge Mutter und das Lofotenbaby sind glücklich vereint. Adam und Louise können ihre Mission beenden. Sie verabschieden sich und wollen sich diskret zurückziehen. Aber da gibt es noch ein kleines Problem.
Petra Matuschek, die als tüchtige Hausfrau sparsam zu wirtschaften gewohnt ist, erinnert sich daran, daß ihrer Tochter für das Wunder, das sie im Lofotenhimmel vollbracht hat, gewissermaßen ein Honorar zusteht, nämlich das gesetzliche Müttergeld.
„Es gibt ja noch soviel anzuschaffen für den Kleinen, und es wäre wirklich sehr freundlich von Ihnen, Herr Million, wenn Sie meiner Tochter möglichst bald das Geld überweisen würden!" wendet sie sich an Adam.
„Ich informiere Dr. Schmidt vom Medizinischen Dienst. Er wird sich umgehend um die Angelegenheit kümmern!" verspricht Adam mit leichtfertigem Optimismus.

Einige Tage später flattert dem Pannenhelfer ein maschinengeschriebener Bericht des Hafenarztes auf den Schreibtisch. Eine Kommission des Medizinischen Dienstes, der auch zwei Rechtsvertreter des Gesundheitswesens angehören, hat in einer mehrstündigen Sitzung eingehend über die Frage beraten, ob der Kollegin Marietta Müller, PA im Flottenbereich, das gesetzliche Müttergeld zu zahlen wäre.
„Obzwar nicht abzustreiten ist", heißt es abschließend in dem Bericht des Hafenarztes, „daß die Antragstellerin von einem männlichen Kind entbunden wurde (Beweis: Geburtsurkunde), bleibt die Frage völlig offen, ob die Antragstellerin vor ihrer Niederkunft überhaupt schwanger war. Die Antragstellerin ist weder im Besitz einer Mütterkarte, noch kann sie andere Urkunden beibringen, aus denen her-

vorgeht, daß sie ihre Gravidität dem Gesundheitswesen gemeldet hat. Demzufolge konnte eine Gravidität der Antragstellerin ärztlicherseits nie festgestellt werden. Ohne ärztliches Attest ist die Zahlung des Müttergeldes jedoch unzulässig. Einer Zuerkennung der Schwangerschaft nach der Niederkunft der Antragstellerin kann das Gesundheitswesen nicht ohne weiteres zustimmen, da damit ein Präzedenzfall geschaffen wäre, der zur Wiederholung von Zwischenfällen, ähnlich dem, den die Antragstellerin am 17. März verursacht hat, ermutigen könnte. Der Medizinische Dienst hat in dieser Angelegenheit vorsorglich ein Gutachten der Juristischen Fakultät der Greifswalder Universität angefordert. Laut Zwischenbescheid der Gutachter wird das Problem nachträglicher Schwangerschaftsattestierungen in die Tagesordnung der nächsten Session der Weltgesundheitsorganisation (WHO) aufgenommen. Ehe die Ergebnisse der im Sommer nach Genf einberufenen Tagung nicht vorliegen, ist mit einem abschließenden Gutachten nicht zu rechnen."
Adam muß den Text dreimal lesen, ehe er begreift, was gemeint ist. Dann steigt er in die erste Etage der Reedereiverwaltung hinunter und betritt, Schwester Claudias Proteste überhörend, unangemeldet das Zimmer des Hafenarztes.
„Wie hoch ist eigentlich das Honorar, das Sie den Gutachtern zahlen?" fragt er.
„Ein juristisches Gutachten ist nie ganz billig!" sagt der Doktor.
„Sie wären billiger davongekommen, wenn Sie der jungen Frau gleich das Müttergeld gezahlt hätten. Außerdem hat Doktor Köppelmann ausdrücklich um Diskretion gebeten!"
„Ordnung muß sein. Ich habe die strikte Anweisung erhalten, der Wiederholung solcher politischen Skandale wirkungsvoll vorzubeugen!" verteidigt sich Dr. Schmidt.
„Seit wann ist das Lofotenbaby ein politischer Skandal?" fragt Adam verdutzt.
„Die Affäre wird gerade in der westeuropäischen Presse breitgetreten. Wissen Sie das etwa noch nicht?"
Der Doktor schließt seinen Stahlschrank auf und präsentiert Adam eine Zeitungsseite. Es handelt sich zwar nicht

um die komplette westeuropäische Presse, aber immerhin um ein Hamburger Familienblatt. Auf der Titelseite prangt ein Großfoto, eine Mutter mit Kind darstellend, nicht unähnlich der Sixtinischen Madonna. Eine Balkenüberschrift und ein kurzer Artikel geben Auskunft über das Bild.
„VOM KUTTER INS KINDBETT. TRAGÖDIE AUF DDR-SCHIFF! Der Kapitän zwang die hochschwangere Frau, täglich zwölf Stunden Heringe zu köpfen. Erst als die Wehen einsetzten, durfte sie ihren Arbeitsplatz verlassen. Sie verließ ihr Schiff im Hemd. Ein norwegischer Seenothubschrauber rettete sie in letzter Minute. Auf dem Flug ins Hospital gebar sie ihren Sohn. Wie durch ein Wunder trugen Mutter und Kind keine Gesundheitsschäden davon. Ein Mitglied der Lutherischen Gemeinde Bodø versorgte die völlig mittellose DDR-Bürgerin mit Kleidung und Nahrung aus Spendenmitteln. Die norwegische Presse ist empört. Wie gemeldet wird, will Oslo in Ostberlin offiziellen Protest einlegen. – W. P. H."
Nun weiß Adam, warum sein verschwundener Daumen neulich Unheil vormeldete, als Marietta ihm die blütenweiße Visitenkarte eines Hamburger Journalisten zeigte.
„Wulf P. Hartmann also!" knurrt Adam.
„Wie bitte?" fragt Dr. Schmidt.
„Ich habe gerade jemandem die Pest an den Hals gewünscht. Woher haben Sie die Zeitschrift eigentlich?"
„Vom Ministerium. Berlin verlangt umgehend eine ausführliche Stellungnahme!" sagt der Doktor.
„Na, dann erklären Sie denen mal, wie Sie eine Schwangerschaft im sechsten Monat übersehen konnten!"
Der Doktor hebt gelassen die Schultern.
„Nun ja, meine Patientin hat mich in böswilliger Absicht getäuscht. An ihrer Moral besteht wohl nicht mehr der geringste Zweifel. Mit dem tendenziösen Interview hat sie sich endgültig ins Abseits gestellt!"
„Und der Kronzeuge ist ein Blatt der Regenbogenpresse!" sagt Adam.
„Versuchen Sie sich etwa noch immer vor Ihren Schützling zu stellen?" fragt Dr. Schmidt erstaunt.
„Jetzt erst recht!" sagt Adam Million.

Der Pannenhelfer benötigt nun eine rigorose Katastrophenbekämpfungsstrategie. Wie sie aussehen soll, davon hat er im Moment erst eine vage Ahnung. Um ihm Zeit zu verschaffen, seinen Plan detailliert auszuarbeiten, lege ich eine Pause ein.

5. KAPITEL

*Es beendet eine Geschichte,
indem sie ungeschehen gemacht wird,
und besänftigt drei Ministerien*

Am Abend desselben Tages, da das Lofotenbaby in die Schlagzeilen geraten ist, führt Adam Million ein längeres Telefongespräch mit jemandem, den zu nennen mir die Bescheidenheit verbietet. Adam erzählt einen Traum. Sein amputierter Daumen sei plötzlich wieder vorhanden gewesen, und die Reederei hätte ihm sein altes Kommando auf dem Trawler „Kormoran" zurückgegeben.

„Und weiter?" fragte ich.
„Die Reise ging zu den Färöern. Das Wetter war saumiserabel. Du kennst den schwarzen Nebel! Das Tauwerk, die Winden, die Relingpfosten, die Decks, alles überzog sich mit einer dicken Eiskruste. Sosehr die Lords mit Äxten und Picken klopften, der Eispanzer wuchs und wuchs. Bald bekamen wir schwere Schlagseite ..."
„Warum trimmte der Chief nicht dagegen?" wollte ich wissen.
„Es half nichts. Die Lords blickten mich fragend an, und ich konnte niemandem mehr in die Augen sehen. Das Vorstag brach unter der Last des Eises und hätte um ein Haar den Funker erschlagen, der sich gerade bei mir erkundigte, ob er einen Notruf absetzen sollte. Über den Himmel zuckten Nordlichter, purpurne Orgelpfeifen. In dem fahlen Schein glichen wir Gespenstern ..."
„Dein Traum muß ein Alptraum gewesen sein!" spottete ich.

„Warte es ab! Inmitten der allgemeinen Kopflosigkeit sehe ich die Schiffsschwester auf mich zustürzen ..."
„Hedwig?"
„Genau die! Jetzt fährt sie bei Kuhmeier auf der ‚Seeschwalbe'! Also Hedwig stürzt auf mich zu und sagt: ‚Kommen Sie schnell ins Krankenrevier, unserer Köchin geht es nicht gut!' Weißt du noch, das war die Dunkelhaarige mit dem Madonnengesicht, hinter der unser Dritter immer her war?"
„Ich erinnere mich", sagte ich.
„Also ich rase ins Revier. Und was sehe ich da? Du wirst es nicht glauben! Unsere Köchin hatte gerade ein Kind zur Welt gebracht, einen Jungen. Sie sitzt im Bett, das Kind in den Armen, und strahlt mich an, so von innen heraus, verstehst du, als ginge sie das alles nichts an, das Eis draußen, der schwarze Nebel, die Schlagseite. Bist du noch dran?"
„Das Telefonat geht ja auf deine Rechnung!"
„Ich wundere mich noch, wie das wohl zugegangen sein könnte mit ihrem Kind, da dringt ein Knirschen durch den Dampfer. Jetzt fährt er endgültig runter zu Neptun! denke ich. Ich renne aufs Fangdeck. Du wirst staunen, draußen hatte sich die Lage total verändert. Hallo!"
„Ich bin noch dran!"
„Vor meinen Augen schmilzt alles Eis und rauscht durch die Speigatts in den Atlantik. Die alte ‚Kormoran' richtet sich wieder auf und tut so, als wäre nichts geschehen. Was hältst du davon?"
„Eben ein Traum", sagte ich.
„Und was macht meinen Traum so unwirklich?" wollte er wissen.
„Wie lange wart ihr draußen, ich meine bei den Färöern?" fragte ich zurück.
„Ungefähr drei Monate!"
„Na bitte", sagte ich, „deine Madonna müßte im sechsten Monat gewesen sein, als die ‚Kormoran' rausging. Doktor Schmidt hätte das nie erlaubt!"
„Hm", machte es am anderen Ende der Leitung, „du meinst, die Prophylaxe löst alle Probleme, und nichts geht dem Hafenarzt durch die Lappen?"

„Bist du mit dem noch immer über Kreuz?" fragte ich.
„Ich kenne jemanden, dem hat er etliche Gallensteine fortgenommen und die Seetauglichkeit gleich dazu!" sagte er mit heiserem Lachen.

Ehe sich unsere Wege trennten infolge eines brandigen Daumens und etlicher Gallensteine, fuhren wir auf demselben Schiff. Es gibt kein Gesprächsthema, das wir nicht durchgenommen hätten während öder Brückenwachen. Aber er hatte mir nie einen Traum erzählt.
Hätte mich damals jemand gefragt, ob ein Kerl seiner Statur überhaupt träumen könne, ich hätte die Frage glatt verneint.
Ja, die Fähigkeit zum Schabernack und zum raffiniert geknüpften Seemannsgarn hätte ich ihm jederzeit bescheinigt. In solchen Künsten war er groß. Er konnte erfundene Geschichten so geschickt auftischen, daß seine Zuhörer nachher schworen, sie hätten sie selbst erlebt. Umgekehrt verwandelte er authentische Ereignisse in Münchhausens Abenteuer.
Warum erzählte er mir nun, nachdem er sich jahrelang nicht gemeldet hatte, einen sentimentalen Traum, in dem schwarze Nebel und eine seefahrende Madonna vorkamen?
Machte ihm inzwischen das Alter zu schaffen? Moment mal! War sein Traum vielleicht gar keiner?

„Hallo, hallo, bist du noch in der Leitung?" rief ich bestürzt.
„Na klar", sagte er gelassen.
„Und was geschah mit der Kleinen und ihrem Kind, nachdem sie euch das Eis weggetaut hatte?" fragte ich und legte einen Notizblock bereit.
„Ein Hubschrauber vom norwegischen Rettungsdienst hat sie nach Bodø in die Klinik geflogen. Warte mal, eben erhalte ich die Rechnung unseres Maklers ..."
Im Telefonhörer raschelte Papier.
„Also", meldete er sich wieder, „der Hubschrauber steht mit   neununddreißigtausendsiebenhundertfünfundsiebzig

Kronen zu Buche, das Krankenhaus mit vierzehntausenddreihundertzweiundvierzig, für Wäsche, Windeln et cetera kommen noch mal eintausendfünfhundert zusammen, und der Flug nach Hause kostete zweitausendfünfhundertundneunzig Kronen. Summa summarum also siebenundfünfzigtausenddreihundertundzwölf Kronen, umgerechnet einundzwanzigtausendzweihundertundfünf Valutamark und vierundvierzig Pfennig, also nicht mehr, als mancher Dienstwagen kostet. Hast du alles?"
Ich addierte die einzelnen Posten auf meinem Notizblock. „Donnerwetter", rief ich zurück, „wenn man bedenkt, daß du das alles geträumt hast! Sogar die Addition stimmt!"
„Wenn du die Kronen durch die Märker dividierst, erhältst du den aktuellen Wechselkurs des Tages, an dem mich der Traumengel besuchte!" antwortete er fröhlich.
„Wäre es nicht einfacher gewesen, deinen Engel zu den Färöern rüberzuschicken? Da gibt es doch ebenfalls ein gutes Hospital, oder?"
„Träume sind selten in allen Punkten logisch. Es kann auch eine andere Inselgruppe gewesen sein, vielleicht die Shetlands oder die Orkneys. Also, ich schenke dir meinen Traum!"
„Ach so", sagte ich, „du willst, ich soll eine Geschichte daraus machen? Was wäre dir denn lieber, Roman oder Reportage?"
„Egal", sagte er, „die Hauptsache ist, daß niemand daran glaubt!"
„Ich weiß nicht, ob ein gesellschaftliches Interesse an einem solchen Buch besteht?"
„Es ist ein Notfall. Du würdest mir einen großen Gefallen tun!"
Er hatte mir früher oft geholfen, und nie hatte ich mich revanchieren können. So erklärte ich mich schließlich bereit, seinen Wunsch zu erfüllen, wenngleich mit schweren Bedenken.
Er trieb mich zu äußerster Eile an.
„Laß alles liegen und stehen. Sollte dich morgen jemand fragen, woran du arbeitest, dann antworte ihm, du schreibst

schon seit Monaten am ‚Lofotenbaby'! Es muß so ausschen, als schriebst du gerade die drittletzte Seite!"
„Solche Eile bin ich nicht gewohnt!" protestierte ich und notierte das Wort „Lofoten".
„Ich schicke dir demnächst einen jungen Mann, der hat schon ein bißchen vorgearbeitet an dem Baby, einen gewissen Willi Guth!"
„Hoffentlich nicht ebenfalls eine Traumerscheinung!" sagte ich.
„Der Umstand, daß ich von dieser oder jener Person träume, schließt ja ihre Existenz nicht aus. Oder hast du noch nie von deiner Frau oder deinen Kindern geträumt?" sagte er.
„Und wie verhält es sich mit dem Lofotenbaby, das bei den Färöern, den Shetlands oder den Orkneys geboren wurde?"
„,Das Lofotenbaby' ist dein Titel. Akzeptierst du ihn?"
Ich akzeptierte ihn.

Am nächsten Morgen findet im Dienstzimmer des Hauptfangleiters eine Krisensitzung statt. Inzwischen haben außer dem Ministerium für Gesundheit noch zwei weitere Ministerien einen Bericht angefordert, den seltsamen Vor-

fall betreffend, der sich am siebzehnten März in der Nähe der Lofotengruppe zugetragen hatte. Dr. Köppelmann hat alle Personen eingeladen, von denen er sich Auskunft erhofft.
Der Hafenarzt Dr. med. Schmidt ist anwesend, Kapitän Meier von der „Seeschwalbe", die Schiffsschwester Gertrud und der diskrete Pannenhelfer Adam Million. Auf die Anwesenheit Mariettas verzichtet der Fischereistratege aus Gründen des gesetzlichen Mütterschutzes. Der Hafenarzt hat ihm glaubhaft versichert, wenngleich an der zurückliegenden Schwangerschaft der jungen Frau erhebliche Zweifel bestünden, so sei wenigstens die gegenwärtige Mutterschaft hinlänglich bewiesen, und ihr als stillenden Mutter müsse man jegliche Aufregung ersparen.
„Wie konnte das passieren?" fragt Dr. Köppelmann und hebt den Blick von den drei ministeriellen Anfragen, die vor ihm auf dem Schreibtisch liegen.
Johannes Meier überlegt, wie schwer es ist, Wirklichkeit und Träume zu unterscheiden, und da sich sein Magengeschwür schmerzhaft meldet, beißt er die Zähne zusammen und schließt die Augen.
Schwester Gertrud kämpft gegen die Tränen, und auch sie ist nicht fähig, die Frage des Hauptfangleiters zu beantworten.
Dr. Schmidt zieht aus seiner Kollegmappe einen mehrseitigen Bericht.
„Die Angelegenheit ist geklärt!" sagt Adam Million.
Es berichtet der Pannenbekämpfer den gespannt lauschenden Anwesenden, ein ihm bekannter Autor habe vor Jahresfrist ein Buch begonnen unter dem Titel „Das Lofotenbaby". Das Manuskript sei so gut wie beendet. Wie auf der vorletzten Seite nachzulesen sei, beruhten alle darin geschilderten Ereignisse, Personen, Institutionen und Örtlichkeiten auf freier Erfindung. Ein Hamburger Skandalreporter habe auf bisher ungeklärte Weise vom Inhalt des Buches erfahren. Wie es Journalisten zuweilen passiere, habe der Hamburger Zeitungsmann eine Erfindung für die Wirklichkeit gehalten und jenen tendenziösen Artikel verfaßt, über den sich zur Zeit einige Ministerien grundlos

beunruhigten. Es sei abwegig, deshalb lange Berichte zu verfassen, vielmehr genüge es, den Ministern die Telefonnummer des Autors mitzuteilen, der ihnen jederzeit bestätigen könne, wie es sich mit dem Lofotenbaby wirklich verhalte.
„Die ganze Sache frei erfunden? Damit wollen Sie durchkommen?" fragt Dr. Schmidt kopfschüttelnd.
„Na klar! Eine Mutter, die niemals schwanger gewesen ist, gibt es nun wirklich nicht, Herr Doktor!" sagt Adam.
„Immerhin, wir wären fein heraus!" sagt Dr. Köppelmann erleichtert.
„Und die New-Jersey-Kuh, die ich im Nordostseekanal gerammt habe und ersäuft, ist gleichfalls erfunden?" fragt Kapitän Meier.
„Bestimmt!" bestätigt Adam.

Am nächsten Tag riefen mich drei Minister an. Sie erkundigten sich, wie weit ich mit meiner Geschichte vorangekommen sei.
Ich antwortete: „Ich bin fertig!"